LARA PRESCOTT

齊瓦哥醫生的祕密信差

THE SECRETS WE KEPT

拉娜・普瑞斯考——著 力耘——譯

獻給邁特（Matt）

我想和知曉祕密者為伴，抑或獨處。

——里爾克

【目次】

序曲　打字員

我們每分鐘打出上百組英文單字，一個字母也不漏。我們每張一模一樣的辦公桌上，都有一台薄荷綠機殼的「皇家牌輕靜豪華型」打字機、一具西方電器公司的黑色轉盤電話，以及一疊黃色速記簿。我們的手指流暢滑過按鍵，擊鍵聲不絕於耳。我們只會在接電話或吸一口菸時暫停打字，不過有些人會設法同時張羅兩件事，不漏一拍。

男士們通常在十點左右進來，一個接一個召喚我們進辦公室。我們坐在牆角的小椅子上，而他們要不端坐在偌大的紅木書桌後，要不在地毯上踱方步、對著天花板說話。我們聆聽，我們記錄，我們是唯一聽眾。我們記下他們的備忘內容、報告、評述、午餐選項。有時他們會忘記我們的存在，我們因此知道更多：誰想牽制誰，誰在玩權力遊戲，誰搞外遇，誰入選，誰出局。

提到我們的時候，有時他們不會直接說名字，而是以髮色、身材為代號，譬如「金髮妹」、「紅髮女」、「豐滿妞」；我們也會私下替他們取綽號，像是「鹹豬手」、「咖啡味」、「大門牙」。

他們老愛喊我們小妞，但我們不是。

我們來自雷德克里夫、瓦薩、史密斯等名門女子學院，是家族裡第一個拿到大學文憑的女兒；有人會講中文，有人會開飛機，有人操作柯特1873型手槍的功夫比約翰・韋恩更純熟老練。可是在面試的時候，他們只問我們一個問題：會不會打字？

人們總說打字機是為女人量身打造的機器——唯有女性的觸鍵方式才能讓字鍵唱出真正悅耳的歌聲，女性的纖纖玉指最適合操作打字機；若男性宣稱汽車、炸彈和火箭是他們專屬的玩意兒，那麼打字機就歸女性所有。

其實我們也不是真的非常了解這臺機器。但我們會說，只要一開始打字，我們的手指就成為大腦的延伸——男士們吐出的每一個字（我們不能把內容記在腦子裡）和敲印在紙上的墨跡，兩者幾無時間差距。若從這個角度切入、思考這整套運作方式，那麼打字幾乎可說是充滿詩意的。幾乎。

照這樣說來，緊張性頭痛、手腕痠痛、姿勢不良難道就是我們矢志追求的目標？高中時代，我們比男孩多花一倍氣力認真讀書，夢想的就是這一天？當我們拆開裝有大學入學文件的厚牛皮信封袋，心頭腦海是否閃過「文書內勤」這個工作選項？又或者，當我們坐在排列整齊的小白木椅上，頭戴方帽、身披學士袍，接過那一卷保證我們有資格為社會做出更多貢獻的仿羊皮紙證書時，我們自以為未來將走向何方？

我們大多以為打字組的工作只是暫時的。我們不會大聲承認、甚至不曾彼此說開，但我們真心以為打字員會是晉升正式官員——男人大學一畢業就能得到的職位——的第一步：擁有自己的辦公室，光線柔和、讓人魅力盡顯的小檯燈，絨布地毯，木製辦公桌，聽我們口述記錄的專屬打字員。儘管我們一輩子都在聽人嘮叨敘述我們的人生角色，我們依舊認為這份工作只是開始，而非結束。

其他進入局裡的女性亦非由此展開職場生涯，而是在此劃下句點：她們都是戰情局（OSS）舊員、二戰傳奇人物，現在全成了時代遺跡——不是降級進入打字組或檔案部，就是被塞進某個角落的某張桌子，無事可做。

譬如貝蒂。戰時她負責執行祕密軍事行動，利用報紙夾帶文宣、或利用飛機投撒傳單，痛擊敵方士氣。我們還聽說她曾經交付炸藥給某人，讓他在緬甸境內炸毀一列正在過橋的補給火車。我們永遠無法確認傳聞是真是假，因為戰情局舊記錄總會莫名消失；但我們很清楚一件事：貝蒂此刻和我們其他人一樣，都在中情局打字組有張桌子，而那些出身常春藤聯盟名校、曾與她並肩作戰的男人，如今一個個都成了她的老闆。

還有維吉妮亞，她也有張一模一樣的桌子。維吉妮亞一年四季都披著厚厚的黃色開襟羊毛外套，總是用一枝鉛筆固定髮髻。我們還想到她桌底下那隻毛絨絨的藍色拖鞋——對，她只需要一隻，因為她小時候碰上打獵意外，左腿截肢了。她給她的義肢取名「卡斯柏」，哪天不小心喝多了，她還會脫下來拿給你看。維吉妮亞鮮少提及她在戰情局的日子。若是沒聽過她以前當間諜的傳聞故事，各位可能以為她只是另一位年華老去的公務員；但我們聽過那些故事。譬如她曾假扮擠牛奶女工，趕著一群牛、護送兩名「法國抵抗運動」成員越過邊界。蓋世太保甚至一度以「卡斯柏及其他」統稱敵方間諜，視她為最危險的特工之一。有時候，維吉妮亞會在走廊與我們擦身而過，和我們共乘電梯，我們也會看見她在E街和二十一街轉角等十六號公車。我們想攔下她，問問她對抗納粹的那段過去，問她坐在辦公室等待下一場戰爭、或等著誰叫她打包走人的時候，會不會想起往日時光。

這些年，男士們一直在想辦法擠走這些戰情局小妞：新成形的冷戰已經用不上她們了。在他們看來，那些一度用來扣扳機的手指似乎更適合敲打鍵盤。

但我們算哪根蔥，有啥好抱怨的？這是一份好工作，能得到這份工作算我們幸運。在這裡工作肯定比其他多數政府單位刺激得多——好比農業部？內政部？簡直難以想像。

「蘇聯分局」，或簡稱「SR」，是我們的另一個家。誠如中情局被戲稱為「男子俱樂部」，我們也會組成自己的小團體，漸漸形成打字組的小組意識，並且日益壯大。

此外，來這兒上班通勤還算方便：天氣好就走路，天氣不好就搭公車或街車。我們大多住在喬治城、杜邦、克里夫蘭公園、大教堂高地等鄰近郊區市鎮，並且只能選擇沒有電梯的單房公寓。這種公寓空間極小，若躺在地上，腳尖和頭頂幾乎就會抵到相對的兩堵牆。還有些人住在麻薩諸塞大道僅存的寄宿公寓，每間房有好幾排上下舖，門禁十點半，通常會有幾名室友。這些名叫佩姬或安涅絲的女孩也在政府單位工作，她們總是把粉紅色髮捲忘在水槽裡，從來不會清掉抹刀上的花生醬，或是把用過的紙巾亂扔進水槽旁的廢紙簍。

當時，只有琳達．墨菲已婚，而且是新婚不久。這些已婚女子沒一個待得久：有些撐到懷孕才走，絕大多數都是一套上訂婚戒指就準備離職了。我們會去喜互惠超市買方型蛋糕，在休息室歡送她們，男士們會進來吃個一兩片，表示她們離職有多令他們難過；可是我們總會逮到他們眼中閃爍異樣的光芒——肯定想著接下來會有哪些新女孩頂替她們的位置。我們說好保持聯絡，不過等婚禮一結束、寶寶一出生，她們也都在離特區最遠的角落安頓好了：像是貝塞斯達、費爾法克斯或亞歷山卓這種得搭計程車或轉兩趟公車才到得了的地方。我們或許願意大老遠跑一趟去慶祝寶寶的周歲生日，至於再接下來的其他活動，大概就不可能了。

我們大多單身，把事業擺在第一位，還得一再向父母表明這項選擇與政治、工作無關。當年我們剛從大學畢業時，不用說，他們無不滿心驕傲；然而時間一年年過去，我們始終忙於工作而不是製造寶寶，父母遂越來越憂心我們「名花無主」的感情狀態、以及住在一座「沼澤上的城市」的奇怪選擇。

這麼說其實也沒錯：華盛頓的夏日濕氣極重，猶如裹著一層厚濕毛毯，斑蚊肆虐、狠叮猛咬。每天早上一出家門，前夜悉心梳理的捲髮立刻塌癟投降；街車和公車熱得像三溫暖，聞起來像發臭的海綿。除了沖冷水澡的那幾分鐘之外，我們沒有一刻不覺得自己渾身汗膩、姿容狼狽。

冬天也好不到哪兒去。我們把自己裹得暖烘烘的，低頭快步往返於公車站與目的地之間，奮力抵擋波多馬克河吹來的冷冽寒風。

但秋天呢，整座城市變得鮮活動人：康迺迪克大道兩旁的行道樹宛如自天空墜落的橘紅煙火，氣溫亦舒適怡人，無須擔心汗水浸濕腋下襯衫。熱狗小販賣起一小袋一小袋的烤栗子，份量不多不少，散步回家正好嗑完。

每逢春天，櫻花盛開，總會帶來絡繹不絕的遊客。遊客步行參觀紀念碑館，無視諸多警告標牌，順手摘下粉紅或雪白小花捎於耳後、或插進外套口袋。

特區的秋天與春日是漫步流連的好時節。這時我們會停下腳步，挑張長椅坐下，或繞著倒影池走一圈。雖然位於E街辦公大樓內的中情局螢光燈，讓所及之物皆披上一襲刺眼光芒，令我們的額頭更顯光潔、放大鼻頭毛細孔；然若有幸提早下班，我們會穿過國家廣場刻意繞遠路回家，讓微涼晚風輕觸光裸的臂膀——就是在這些時刻，這座沼澤上的城市搖身一變，化為風景明信片。

但我們可沒忘了手指痠痛、手腕發疼、還有那些無窮無盡的備忘紀錄、報告與口述資料。我們成天打字，有些人甚至連作夢也在打字。即使過了許多年，某些曾經分享我們閨床的男士仍記得我們偶爾會在睡夢中突然蜷起手指。我們記得，每到週五下午，大夥兒每隔五分鐘就看一次時鐘；我們記得那一道道被紙張割劃的傷口，記得刮人肌膚的廁紙，記得星期一早晨大廳硬木地板散發的「墨菲油皂」氣味，以及在地板打蠟後好幾天，我們的鞋跟總會不時打滑。

我們也記得蘇聯分局深處的那排窗戶——高得無法憑窗眺望，卻依然能望見對街灰色的國務院。我們曾經揣想，不知對街的打字組是何模樣，她們的日常是否和我們一樣？她們是否也曾望向窗外、看著我們這棟灰色建築，好奇我們的人生？

那時候的每一天都過得好漫長、好特別，但如今再回頭看，過往的日子全都混在一起了：我們沒辦法告訴您，華特．安德森拿紅酒灑得自己前襟一片暗紅、醉昏在會場前臺、大衣翻領還別著一張「請勿急救」的字條，那時究竟是一九五一還是一九五五年的耶誕派對；也不記得荷莉．法肯是否因為她讓某部會官員在二樓會議室拍下裸照而遭開除，或者因為同一批照片而獲得晉升、卻在不久後為了其他理由掃地出門。

不過還有一些事，我們倒是記得很清楚。

假如您有機會來到總部，看見身著剪裁合身綠色花呢套裝的女性，跟著一名男子走進專屬辦公室，或是在前臺看見足蹬紅色高跟鞋、搭配相襯安哥拉羊毛衫的女子，各位或許以為她們是打字員或祕書；您可能猜對，也可能猜錯。**祕書**，顧名思義就是「被委託或交付**祕密**之人」。英文的 secretary 源自拉丁文 *secretus*。我們都要打字，但有些人的工作不只打字。我們絕口不提每天下班闔上打字機後的工作。我們不像某些男人。我們守得住祕密。

東線

一九四九～一九五〇

第一章 繆思

那幾位穿黑西裝的男士進門時，我的女兒伊拉問他們要不要喝茶，他們像受招待的客人一樣禮貌地點頭答應；然而當他們開始清空我的書桌抽屜、把東西全倒在地上，將書架上的書整排掃下，掀床墊，搜衣櫥，伊拉遂把爐子上滾沸的熱水壺移開，將茶杯糖罐放回櫥櫃。

拖著大板條箱的男人指揮另一人將有用的東西全裝進箱子裡。這時，我的小兒子米提亞立刻走向陽臺——他把養在陽臺的小刺蝟裹進毛衣底下，彷彿以為這些人也會把他的寵物打包帶走。其中一人伸手按著米提亞的頭頂（這人後來在押我上黑車時，刻意將手滑下我後腰）說他是好孩子，而米提亞，一向個性溫和的米提亞粗魯撥開男人的手，跑回他和姐姐共用的臥房。

我母親（那些人抵達時她正在泡澡）僅著浴袍、頭髮滴水，滿臉通紅地從浴室現身。「我早跟你說過會發生這種事。我就說他們一定會來。」這些人搶走鮑里斯寫給我的信、我的筆記、食物清單、剪報、雜誌、我的書。「就跟你說了，奧爾嘉。他只會帶給我們折磨，其他什麼都給不了。」

我還來不及回應，其中一人已握住我的手臂，那感覺像是對待愛人、而非受命逮捕我。他溫熱的呼息拂過我頸背，低聲表示該走了。我呆住了。孩子們的嚎啕哭喊將我打回現實。屋門在我們身後砰地關上，他們的哭嚎更形劇烈。

車子兩度左轉，接著右轉，然後再右轉。我不需要往窗外看，也曉得這幾名黑衣人要帶我去哪兒。我沒來由地一陣噁心，遂告知我身旁那位渾身炸洋蔥和包心菜味的男人；他打開車窗（算是小小善舉），但噁心想吐的感覺仍未消退，因此當那棟黃色磚造建築映入眼簾時，我吐了出來。

小時候，大人叮囑我經過盧比揚卡時務必屏息不呼吸、放空腦袋：他們說，國家安全部能辨別你是否懷有反蘇維埃思想。當時我壓根不知道什麼是反蘇維埃思想。

車子通過圓環、穿過柵門，進入盧比揚卡內院。膽汁湧上，我奮力嚥下。坐在我左右兩邊的男人盡可能拉開距離，離我離得遠些。

車停了。「莫斯科最高的建築物是哪一棟？」渾身洋蔥包心菜味兒的男人開口問，同時推開車門。另一陣噁心襲來，我猛地彎身、把早餐炒蛋全吐在卵石地上，剛好避開男人霧黑的鞋面。「盧比揚卡啊，那還用說。聽說從地下室就能直直看見西伯利亞。」

另一人大笑，用鞋跟踩熄香菸。

我啐了兩口唾沫，用手背抹抹嘴巴。

一走進黃色磚造大樓，兩位黑衣人立刻把我移交給兩名女獄卒——鬆手前，他們看了我一眼，彷彿在說我應該感恩慶幸不是他們一路送我進牢房。坐在角落藍色塑膠椅的上女子個頭較大、唇上有淡淡的鬍鬚，個頭較小的女子則以勸哄幼兒如廁的溫柔嗓音，要求我褪衣脫鞋。我脫了外套、洋裝和鞋子，身上僅剩肉色內衣；小個子獄卒伸手解下我的手銬和戒指、扔進金屬抽屜，清亮的撞擊聲在水泥牆之間迴盪。接著，她示意我脫掉胸罩。我猶豫，交疊手臂遮胸。

「這個不能留。」坐藍椅子的女人說。這是她對我說的第一句話。「怕你上吊。」我解開胸罩，脫下，冷風刺痛肌膚。我感覺她們用眼神掃視我的身體。即使在這種情況下，女人還是忍不住彼此打量。

「懷孕了？」大個頭女人問。

「對。」我回答。這是我首度說出這件事。

我和鮑里斯最近一次做愛，是在他三度和我分手的一週以後。「結束了。」他這麼說。「我們必須結束。」我在破壞他的家庭。我是他痛苦的根源。當時我倆走在阿爾巴特街旁的小巷子裡，他如此對我說。我不小心跌進麵包店門廊。他連忙想扶我起來，但我尖叫要他別管我。路人停步觀望。

事隔一週，他出現在我家門口，帶來一份禮物：一件奢華的日式浴衣。他的兩位妹妹在倫敦特地為他找來的。「穿給我看。」他乞求。我躲進穿衣鏡後，套上它；布料很硬，不服貼，肚子的部分還鼓起來。這浴衣太大了。說不定他跟妹妹們說，這禮物是要送給他太太的。我討厭它。我告訴他我討厭這件浴衣。他大笑。「那就脫下來吧。」他懇求。我照辦。

一個月後，我開始覺得皮膚刺痛，感覺就像從寒冷的室外直接進屋泡熱水澡。以前我也有過這種刺痛感，那是我懷伊拉和米提亞的時候。於是我知道我有了他的孩子。

「這樣的話，等等會有醫生過來幫你檢查。」小個子獄卒說。

她們搜我的身、拿走我所有的東西，給我一件寬鬆的灰色罩衫和一雙大了兩號的拖鞋，然後押我來到一間水泥房。房裡只有一張墊子和一只桶子。

我被關在這裡三天，期間只有麥粥和酸奶果腹，一天兩頓。醫師來檢查，但也只是確認我已經知道的事實。聽說待過水泥房的人下場都很慘。多虧肚子裡的孩子，我得以躲過這些。

三天後，我被轉到大一點的囚房。同樣是水泥房，裡頭還有另外十四名女囚犯。她們分派給我一張床，金屬床架栓在地上。待獄卒一關上門，我立刻躺下。

「現在不能睡。」坐在我隔壁床上的年輕女人說道。她手臂很細，手肘有爛瘡。「她們會把你叫起來。」她指指頭頂上刺眼的螢光燈。「白天不准睡覺。」

「不過要是你晚上能睡到一小時，算你好運。」另一個女人說。她和剛才那名女子長得有點像，但年紀似乎大得足以當她媽媽。我懷疑她們是否有親戚關係——又或者，在這種地方待久了、在這種過度刺眼的強光下，而且又穿著一模一樣的衣服，到頭來每個人都長得很像。「他們一向在晚上出現，帶你去小聊一下。」

年輕女子看了老女人一眼。

「那我們不睡覺要幹什麼？」我問。

嗎？」我不會。但我將在接下來這個月的等待之中，學會下棋。

「對。」第三個女人說。她坐在房間對面的小桌旁，手上握著一只用撞針做的騎士。「你下棋

「西洋棋？」

「還有下棋。」

「等待。」

獄卒確實出現了。他們每天晚上都會拉一個人出去問話，幾個鐘頭後再把這名眼睛佈滿血絲的沉默女子送回七號牢房。我每天晚上都強打起精神、做好被帶走的準備，然而當她們終於找上我的時候，我仍驚恐萬分。

木製警棍戳戳我無衣物遮掩的肩膀，厲聲叫醒我。「姓名！」低頭俯視我的獄卒啐道。這些晚上出現的男人在帶走我們之前，總會要求我們先報上姓名字母縮寫。我喃喃回答。獄卒叫我下床著衣，我照辦，他從頭到尾盯著我瞧。

我們走過幽暗長廊，走下好幾段階梯。我好奇那些傳聞是不是真的？盧比揚卡地下有二十層樓深，還有密道與克林姆林宮相連；其中一條密道通往一座地下碉堡，碉堡內的裝設極盡奢華，供史達林在戰時使用。

我被帶到另一條長廊最末端的一扇門前，標號「二七一」。獄卒打開一道小縫，窺看一眼，然後笑著推開房門。這間不是牢房，而是倉庫，屯著高塔般的肉罐頭、箱箱整齊疊放的茶和袋袋

黑麥粉。獄卒哼了哼，指指房間對面的另一扇門。門上沒有號碼。我打開門，一時無法適應裡頭的光線：這是一間辦公室，光亮時髦的傢俱就算放在旅館大廳亦不顯突兀；有一面牆全是書，皮面精裝本一字排開立於書架上，另外三面牆則各有一名獄卒站駐。一名著軍裝的男子坐鎮房間正中央的大辦公桌，桌上有好幾疊書信——**我的書**，**我的**信。

「請坐，奧爾嘉·弗謝沃洛多芙娜。」他說。此人肩膀厚實，若不是坐了一輩子辦公桌、就是經常下田彎腰做粗活兒；從他含握茶杯、精心修整的手指判斷，我猜是前者。我在他正前方的小椅子坐下。

「抱歉久候。」他說。

我開口陳述準備了好幾個星期的說詞：「我沒有做錯事。你們必須立刻釋放我。我有家庭。你們沒——」

他揚起一根手指。「沒有做錯事？這得由我們來決定……你遲早會知道答案。」他嘆了口氣，用他粗厚、發黃的拇指指甲摳摳牙齒。「不過這需要時間。」

我以為他們隨時都可能釋放我，以為一切都能解決，以為我新年前夕就能坐在溫暖的爐火邊，和鮑里斯舉杯品嚐上等的喬治亞紅酒。

「所以，你到底做了什麼？」他翻翻桌上的紙張，抽出一張顯然是逮捕狀的文件。「表露**反蘇維埃行動的反動份子傾向**。」他唸道，彷彿在朗讀蜂蜜蛋糕食譜成分表。

一般人或許以為恐懼會使人發冷——麻木身體，為接下來的傷害做好準備；不過，對我來說，恐懼像是一道從頭燒到腳的烈焰，炙燙灼熱。「拜託你，」我說，「我要跟我的家人說話。」

「容我先自我介紹。」他微微一笑、向後抵靠椅背，皮革吱嘎作響。「我是您謙卑的訊問人。來杯茶吧？」

「好。」

但他並未起身為我備茶。「我的名字是阿納托利．謝蓋耶維奇．塞米諾夫。」

「阿納托利．謝蓋耶維奇——」

「叫我阿納托利就好。往後我們會非常熟悉彼此，奧爾嘉。」

「請叫我奧爾嘉．弗謝沃洛多芙娜。」

「沒問題。」

「請你有話直說，阿納托利．謝蓋耶維奇。」

「那就請你誠實回話，奧爾嘉．弗謝沃洛多芙娜。」他從口袋掏出一條有污痕的手帕，擤了擤鼻子。「跟我說說他正在寫的那本小說。我耳聞不少風聲。」

「比方說？」

「告訴我，」他說，「《齊瓦哥醫生》在講什麼？」

「我不知道。」

「你不知道？」

「他還沒寫完。」

「如果我把你單獨留在這兒一段時間，再給你幾張紙和一枝筆，也許你可以想想你對這本書到底知道或不知道什麼，然後把它們全部寫下來。這樣的安排還不錯吧？」

我沒有回答。

他站起來，遞給我一疊白紙。他從口袋抽出金筆。「喏，用我的筆吧。」

他留下他的筆、他的紙和他的三名獄卒，離開了。

敬愛的阿納托利·謝蓋耶維奇·塞米諾夫：

我能說這是一封信嗎？一般人該如何恰當地描述一份自白書？

我確實想坦白一些事，但不是你想聽的故事。像這樣一份自白書，我該從哪兒下筆才好？或許就從最初開始說起吧。

我把筆放下。

第一次見到鮑里斯，是在一場朗誦會上。他站在一張簡樸的木講桌後面，聚光燈照得他的灰髮閃閃發光，高高的額頭亦微微發亮。朗誦詩作的時候，他睜大眼睛、表情像孩子一樣單純無垢，散發的情感如波浪般穿過觀眾席，直抵我所在的露臺座。他的手飛快移動，好似在指揮交響樂團，就某種意義來說亦是如此。有時聽眾實在憋不住，搶先喊出他還沒唸完的詩句。有一次，鮑里斯不得不停下來、抬頭看看燈光；我敢發誓，他肯定看見我在露臺上看著他——我的凝視切穿白光，對上他的視線。待他唸完，我起身，雙手緊扣、忘了要鼓掌。我看著其他人衝上臺、將他淹沒，我仍站在原處，直到與我同排的聽眾、露臺上的聽眾、整個聽眾席的人全都走光了為止。

我提筆繼續。

或者，我該從頭交代，這一切是怎麼開始的？

那場朗誦會結束不到一週後，鮑里斯站在《新世界》雜誌社大廳厚厚的紅地毯上，和這份文學雜誌的新任主編康斯坦丁．米哈伊洛維奇．西蒙諾夫閒聊。康斯坦汀擁有一整櫃的戰前舊式西裝，以及兩枚紅寶石圖章戒指；每次抽菸斗的時候，兩枚戒指總是撞在一起、叮叮作響。作家造訪雜誌社是常有的事。事實上，我經常負責帶他們參觀社內，或準備茶水、請他們吃午餐，這些都是一般禮貌招待。可是鮑里斯．列昂尼多維奇是目前活躍俄國文壇最有名的詩人，因此必須由康斯坦汀扮演東道主，陪他走過長排辦公桌，介紹他認識社裡的撰稿人、設計師、翻譯員及其他重要職員。鮑里斯近看比在講臺上更具魅力。他的視線骨碌碌在人與人之間溜轉，不時講幾句玩笑話；他的笑臉讓高聳的顴骨看起來更高了。

他倆漸漸走近我的辦公桌，我抓起一份正在翻譯的詩稿，開始在手稿上胡亂標記；桌底下，我試著把套著襪子的雙腳一扭一扭擠進鞋裡。

「介紹一位你最死忠的仰慕者。」康斯坦汀對鮑里斯這麼說。「奧爾嘉・弗謝沃洛多芙娜・伊文斯卡亞。」

我伸出右手。

鮑里斯轉過我的手腕，親吻手背。「很榮幸認識你。」

「我從小就喜歡您寫的詩。」他退開時，我愚蠢地表示。

他笑了起來，露出那道明顯的齒縫。「事實上，目前我正在寫小說。」

「是怎麼樣的故事呢？」我問，下一秒立刻咒罵自己竟然要求作者說明還未完成的寫作計畫。

「舊時代的莫斯科。一個你太年輕，所以不可能記得的莫斯科。」

「太令人期待了！」康斯坦汀說。「說到這個，咱們去我辦公室聊聊吧？」

「希望能再見到你，奧爾嘉・弗謝沃洛多芙娜。」鮑里斯說。「我竟然還有仰慕者，真好。」

我和他就從這裡開始。

第一次答應見他的那一天，我遲到，他早到。他說他不介意，說他提早一個鐘頭抵達普希金廣場，饒富興味地看著鴿子一隻接一隻輪流佔據普希金銅像頭頂的位置，活像一頂頂會呼吸、有羽毛的帽子。我倆坐在長椅上。他執起我的手，說他從上一次見到我以來，滿腦子都是我、無法念及其他——他無法停止想像看著我走近他、坐在他身旁會是什麼感覺，牽起我的手又會是何種感覺。

從那天起，他每天早上都會在公寓外頭等我。上班前，我們會順著寬闊的步行大道穿過廣場和公園，往復跨越莫斯科河上的每一座橋，沒有特定目的地、漫無目的地走。那年夏天，檸檬樹開得燦爛，整座城市瀰漫蜂蜜的甜味與淡淡的腐臭氣息。

我對他毫無隱瞞：我的第一任丈夫（後來吊死在我們的公寓裡。我發現的），我的第二任丈夫（在我臂彎中過世），嫁給這兩任丈夫之前交往過的男人、以及之後交往過的男人。我告訴他我的恥辱、我的遺憾，我不為人知的小樂趣（我喜歡第一個下火車；我喜歡把面霜、香水排整齊，讓標籤那一面全部向著我；我喜歡早餐酸梅派的滋味）。最初那幾個月，我滔滔說個不停，鮑里斯總是聆聽。

夏天快結束的時候，我開始親暱地叫他「鮑亞」（Borya），他則喊我「奧亞」（Olya）。旁人開始談論我們的事，其中又以我媽最常嘮叨。「這種事我完全無法接受。」我記不清她說過多少次。「他已經結婚了，奧爾嘉。」

可是我知道阿納托利．謝蓋耶維奇對於這樣的自白完全不感興趣。我知道他要我寫的是哪一種自白。我記得他是這麼說的：「巴斯特納克的命運如何，就看你有多誠實了。」我拿起筆，重新起頭。

敬愛的阿納托利．謝蓋耶維奇．塞米諾夫：

《齊瓦哥醫生》是醫生的故事。

介於兩次大戰之間，描述尤里和拉娜的故事。
故事背景是以前的莫斯科。
這是十則愛的故事。
關於我們的故事。

《齊瓦哥醫生》不是反蘇維埃小說。

一個鐘頭之後，塞米諾夫回來了。我把這封信交給他。他瞄了一眼，再翻過背面看了看。「你可以明天晚上再來試試。」他把紙揉成一球，扔了，然後揮揮手示意獄卒帶我離開。

ᔕ

夜復一夜，獄卒來牢房帶我，讓我和塞米諾夫小聊片刻。夜復一夜，我那謙卑的訊問人總會一再提出相同的問題：《齊瓦哥醫生》在講什麼？他為什麼要寫這個故事？你為什麼袒護他？

他想聽的我一句也沒說。這部小說意在批評這場革命。鮑里斯排斥社會主義寫實主義，他想擺脫國家影響，以忠於所愛、依從心之所向的人物為主角。

我沒告訴他，鮑里斯早在我倆相遇之前就已經開始這部小說，心頭亦已浮現拉娜的形象。在早期的篇章裡，女主角與他的妻子季奈妲有幾分相似；但我同樣也沒告訴他，隨著時間推移，拉娜漸漸變成我。又或者是我變成她。

我沒告訴他，鮑里斯曾說我是他的繆思；說我們在一起的第一年，他的寫書進度超過前三年的總和。我沒說我最初是因為他的名字而受他吸引（那個家喻戶曉的名字！），但終究不顧他的赫赫名聲而與他墜入愛河。我沒有告訴他，對我來說，鮑里斯不僅是舞臺上、聚光燈下、或照片登上報紙的名流士紳，我也沒告訴他我有多欣喜於他的不完美：兩顆門牙之間的縫隙，那把用了二十年仍不肯汰換的舊梳子，想事情時總愛拿筆搔臉、留下道道墨水印的習慣；還有他不計代價、逼自己寫下巨作的方式。

他真的是在逼迫自己。白天，他以瘋狂的速度寫稿，讓填滿文字的紙張順勢落入桌底下的簍；晚上，他會把當天寫好的稿子唸給我聽。

有時候，他會在莫斯科的公寓小聚會上唸幾段給朋友聽。朋友把椅子排成半圓形，圍著鮑里斯和他的小桌子；我會坐在他身邊，幾乎像妻子一樣，驕傲地扮演隨侍左右的女主人。他會以他獨特、激動的方式朗讀，鮮少停頓，視線始終停駐在聽眾頭頂上方某一處。

我也會參加城裡的朗誦會，至於辦在佩列杰爾基諾的，雖然從莫斯科搭火車去很近，但我從不出席。那棟位於作家村的紅棕色俄國別墅是他妻子的領土：木屋屹立於斜坡頂上，有好幾面寬闊八角窗，屋後有成排白樺樹與冷杉，側面則有泥土路通往一座大花園。鮑里斯第一次帶我去別墅那天，他刻意花時間說明這幾年哪些蔬菜長得特別好、哪些長不好，以及理由為何。

這幢別墅比多數市民的一般住家還要大上許多，而且是政府免費提供的。事實上，整座佩列杰爾基諾作家村是史達林的個人餽贈，旨在幫助祖國頂尖作家成長茁壯，蓬勃發展。「製造靈魂比製造坦克更重要。」史達林說。

誠如鮑里斯所言，這也不失為監控的好辦法。康斯坦丁．亞歷山卓維奇．費丁就住在隔壁，科爾涅伊．伊萬諾維奇．楚科夫斯基也住得不遠，後者還把他住的屋子用於童書創作；而伊薩克．艾曼紐洛維奇．巴別爾住過、爾後於此遭到逮捕的那幢房子，就在山腳下。

鮑里斯曾向我坦承，他正在寫的東西可能會要了他的命。他怕他會突然消失，就像史達林在大整肅運動時期對他許多朋友所做的一樣——這些我亦隻字未提。

我提供的模糊答覆始終未能滿足我的訊問者。故他總是一再送上白紙和他的金筆，要求我再試一次。

塞米諾夫無所不用其極，想誘我自白。有時他會展現仁慈，端茶給我、問我對鮑里斯作品的意見看法，說他一直非常喜歡他早期的作品。他安排醫生每星期來看我一次，指示獄卒給我加一床毛毯。

其他時候，他會欺瞞騙誘，告訴我鮑里斯打算自首、換我自由。有一次，一輛金屬推車滑過走廊，砰地一聲撞上牆，他立刻打趣說那是鮑里斯——說他奮力捶打盧比揚卡的銅牆鐵壁，想方設法要進來。

或者他還會說，有人在某活動場合見到鮑里斯，說他氣色紅潤、手挽著他的夫人。「無憂無慮，無拘無束」，塞米諾夫這麼說。有時他身旁的女伴不是他夫人，而是漂亮的年輕女子；「法國妞吧，我猜。」我得逼自己對他微笑，說我很高興知道他過得健康快樂。

塞米諾夫一次也沒動手，亦不曾威脅我。可是無形的暴力始終存在，他的翩翩風度都是算計好的。這種男人我見多了，我知道他們有什麼能耐。

§

每到晚上，我和獄友們會把發霉的布條綁在眼睛上，徒勞地阻隔那永不熄滅的燈光。獄卒來來去去，我們時睡時醒。

在睡意喚也喚不來的夜晚，我會吸氣、吐氣，試著沉澱心緒，終而打開一扇通往我腹中胎兒的窗。我把手輕按在肚子上，試著感受；有一次，我認為我感覺到些許動靜，微小得有如泡泡破掉的瞬間。我盡可能抓住並延長那種感覺。

我的肚子越來越大，獄方也准許我比其他女人多躺一個鐘頭。我可以多喝一份麥粥，偶爾還會得到一份水煮包心菜。獄友們也會分一點她們的食物給我。

最後他們不得不給我大一點的罩袍。獄友們想摸摸我的肚皮，感受胎動。孩子踢得像在允諾什麼——允諾離開七號牢房，重獲新生。**我們的小小獄友**，她們柔聲低語。

§

那晚的開端一如往常。警棍輕戳叫醒我，隨後我被戒送至訊問室。我在塞米諾夫面前坐下，他遞來一張嶄新白紙。

這時，有人敲門。一名頭髮白得發青的男子進門告訴塞米諾夫，會面已經安排好了。那人轉向我。「既然你要求會面，那就見吧。」

「我要求會面？」我問，「跟誰？」

「巴斯特納克呀。」塞米諾夫答道，因為有其他人在場，他的聲音異常刺耳響亮。「他在等你。」

我不相信。可是當他們押我坐上沒有窗戶的貨車後車廂，我讓自己相信這是真的；又或者，我無法壓抑那渺小的希望。想到我即將見到他，即使是在這種情況下，這仍是我倆的孩子首度踢動以來，我感受到最大的喜悅。

我們來到另一棟政府大樓，他們領我穿過一條又一條長廊，走下好幾段階梯；待我們終於抵達地下室某個陰暗房間時，我已精疲力竭、滿身大汗，禁不住惱於鮑里斯即將見到我這副醜態。

我轉身，仔細端詳空蕩蕩的房間：房裡沒有椅子也沒有桌子，天花板吊著一顆電燈泡，地面緩緩斜向房間正中央的生鏽溝渠。

「他在哪兒？」我問，立刻意識到自己有多愚蠢。

沒人回答我。這時，戒送我的獄卒忽地將我推進一扇金屬門，然後立刻關門。氣味猛撲襲擊。不容錯辨的甜膩味。我看見一張張蓋著帆布的長桌，帆布下是一具具長形物體。我膝蓋一軟，跪倒在冰冷潮濕的地上。鮑里斯也在某塊帆布底下嗎？所以他們才要帶我來這兒？

金屬門再度開啟。約莫幾分鐘或幾個鐘頭後，一雙手臂架著我站起來。我拖著步伐爬上樓梯，走過彷彿看不見盡頭的長廊。

我們走進廊道盡頭的載貨電梯。獄卒關上鐵柵，拉下拉桿。馬達啟動，電梯劇烈震動卻未移動。獄卒拽了拽拉桿，倏地扯開柵門；「我老是忘記，」他戲謔一笑，推我出電梯，「這玩意兒早幾年前就壞了。」

他轉向左手邊第一道門，推開它；塞米諾夫在裡頭。「我們在等你。」他說。

「**我們**？」

他往牆上敲兩下。房門再度開啟，一名老者踉蹌走進來。我費了好一會兒工夫才認出他是謝爾蓋·尼可拉耶維奇·尼基福羅夫——伊拉以前的英文老師，又或者只是他的幽影。這位對服裝儀容一向挑剔的老學究此刻滿臉硬鬍，長褲鬆垮垮地掛在削瘦的骨架上，鞋帶也都不見了。他一身尿騷味。

「謝爾蓋？」我無聲喊他，但他拒絕看我。

「可以開始了吧？」塞米諾夫問。「很好。」他沒等任何人回答，逕自說道。「讓我們再確認一遍。謝爾蓋·尼可拉耶維奇·尼基福羅夫，根據昨天的口供，你說巴斯特納克和伊文斯卡亞進行那段反蘇維埃對談時，你也在場，是嗎？」

我放聲尖叫，旋即遭站在門邊的獄卒掌摑制止。我撞上磚牆，但我什麼也感覺不到。

「是的。」尼基福羅夫回答，始終低著頭。

「而伊文斯卡亞也把她的計畫告訴你，表示她要和巴斯特納克潛逃出境？」

「是的。」尼基福羅夫說。

「沒這回事！」我大叫。獄卒猛力壓制我。

「你曾經在伊文斯卡亞家收聽反蘇維埃廣播節目？」

「不是……實際上，不是……我以為——」

「那你昨天是故意對我們撒謊？」

「沒有。」老人危顫顫地舉起雙手遮臉，悲戚哀嚎。

我要自己別過頭去，但我做不到。

尼基福羅夫認罪後，他們把他帶走、送我回七號牢房。我不確定陣痛是何時開始的，畢竟過去幾個鐘頭我都處於麻木中；但是在某個時間點，獄友們通知獄卒：鮮血已浸透我的床單。我被帶到盧比揚卡醫院，聽醫師告訴我我已經知道的事實，然而我滿腦子都只在想，我的衣服聞起來還有停屍間的味道，像死人一樣。

§

「證人陳述的內容讓我們得以揭發你的不當行為。你持續汙衊我們的政體與蘇維埃聯盟，收聽『美國之聲』電臺，誹謗抒發愛國觀點的蘇維埃作家並推崇反建制作家巴斯特納克的作品。」

我聆聽法官判決。我聽見他說話，也聽見判刑的數字，但直到返回牢房以後，我才把這兩件事連在一塊兒。有人問我，我順口答：「五年。」這一刻，事實硬生生擊中我——我將在波季馬勞改五年。五年，離莫斯科六百公里遠。我的女兒和兒子屆時都將長成青少年，我母親則年近七旬。到時她仍否健在？鮑里斯的人生繼續前進。也許五年後他已找到新的繆思、新的拉娜。說不定他現在就已經找到了。

宣判日隔天，他們給我一件被衣蛾蛀得坑坑疤疤的冬季大衣，把我塞進一輛擠滿女囚的帆布篷頂卡車。我們望著車後方的開口，莫斯科緩緩遠逝。

某一刻，一群學童經過卡車後方，兩兩成排。老師叮囑他們直視前方，但其中一名小男孩轉過頭，對上我的視線。那個瞬間，我想像他是我兒子，我的米提亞，或是那個我永遠沒有機會認識的寶寶。

卡車不再前進。警衛喊我們下車，吆喝我們快步走向火車站、準備前往古拉格。我想起鮑里斯小說開頭幾頁的內容，想起尤里·齊瓦哥和他的小家庭搭火車前往烏拉山某處避難。

警衛將我們安置在一節沒有窗戶的車廂裡。列車啟動，我閉上眼睛。

莫斯科猶如卵石投水激起的漣漪，層層擴散。這座城市以紅場為中心，經由馬路大道、公寓樓房向外擴張——每一棟樓、每一條路都比前者更高、更寬，然後是樹林、鄉間、雪地與無盡的雪。

西線

一九五六・秋

第二章　求職者

那天是特區的某個尋常秋日，波多馬克河面上懸著厚厚濕氣。即使時序已步入九月，空氣彷彿仍罩著一張濕毯。我才踏出和媽媽同住的地下公寓，立刻後悔選了這件灰色羊毛裙。每走一步，我的腦中除了好熱、好熱以外，沒有其他念頭。等我終於上了八號公車、在車尾找到位子坐下，我感覺我的白襯衫早已被汗水浸透了。這還不是最糟糕的。我甚至覺得臀部底下有兩團大大的汗水印，一邊一塊。日前房東揚言漲租，所以我非常需要這份工作。但我為什麼不選亞麻裙呢？

轉了一趟公車、惱怒走過三條街，我終於來到霧谷。沿著E街往下走，我試著不著痕跡地藉「大眾藥局」櫥窗檢查臀部汗漬；礙於陽光刺眼、我又沒戴眼鏡，我什麼也看不出來。

第一次去看眼科時，我已經二十歲，也非常習慣生活在一片朦朧中，是以當我終於看清世界的模樣時，每樣東西瞬時都變得太過生動鮮活：樹葉片片分明，鼻頭毛孔個個清晰，就連沾在衣服上的每一根白色貓毛（多虧樓上鄰居的貓咪米希卡）都看得清清楚楚。這一切使我頭痛。我發現我比較喜歡事物以「一團毛絨絨」的方式呈現，而非劃分得清清楚楚、壁壘分明，因此我鮮少戴眼鏡。又或許我只是固執：我對這個世界已經有了既定看法，任何與之相反的狀態都使我不自在。

我經過一位坐在長椅上的男士，感覺他的目光在我背後流連。他在觀察我駝背縮肩、低頭走路的姿態嗎？以前我常頂著書在房裡練習走路、校正姿勢，一練就是好幾個鐘頭，最後仍未能端正儀態。每回我感受到男士的目光，總不免覺得他是在注意我怪異的步態；至於另一種可能，亦即對方或許覺得我頗具魅力云云，則從來不曾掠過我心頭。總而言之，要嘛是我走路的姿態，要嘛是我身上的手工服裝，又或者是我突然盯著某人看得出神、直至引起對方注意（我常常這樣），否則絕不可能是因為我長得漂亮。不可能，永遠不可能。

我加快步伐，鑽進路上的一間餐館，直奔化妝室。

沒有汗水印，謝天謝地。其他部分可就不好說了：瀏海整片貼在額頭上，睫毛膏（我媽說這讓我看起來像郵購新娘）融得亂七八糟，而我悉心遮蓋「問題部位」（伍爾沃斯的百貨銷售員是這麼說的）的蜜粉則厚得跟餅乾一樣。我往臉上潑了些冷水、正準備用紙巾擦乾時，有人敲門了。

「請稍等。」

對方繼續敲。

「裡面有人！」

外頭的傢伙開始扭轉門把。

我用力扯開門，把還在滴水的臉塞進門縫：「馬上就好！」我對門外的男人喊道（他腋下夾著一份報紙），然後狠狠甩上門。我迅速拉起裙子，將擦手紙對折塞進內衣與緊身褡之間，再看看手錶：離面試時間還有二十五分鐘。

最初是席尼（我前男友……勉強算數吧）透露有這個職缺。那晚，我們在「支流」餐廳吃披薩喝啤酒。席尼頗自豪自己是「知道內情的特區人」，而他也曉得我畢業兩年以來，就一直想進政府單位當公務員。可惜基層公務員的職缺本就不多，你得認識有人脈的人才可能找到門路。席尼就是我的門路。他在國務院工作，從朋友的朋友那裡聽說打字組開缺。我知道希望渺茫，因為我的打字和速記能力頂多及格，而我唯一的工作經驗就是幫某個快要退休、西裝總是不合身的民事訴訟律師接電話；但席尼說我穩操勝算，因為他已經在那位中情局朋友面前替我美言數句。儘管我懷疑他在中情局根本沒有可以「美言幾句」的對象，但我還是謝謝他。席尼靠過來索吻，我把手伸給他、再次感謝他。

走出化妝室，那位夾著報紙的男士已經走了。我鬆口氣，點了大瓶可口可樂，吧台裡的小個子希臘人把飲料推向我、促狹地擠眉弄眼。「今天一開始就不順利？」他問。我點點頭，咕嚕嚕大口灌下可樂。「謝啦。」我說，將五分鎳幣滑過檯面。他用一根手指摁住鎳幣、推還給我。「我請客。」他說，再次眨眼睛。

我提早十五分鐘抵達通往海軍山莊紅灰磚造大樓建築群的黑色鐵柵門。早到五分鐘尚屬得體，但早到十五分鐘意味我得繞著這群大樓走三圈再進門，屆時可能又是狼狽地一身汗。推開沉重大門，原以為會有空調涼風迎面拂來，結果撲面相迎的卻是更加濕熱的空氣。

我排隊等待檢查，好不容易輪到我繳驗身分證明、核對預約訪客名單。待我終於完成手續，準備進入管制區時，一名戴著圓框眼鏡的白髮男子擠過我身邊同時撞上我，害我把手提袋掉在地上。我那只有薄薄一張紙的履歷表亦滑落地面。那位如旋風般通過安檢的男士立刻轉身走回來，撿起印著淡淡小花邊以及我依然單薄的技能與資格項目、但此刻已有些髒污的履歷表，說了一聲「來，給你」，把紙遞給我。我還來不及回答，他就走了。

進了電梯，我舔舔指尖、試圖抹掉履歷表上的髒汙，結果越弄越糟。我咒罵自己沒多帶一份在身上。我從圖書館借了一本《抬頭挺胸找工作》當參考書，按書裡的指示製作這份履歷表，甚至還多花了點錢選擇磅數較高的米白色紙。就書上所言，弄髒的履歷代表「粗心、不專業」。但情況好像還不夠糟糕。彎腰撿拾履歷表時，我感覺稍早在化妝室塞進襯衣的擦手紙竟往上挪移，此刻正抵著後腰。我命令自己不要去想，但這只會讓我更在意它。

「幾樓？」身旁的女士問我，手指懸在按鈕上。

「噢，三樓。」我說。「不對，四樓。」

「來面試？」

我揚起骯髒的履歷表。

「打字員？」

「你怎麼知道？」

「速評我很在行。」女人對我伸出手。她的兩隻眼睛分得很開，塗著厚厚唇膏的紅唇像兩條「瑞典小魚」軟糖。「朗妮．雷諾。」她說。「中情局還沒成立我就在這裡了。」她似乎對這項事實感到驕傲又疲憊。握手時，我注意到她的無名指有一圈皮膚顏色較淡；她也注意到我發現她少了婚戒，灼灼目光令我內心忐忑，七上八下。叮地一聲，三樓到了。

「有什麼建議嗎？」她跨出電梯時，我開口問。

「動作快。別問問題。少惹事。還有——」這時有兩名男士走進電梯，我聽見她在他們身後提高音量說：「剛剛撞到你的人是杜勒斯。」

來到四樓，接待員指指靠牆的一排塑膠椅，算是招呼。此刻已經有兩名女子坐在那兒了。我選了一張椅子坐下，感覺紙巾又移動了。我責備自己不懂得抓緊時機、早點上樓準備。

我右手邊的女士年紀稍長，偏厚的綠色開襟羊毛衫大概有二十年歷史，下身搭配棕色燈芯絨長裙。這身穿著使她看來不像速記打字員，反而比較像中學女教師（又或者是我對速記打字員有刻板印象）。我暗暗責備自己不該對人品頭論足。她把履歷夾在雙手大拇指和食指間，擱在腿上。她是否也像我一樣緊張？或許是在孩子們長大離家後重返職場？她是不是也利用晚上修習商業課程，計畫追尋事業第二春、做點不一樣的事？她看看我，輕聲說一句「祝你好運」。我微笑，要自己忍住別回應。

我轉頭望向牆上掛鐘，藉此觀察左邊這位膚色蒼白、髮色較深的嬌小女子。她似乎才剛從祕書學校畢業（應該是二十歲），但是看起來甚至不滿十六歲。她長得比我漂亮，穿了一件光亮柔滑如芭蕾舞鞋鞋面的粉紅大衣，頭髮則梳成那種似乎得花上大把時間和大把髮夾才能完成的髮型。那一身行頭（白領長袖洋裝和千鳥格紋高跟鞋）應該也是新的。這襲洋裝是那種會讓我在百貨公司櫥窗前流連徘徊，希望能買下它、而不是回家畫在紙上，讓媽媽仿製做給我的衣裳。我身上這件該死的羊毛裙，就是照著我一年前在葛芬珂百貨櫥窗看見人形模特兒展示的漂亮灰裙所縫製出來的。

以前，我經常抱怨我的衣服沒有一件是在服飾店買的、要不就是落伍不時髦。可是自從律師正式退休、繼而解雇我之後，媽媽的裁縫收入就成為支付這間地下室公寓租金的唯一來源。飯廳那張舊乒乓桌是她的工作檯，是我們從路邊撿回來的。我們拆掉破球網，再把她的喜悅與驕傲——我父親送她的禮物、也是她從莫斯科帶出來的少數幾樣東西之一——「韋斯塔腳踩縫紉機」放在綠色大桌上。以前在莫斯科，媽媽是布爾什維克工廠女工，不過她背地裡也一直在經營手工訂製服與結婚禮服的生意。她是個鬥牛犬般的女子——長相與脾氣皆然。她在第二波蘇聯移民潮進入尾聲時離開祖國、抵達美國：當時邊界即將關閉，如果爸媽再拖上幾個月，我就會在鐵幕裡、而非這個自由國度出生長大了。

爸媽打包離開他們與其他四個家庭同住的集體公寓小房間時，媽媽已經懷有三個月的身孕；

她希望能及時抵達美國海岸，迎接我的誕生。事實上，媽媽懷孕是促使爸媽決心離開祖國的動機。等到她的肚子已十分明顯時，我父親也搞定所有必要文件、找好暫時落腳的地方——有位遠房親戚住在馬里蘭州一個叫「派克斯維爾」的地方，過得還算不錯。馬里蘭。聽在媽媽耳裡，那地方充滿異國情調：「馬里蘭」，她對自己低語，喃喃唸誦，宛如祈禱。

當時我父親在戰備工廠上班，不過在那之前，他曾經在「紅色教授學院」待過三年，研究哲學，後因表露「不符課程設計的思想」而遭校方開除。他原本計畫先在巴爾的摩或華盛頓特區的幾所大學謀教職，同時暫住親戚家一兩年，存錢買房買車、或許再生一個孩子——孩子最重要。爸媽想像即將誕生的寶寶，預見寶寶未來的人生：他或她將在乾淨的美國醫院出生，學會第一個俄文和英文單字，唸最好的學校，學會開那種很大的美國車，徜徉在寬闊的美國公路上，搞不好還會打棒球。他們幻想自己坐在露臺上嗑花生、喝啤酒。在他們未來的家，媽媽有一間專屬於她、用來做裁縫的房間，說不定還會建立她自己的事業。

他們向父母、手足以及他倆熟悉的每一個人和每一件事物道別，心知此去將永遠無法歸來——他倆將因為追逐美國夢而被永久剝奪公民身分。

我在約翰霍普金斯醫院出生，學會的第一個單字是俄文的「是」（да）、其次是英文的「不」。我確實進入一所很棒的公立學校就讀，甚至還打壘球、學會開表哥的克羅斯利汽車，可是我父親不曾目睹上述任何一件美夢成真。許多年後，媽媽才願意告訴我，我為何不曾見過父親，而且她在描述時以一種含糊其詞的速度飛快帶過，好像她必須自白、坦承什麼似的。據她所言，兩名著制服的男子走向他倆、要求父親交出出境文件時，他們已排進隊伍，準備登上那艘即將載著他倆橫越大西洋的蒸汽船了。在這之前，已經有另一位穿制服的男士執行過這項程序，因此當爸爸從口袋掏出文件時，媽媽並未立刻意識到爸爸有危險了。那兩人看也沒看文件一眼，一把扣住我父親的手臂、表示他們的上級要親自確認這些文件，而且是私下確認。媽媽緊抓著爸爸不放，但兩名男子使勁拽他走。媽媽崩潰尖叫，爸爸冷靜指示媽媽先上船、說他隨後跟上。她不願聽從，他又重複一次：「上船。」

汽笛大響，宣告啟航。媽媽並未費勁衝向欄杆、確認父親是否趕在最後一分鐘爬上舷梯：她已經知道，今生她再也見不到自己的丈夫了。她癱倒在預留給她的三等艙小床上。在接下來的旅程中，她身旁的小床始終空空蕩蕩，而我在她肚腹內的穩定踢動是她唯一的陪伴。

多年後，我們收到媽媽在莫斯科的姊妹發來的電報。電報上說爸爸於古拉格過世，於是媽媽爬上床，整整躺了一星期。那年我才八歲，但我已經負起打掃和煮飯的工作，也會自己上學、自己回家，協助媽媽完成瑣碎的縫紉工作（譬如縫補扯破的袖子、修改長褲，再送回顧客手上）。

媽媽在美國找到的第一份工作是「路氏清潔裝修公司」洗衣工，鎮日洗燙工作服，每天晚上都帶著被化學藥劑染色、灼傷綻裂的雙手回家，偶爾才有機會拿出針線盒，把長褲放長一點、或把夾克鬆脫的鈕扣縫牢。可是在得知我父親死訊的一星期後，媽媽下床，好好地畫上妝，她辭去路氏的工作，動手打拚：她將滿腹悲傷投入禮服製作，一針接著一線、一顆珠子接著一根羽毛地縫，幾乎整整兩個月足不出戶。待她縫完最後一件，總計已累積兩大箱禮服，每一件都比她至今縫製過的衣裳還要漂亮。她說服聖十字俄國東正教會教士讓她在一年一度的秋收節擺攤，並且在兩個鐘頭內賣光所有禮服，就連展示用的新娘禮服也賣掉了（一位女士表示要買給她十一歲的女兒，留到她長大再穿）。衣服賣完，我們就有足夠的錢搬出親戚在馬里蘭的擁擠屋房，一口氣付清特區公寓一整年的租金，順利展開她的禮服事業。媽媽實現了她的美國夢，即使必須靠自己獨力完成也不成問題。

她在我們的地下公寓成立自己的店面「傾心為妳—美國手工訂製服」，她的才華不脛而走。第一代與第二代俄裔美國人紛紛上門訂製，都想為婚喪喜慶或其他特殊場合添購一襲她親手縫製的精美禮服。媽媽誇口她能在禮服上身縫上多到數不清的亮片，數字遠勝這塊大陸上的任何一位裁縫師傅。沒多久，她便成為特區排名第二的俄國女裁縫，至於排名第一的是一位叫「碧安卡」的女子。媽媽把她當對手，與之較勁。「她偷工減料，」她逢人就說，「而且她的針線功夫實在不怎麼牢靠。風一吹，裙襬就掉了。她在美國待太久囉。」

媽媽做禮服養活我倆，甚至還供我唸大學（我只拿到三一大學的部分獎學金）；可是前些日子房東威脅漲房租，逼得我必須趕快找到工作。我坐在接待區觀察其他競爭者，「必須找到工作」的念頭沉沉壓迫胸口。我按著胸骨，止住這份不安。

我正想問接待員化妝室在哪兒（好讓我調整已滑至背部中段的擦手紙），這時，一名男士走進來，像打蒼蠅似地兩手一拍——這下我認出他了：那位站在餐館化妝室外、胳膊夾著報紙的男士。我胃一沉，整個人直接掉進看不見的活門。

「這幾個？」男人問。

我們看看彼此，不確定他想說什麼。

接待員抬頭，「這幾個。」

我好想躲進衣帽架後面。

我們跟著這位男士穿過走廊，進入一間擺了好幾排桌子的房間。每張桌上都有一台打字機和一疊紙。我選了第二排坐下，不想表現得太急切；不過，看來大家都不想表現得太急切，結果第二排終究還是成了第一排。

這位男士的臉（呃，應該說他的鼻子）讓人覺得他以前可能是曲棍球員或拳擊手。我找好位子坐下，他草草看了我一眼，似乎並未認出我就是餐館裡的那個人。感謝老天。他脫下西裝外套，捲起淡藍色襯衫袖子。

「我是華特．安德森，」他重複一次，「安德森。」我以為他會轉過身、放下黑板，流利寫下他的名字，他卻直接打開行李箱，拿出碼表。「各位若能通過這第一關考試，我才會記下你的名字。打字不夠快的，我建議你現在就離開。」

他逐一對上每一個人的視線。我迎視他，就像媽媽一直以來教導我的：「伊蓮娜，你要是不能直視對方的眼睛，對方就不會尊重你。」她這樣對我說。「尤其是男人。」

有人不安地在座位上扭動，但沒人站起來。

「很好。」安德森說。「開始吧。」

「請問。」剛才那位穿綠色厚羊毛衫的年長女士舉手發問。我尷尬得臉頰發燙，替她難為情。

「我不是老師。」安德森說。

她放下手臂。「是。」

安德森瞟瞟天花板，吁了口氣。「有什麼問題？」

「請問我們要打什麼？」

他在小房間前方的大辦公桌坐下，從行李箱取出一本黃皮書。那是一本小說。《獨孤里橋之役》（*The Bridges at Toko-ri*）。「喜歡文學嗎？」

我們全都高高舉起手。

「很好。」他說。「有沒有人是詹姆斯・米契納的書迷？」

「我看過電影。」我不假思索，「葛麗絲・凱莉很漂亮。」

「很好。」安德森說。他打開小說，翻到第一頁。「咱們開始吧？」他拿起碼表。

後來，站在擁擠的電梯裡，我不著痕跡地扯扯貼在背上的汗濕襯衫，探進襯衫底下摸索。沒有。不見了。難道是之前就掉在電梯裡了？又或者在我考完、站起來的時候掉出來，而華特・安德森碰巧在那一刻看見那噁心玩意兒？希望不是。我想過要循原路走回去找，看看它究竟掉在哪裡；但最後決定這已經不重要了。橫豎得到這份工作的又不是我。

我是應試者中倒數第二慢的。我之所以曉得，是因為安德森把打字成績做成一張表、大聲唸出來。

電梯緩緩下降。「好吧，我猜我大概沒指望了。」那位年輕漂亮的深髮女子嘆道（她叫貝姬）。她是最慢的一個。

「應該還有其他機會吧。」穿羊毛衫的年長女士說。雖然她試著壓抑內心喜悅，但我依然能從她的聲音裡聽出一丁點兒痕跡。目前她成績最好。

「而且那傢伙看起來超級噁心的。」貝姬繼續。「你們有看到他是怎麼看我們的嗎？像在看晚餐牛排似的。」她望向我。「尤其是你。」

「是啊，可不是。」我說。我也注意到安德森在看我，但我以為那只是面試之類的觀察。不過這種事經常發生在我和其他男性身上：如果有哪位男士覺得我挺吸引人的，我總是最後一個才知道。對方必須直截了當告訴我，我才願意相信——即使對方當真這麼做了，我頂多只是半信半疑而已。我自認相貌平庸，就是那種在街上擦身而過、或是搭巴士時坐在旁邊，但你不會多看一眼的普通女人。母親總說我屬於必須細看才瞧得出姿色的類型。老實告訴各位，我倒寧願融入背景呢。不起眼的人生輕鬆多了：不會有人當街朝你吹口哨，不會有人對你品頭論足、逼得你不得不拿皮包擋在胸前，也不會到哪兒都有眼神滴溜溜地跟著你轉。

不過，十六歲那年，當我明白我不會像媽媽年輕時一樣、變成大美人，心裡仍有一點點失落。媽媽曲線玲瓏，我卻像塊洗衣板。我小時候，媽媽白天總穿著毫無線條可言的居家服工作，但有些晚上，她會換上並展示她為那些有錢女人縫製的華服——她會在我家廚房轉圈圈、令裙襬飛揚；而我會告訴她，這件衣裳再也不會像此刻這般漂亮好看。

我看過一張她在我這個年紀時拍的照片。照片中的她穿著工廠制服（橄欖綠衣服、再配上同色的帽子），但我和她看起來真的是完完全全不一樣。我長得很像父親。父親死後，媽媽把一張他穿軍服的照片放在化妝臺最下層的抽屜。有時候，我會趁她出門時偷偷把照片拿出來、仔細盯著看，同時告訴自己：要是有一天我忘了他的模樣，我的心會破一個大洞，永遠無法癒合。

來到大樓外，應試者們彼此揮手道別。那位贏過我們其他人的年長女士朗聲說道：「祝好運！」

「我會需要的！」考試時坐在我旁邊的女人說，同時點了一根菸。

雖然我不相信運氣，但我也需要好運。

§

兩週過去了。我坐在廚房餐桌旁一邊喝茶、一邊在徵人廣告上畫圈圈，媽媽則在乒乓球桌工作。她打算做一件禮服給房東女兒，讓她穿去參加成人禮，藉此巴結他、希望他別漲我們房租。她告訴我一則她在《華盛頓郵報》讀到的報導（稍早她已經說過一次了）：有人在基橋產下一名女嬰，「他們來不及趕到醫院，所以就把車停了、直接在橋上生！你相信嗎？」她在隔壁房間喊道。沒聽我應聲，她又重複一次，這回提高了兩分貝。

「你第一次說我就聽見啦！」

「你相信嗎？」

「我不相信。」

「什麼？」

「我說，我不敢相信！」

我必須離開這間屋子、出去走一走，去哪兒都好。雖然媽媽偶爾差我去幫她跑腿，但除此之外，我幾乎無事可做。我投了十數則徵人廣告，隔週卻只有一家通知面試。我剛穿上外套，電話就響了。我衝進起居室，正好看見媽媽拿起聽筒。

「誰？」我問。

「艾琳？這裡沒這個人。你是不是打錯了？」

我一把搶過話筒。「喂？」媽媽聳了聳肩，折回乒乓球桌。

「請問是伊蓮娜．德羅……德羅佐夫小姐嗎？」一名女性的聲音問道。

「是，我是。抱歉我媽媽沒聽——」

「請稍後，華特．安德森先生有事找您。」

「什麼？」

古典音樂響起，我的胃緊緊糾結。片刻之後，音樂斷了，安德森先生的聲音切進來：「我們要請你再過來一趟。」

「我以為我是倒數第二？」我說，立刻咬住舌頭。我當真有必要提醒他我有多不夠格嗎？

「沒錯。」

「職缺不是只有一個？」我真心想自毀前程？

「我們喜歡你的表現。」

「所以我得到這份工作了？」

「還沒，快手。」他說。「還是我該幫你取個更符合你打字技巧的綽號？下午兩點能不能過來一趟？」

「今天嗎？」我原本要去友誼高地的衣料行，陪媽媽去幫她縫製的成人禮禮服挑幾款銀色亮片。媽媽一直很不喜歡自己一個人去衣料行，因為她覺得老闆娘對俄國人有偏見。「她賣我東西都貴人家一倍。不對，是三倍！」上次她獨自採買回來就這麼說。「她看我的眼神活像我會往她店裡丟炸彈似的。每次都這樣！」

「是的，今天。」他說。

「兩點？」

「兩點。」

「兩點？」媽媽現身走廊過道：「我們兩點要去友誼高地呀。」

我揮手要她別說話。「我會準時到。」我說，但對方沒答腔——安德森早把電話掛了。我只剩一個鐘頭著裝進城。

「所以呢？」媽媽問。

「我要再面試一次。今天。」

「你已經考過打字了。他們還要考你什麼？考跑步？烤蛋糕？他們還需要知道什麼？」

「我哪知道。」

她打量我身上的碎花居家服。「無論如何，你可不能這副模樣出門。」

這回我穿了亞麻洋裝。

我又早到了，不過我一到就立刻被帶至華特．安德森辦公室。他拋出的第一個問題完全出乎我意料：他不問我自認五年後會在哪裡，也不問我自認最大的缺點是什麼、又或者我為何應徵這份工作；他沒問我是不是共產黨員，或者是否願意效忠我出生的國家。「說說你父親的事。」我一坐下來，他便這麼問。他打開一份厚卷宗，封面是我的名字。「米哈伊爾．阿布拉莫維奇．德羅佐夫。」我胸口一緊。我已有好些年沒聽人提起他的名字。儘管今天選了亞麻衣料，我仍感覺汗珠凝結在頸背上。

「我沒見過我父親。」

「等等。」他說，稍微退開桌緣，從最下層抽屜拿出一只錄音機。「我老是忘記要開這個。不介意吧？」他不等我回答，逕自按下錄音鍵。「傳聞他是因為非法取得出境文件而被送進勞改營。」

原來如此。原來他是因為這個理由被他們從碼頭上帶走。可是他們為什麼放我媽走？我一想到這個疑點，旋即開口問。

「懲罰吧。」安德森說。

我瞪著他桌上的咖啡杯印，數個圓圈像奧運標誌環環交疊。一陣熱氣灌向我的手臂、我的雙腿，我一陣暈眩。「我八歲才知道他的事。」我勉強開口。整整八年，我們什麼也不知道。小時候，我常幻想與父親重逢的畫面——想像他的模樣、想像他一把將我摟入懷中，想像他身上會不會有某種特別的氣味，譬如菸草或鬍後水，一如我一直以來的想像。

我瞄瞄安德森，以為會看見滿臉的同情，結果只瞧見他微微不耐，彷彿我早該曉得「紅色巨獸」的能耐。「抱歉。請問這跟我應徵打字員有什麼關係？」

「跟你在這裡的工作大有關係。如果你想現在喊停，如果你覺得非常不舒服，那我尊重你的意願。」

「不是的，我……」我想大聲告訴他：這全是我的錯。是我害死他的。他們不該懷上我，否則就不會冒這麼大的險了。但我只能打起精神。

「你知道他是怎麼過世的？」安德森問。

「我們得到的訊息是，他在貝拉格錫礦坑心臟病發，突然過世。」

「你信嗎？」

「不信。我不相信。」我始終把這個答案深埋在心底，不曾大聲說出來。甚至不曾告訴媽媽。

「他沒去過貝拉格。他死在莫斯科。」安德森停了一下。「在審訊期間死亡。」

我懷疑媽媽到底知道什麼、不知道什麼。她當真相信妹妹發來電報、相信我父親死亡的相關訊息？或者她知道的不只這些？難道這麼多年來，她為了我，始終佯裝不知情？

「你對這件事有什麼感覺？」安德森問我。

我壓根沒想過他會這麼問。我的視線固定在那幾圈咖啡杯印上。「困惑。」

「還有別的嗎？」

「憤怒。」

「憤怒？」

「對。」

「聽好。」他闔上印有我名字的卷宗。「我們在你身上看見某些特質。」

「什麼意思？」

「我們擅於看出某些隱藏的天賦。」

第三章　打字員

秋天降臨華盛頓。早上醒來和下班離開辦公室時，天都是黑的。氣溫一掉掉了十幾度。通勤時，我們總是縮著頭走路，設法躲避高樓間的強風，留意人行道上濕滑的落葉，以免拐了腳、弄壞高跟鞋。在這樣的早晨（想到得爬出溫暖被窩、擠進街車、縮在其他人腋下，就只為了在燈光刺眼、寒風鑽牆的辦公室裡度過一整天，實在讓我們好想打電話請病假），我們會在「拉夫點心舖」集合，趁上班前先來杯咖啡配甜甜圈。我們需要這二十分鐘，需要這一劑糖分，更別提更好喝的咖啡了。局裡供應的咖啡雖然溫度、顏色都正確，嚐起來卻是滿口裝咖啡的紙杯味。

拉夫點心舖老闆名喚馬可斯，這位小個頭希臘老先生告訴我們，他之所以來美國，只是希望能有機會用他每天早上四點爬起來烘焙的糕點，養胖像我們這樣的漂亮美國女孩。他總說我們「漂亮」、「五官精緻」，但他有白內障，幾乎看不見我們長什麼模樣。馬可斯是厚臉皮的調情高手，雖然他太太雅典娜就站在櫃檯邊上（這位白髮女士有一對大胸部，打開收銀機時甚至得後退一步），他仍依然故我。不過雅典娜似乎不介意，她會翻翻白眼、大聲嘲笑這位老先生。我們也跟著笑，親暱地拍拍他的臂膀，希望他會往紙袋裡多放一塊沾滿糖粉的甜甜圈，然後心領神會地眨眨那白濁的眼睛、遞給我們。

不論誰先抵達拉夫點心鋪，最早到的人照例會先在後頭幫大家佔一處包廂。佔到店後的包廂座非常重要，如此我們才能盯住門口，看看有誰進來。拉夫並不是離總部最近的咖啡館，但局裡的老爺們不時還是會晃過來；此外，我們也不想讓旁人聽見我們「晨會」的討論內容。

最早到的通常都是蓋兒．卡特。從她在H街帽店樓上的單房公寓走過來，只要過三條街就到了。蓋兒和一位在國會山莊實習第三年的女子合租公寓。這位室友的父親很有錢，在新罕普夏州經營紡織工廠，全額負擔女兒的生活開銷。

那個特別的十月週一早晨，開場一如往常。「根本是地獄。」諾瑪．凱莉說。「上星期壓根兒就是活生生的地獄。」諾瑪十八歲就懷抱成為詩人的夢想，移居紐約。為了證明自己，這位金紅色頭髮的愛爾蘭裔美國人在西四十二街的迪克西巴士轉運站下了車，提著行李直奔科斯特洛酒館，跟麥迪遜大道的廣告人、還有替《紐約客》寫文章的自由撰稿人套關係，攀交情。最後，她終於明白這兩種人只對她的裙底風光、而非她想寫在紙上的文字內容感興趣。但同樣也是在科斯特洛，她認識幾個在局裡工作的人；當時他們純粹出於調情才慫恿她去應徵，但她亟需生活費，因此還是硬著頭皮去了。諾瑪撩起一縷髮絲、塞在耳後，舀了三匙糖拌入咖啡。「結果這星期比地獄更糟糕。」

茱迪．漢翠克斯用奶油刀將她不沾糖粉的甜甜圈均分成四小塊。茱迪總是在嘗試她從《婦女節》或《紅書》等時尚雜誌讀到的減肥方法，但每每只有三分鐘熱度。「有什麼比地獄更糟糕？」

茱迪問。

「這星期！沒別的了。」諾瑪小啜一口咖啡。

「我不知道耶。」茱迪說。「上星期也挺糟的呀。我是指那場介紹莫霍克新型錄音機的會議？我認為，即使沒有那兩個鐘頭的簡報，我們也曉得要怎麼按錄音鍵。要是那男的再多指一次說明圖，我的眼珠子大概會直接翻出眼窩。」她揩揩唇上不存在的甜甜圈屑。她連碰都還沒碰呢。

諾瑪把紙巾墊在胸前。「但如果沒有人仔仔細細說一遍，我們又怎麼可能搞清楚該怎麼用？」她反問，擺出酷似《亂世佳人》裡郝思嘉的神韻和語氣。

「這種事沒有最糟，只有更糟。」琳達接話。「你可不能被這種雞毛蒜皮小事給打倒，眼前有的是大麻煩讓你頭疼呢！譬如杜魯門都已經宣示就職多久了，女廁的面紙供應機竟然還沒補滿？」

琳達才二十三歲，但從她結婚以後，說話的語氣和方式就好似她已深諳處世智慧、而且是我們這種單身女子所望塵莫及，彷彿我們都還未經人事。雖然這種態度挺教人惱怒，但我們仍視她為某種母親形象：當我們想抱怨辦公室的某位大爺，她總是第一個出聲安撫；她會為我們撫平飛揚的髮絲，告訴我們何時才是暗示男人可以進壘得分的適當時機，以及萬一他隔天沒打電話來的時候，我們該如何應對。

「要是我得聽安德森再說一次『你講電話的聲音太沙啞』，我一定罵髒話。」蓋兒說。華特・安德森，身形如幼熊、鬢角永不對稱，看起來像大學打過美式足球，後來覺得每天從公車站走到辦公室的運動量已十分充足，負責管理蘇聯分局打字組及其他行政工作。他過去是戰情局特工，一九四七年中情局成立後不久即獲派接掌辦公室工作。安德森很不習慣坐辦公桌，常常走來走去或來回踱步，找人或找事發洩他壓抑沮喪的情緒；可是，每次發洩完之後，他總是懊悔自責，經常做出大買好幾盒甜甜圈請客、買鮮花布置休息室等等過度補償行為。他比較喜歡我們喊他華特，但我們還是叫他安德森。

蓋兒扭下一小截餐巾紙、探進水杯沾濕，清理襯衫領上的一道粉紅色果醬漬。「咱們這些在政府做事的女孩只能降級去打字，聽命於安德森那種巨嬰，叫我們做這做那的。」蓋兒此言並無針對性，比較像是陳述某種職場障礙。蓋兒在加州大學柏克萊分校取得工程學位後，曾經找過美國國家衛生基金會（ＮＳＦ）和國防部的工作，但皆因「學歷不足」（即暗示她是「黑人女性」）而遭回絕；可是蓋兒知道，先前已有幾位大她幾屆、學歷相同的白人學生在裡頭工作，也順利晉升。由於存款不多，她只能先申請打字員的職位，在各公家機關之間兜轉；後來雖進入中情局，但她也十分厭倦自己真正的專長始終遭人漠視的處境。「你們知道他有一天跟我說什麼嗎？」蓋兒繼續。「他說，他跟他太太都很愛看《納金高秀》。『看到他在電視上演出，』他說，『你一定**非常驕傲**。』我反問他我該驕傲什麼，他嘀咕幾句就悶悶地走了。」她端起咖啡喝一口，「我是很驕傲呀，但我才不想讓他知道呢！」

「至少可以正常上下班啊。」凱西．波特打岔。梳著四吋高但徹底失敗的蓬蓬頭的凱西，永遠都是組裡最樂觀的一個。當年她和姊姊莎拉一同考進局裡，但莎拉到職三個月就嫁給一位高官、隨其派任國外。莎拉離開後，凱西變得很安靜，不過只要她開口說話，總會令人聯想到「還有半杯水」的樂觀態度。

「好喔！我願意為朝九晚五乾一杯！」諾瑪舉起她的馬克杯，但無人響應。她只好放下。

「而且福利也不差呀。」琳達也說。「大學畢業後，我曾經在牙醫診所工作過。但你們相信嗎，我竟然沒有牙醫保險欸？老闆都是利用下班以後的時間、私下幫我補牙。你們應該懂我的意思吧？況且這還只是因為——用他的話來說——他想『多認識我一點』。他覺得有笑氣助興也不錯。」

「有用嗎？」凱西問道。

「呃……」琳達咬一口甜甜圈。

「呃什麼？」諾瑪逼問。

琳達嚥下嘴裡的食物。「那玩意兒確實能讓你心情很嗨。」

出了拉夫點心鋪，我們好整以暇走向E街二四三〇號，中情局總部。這個綜合辦公大樓區離街邊有段距離，二戰期間是戰略情報局所在地。我們穿過黑色鐵柵門、踏上步道。再過兩年，中情局就會搬到蘭利，在這之前，總部各處室只能四散在這幾棟能俯瞰國家廣場、外觀毫無特色的辦公大樓裡。我們都說這兒是「驛站」，因為從我們進來那天開始，上面就一直說我們很快就會遷走了。這些鐵皮屋頂建築冬天不保暖，至於夏天嘛……大樓空調就跟華盛頓其他地方的空調一樣不管用。

諾瑪經常玩一個老哏，那星期一早上她又來了：走進通往大廳的沉重木門之前，她會抱住門邊那棵光禿禿的櫻桃樹，哀歎「我不想進去！」我們於是再一次拉著她去排隊檢查：拿出護貝識別證、打開手提袋，等待安檢人員拿木棍翻攪伺候。

她人還沒到，我們就知道她叫什麼名字了。上週五，人事部的朗妮・雷諾在她正式報到前就先宣布：「伊蓮娜・德羅佐夫。安德森星期一早上會帶她進來，介紹大家認識。」

「又是俄國人。」諾瑪把我們的內心話說出來了。俄國人來這裡不算新鮮事，事實上，在蘇聯分局工作的投誠人士非常多。我們常打趣說，這裡的飲水機裝的全是伏特加。杜勒斯討厭「投誠」這個詞，他喜歡說他們是「自願」過來的。無論如何，局裡的俄國人通常都是男性，而且不是打字員。

「對人家好一點。」朗妮說。「她看起來是個好孩子。」

「我們總是對新人很好啊。」

「你說了算。」說完，朗妮轉身離開打字組。

我們一直不太喜歡朗妮。

那個星期一早上，我們走進辦公室的時候，伊蓮娜已經在位置上坐好了。她纖瘦如櫸木，金髮長度中等，像個出身良好、剛進入社交界的年輕女孩一樣坐得直挺挺的。頭一個鐘頭，我們完全不理她，照常上班幹活兒；而她不是輕手輕腳調整椅子、挪動打字機，就是把玩棕色外套上的鈕扣，再不然就是把迴紋針從這個抽屜移到那個抽屜。

我們不是故意要這麼粗魯無禮。可是這個新來的女孩坐的可是塔碧莎・簡金的位子——塔碧莎是打字組最資深的成員之一。她先生一從洛克希德公司退休，兩人便立刻在羅德岱堡買下平房小屋，享受南國陽光。現在這個俄國人取代她的職位，坐上她的位子。

我們釋出善意的時間比往常稍微延遲了一些些，因此當時針通過十點，辦公室的氣氛也越來越不自在。眼下總得有人開口說句話，結果竟是伊蓮娜率先破冰：她站起來，大夥兒立刻上下打量她苗條的身材。

「打擾一下。」她似乎並未看著特定某人，比較像是對著地板說的。「請問化妝室在哪兒？」她輕輕挑起外套上的一段線頭。「……今天是我第一天上班。」她囁嚅補充，因為這個明顯事實而臉紅。她說話的方式有點怪：不帶一絲口音，卻又微微不自然，好像她在說出口之前得字字斟酌似的。

「你講話不像俄國人。」諾瑪沒告訴她洗手間在哪兒，卻回了這一句。

「我不是……呃，不完全是俄國人。我在這裡出生，但爸媽是俄國人。」

「在這裡工作的俄國人都這樣說。」諾瑪說，大夥兒咯咯笑起來。「我叫諾瑪。」她伸出手。

「我也在這裡出生。」

伊蓮娜握住諾瑪的手。眾人皆察覺緊張感瞬間下降。「很高興認識你。」她說。她望向整個打字小組，一一和我們對視致意。

「順著走廊直走，到底右轉，然後再右轉。」琳達說。

「什麼？」伊蓮娜問。

「化妝室呀。」

「噢，好。」她說。「謝謝你。」

我們看著她消失在走廊盡頭，這才開始七嘴八舌：討論她的俄國氣質（或少了哪些特質），她的髮色（應該不是染的），她奇特的說話方式（有點像平民版的凱瑟琳・赫本），她稍稍過時的衣著（特價清倉品？還是家裡做的？）。

「她人似乎不錯。」茱迪總結。

「是挺好的。」琳達說。

「他們在哪兒找到她的呀？」

「古拉格？」

「我覺得她很漂亮。」蓋兒說。

這點大夥兒都同意。伊蓮娜不是那種會贏得選美比賽的類型，但她確實是個美人——低調、細緻的美。

伊蓮娜回到打字組，而且是和朗妮並肩走進來。「相信女孩兒們都很歡迎你吧？」朗妮問她。

「噢，是的。」伊蓮娜回答，不帶一絲挖苦。

「很好。這幾個女孩很團結，不隨便給人笑臉的。」

「我聽說會笑的都調去人事部了？」諾瑪說。

朗妮翻白眼。「反正安德森先生今天早上不會進來，他——」

「他病啦？」琳達打岔。只要安德森不在，我們就能延長午餐時間。

「他沒進來。除此之外我不知道——不論他是昏倒在哪張公園長椅上、或是去割扁桃腺，統統不關我的事。」朗妮往伊蓮娜身前一站，背對我們。「總而言之，我得先確認你需要的東西都有了，然後我要抓你去『南棟』開會。」她舉起雙手，在空中打引號。

伊蓮娜向朗妮確認、她需要的都備齊了，接著就跟朗妮出門去了。她倆前腳才離開，我們立刻撤退至化妝室進行深入推測。「開會？」琳達問，「這麼快？」

「而且還是跟JM開會耶。」凱西指的是蘇聯分局局長約翰．莫里。

「但她說『南棟』。」蓋兒說。「南棟」是靠近林肯紀念堂那棟搖搖欲墜的臨時木造辦公室。

諾瑪點了一支菸。「莫斯科之謎？」她深吸一口、再徐徐吐出。「肯定歸法蘭克管。」

「那是法蘭克。」

法蘭克．威斯納是大老闆底下的頭號人物，也是中情局祕密行動之父。威斯納是「喬治城幫」這個集合具影響力的政治人物、記者與中情局幹員的非官方組織的創始成員。他操著一口南方口音、渾身迷人魅力，最著名的事蹟就是在那些赫赫有名的週六晚宴上搞定不少大事：與會成員在大啖美式燉肉和蘋果派之後，抽起雪茄、暢飲波本酒，個個活力充沛、興致勃勃地交換意見——新世界的願景於焉成形。

但是伊蓮娜為何要跟法蘭克開會？而且在她到職第一天？就算不是天才也能猜出答案：伊蓮娜絕對不是靠打字速度進來的。

打字小組的規矩是招待新成員去拉夫點心舖吃午餐，活絡活絡氣氛、順便挖掘個人資料：落腳西北還是東北區？大學畢業還是打字學校畢業？單身還是名花有主？一板一眼還是活潑好相處？然後我們會逼問她在哪裡做頭髮、週末喜歡哪些娛樂、為什麼進局裡工作，問她對「不准穿平底鞋或無袖洋裝來上班」的新規定有何看法。可是大夥兒從午餐時間開始等到午餐時間結束，伊蓮娜還是沒回來，我們只好拋下她，匆匆前往員工餐廳隨便吃點東西果腹。

那天下午，伊蓮娜抱著一疊待處理的手寫現場報告回來，神情舉止毫無異狀。別的不說，但我們在這方面可都是專業級的，所以沒人會**開口問**她會議順不順利、她是不是有其他特殊專長、或者她是否被指派其他特殊工作。

下午四點半，差不多是我們打字速度逐漸慢下來、著手整理未完成工作、開始每三分鐘看一次掛鐘的時間了，但伊蓮娜仍精神抖擻地敲個不停。新人敬業的工作態度，再加上她可能還有其他尚未展露的天賦，我們看著其實挺高興的：在打字組，只要有一個環節鬆脫，都會加重其他人的負擔。五點整，我們全員起立，問伊蓮娜要不要跟我們一起去馬汀酒館。

「馬丁尼？湯姆可林斯？新加坡司令？」茱迪問，「你喜歡哪種調酒？」

「我去不了。」伊蓮娜說，比比桌上那一疊文件。「我得趕上進度。」

「趕進度？」我們一來到大樓外，琳達立刻發難。「上班第一天？」

「你上班第一天見過法蘭克嗎？」蓋兒問。

「老天，我到現在都還沒見過法蘭克呢。」諾瑪說。

冰冷的嫉妒攪動肚腹，令我們還想知道更多。對於這個新來的俄國女孩，我們什麼都想知道。

伊蓮娜適應得很快。幾個星期過去，她一次也沒開口請我們幫忙。感謝老天，因為我們也沒時間支援她。那年十一月，匈牙利起義失敗、以及我們在這次事件扮演的角色等相關新聞傳開後，蘇聯分局壓力暴增三倍。匈牙利異議份子在中情局文宣挹注鼓動下，走上布達佩斯街頭、反抗來自蘇聯的佔領者，他們以為會得到西方盟友馳援，但始終沒人出現。革命只維持十二天，旋即遭蘇聯殘暴鎮壓。《紐約時報》刊載的死亡數字駭人，但我們打在報告上的數字更糟。這群匈牙利義士自認在做正確的事，也以為計畫周全、勢在必得，而我們最好的人也參與策劃——所以行動怎麼會失敗？但那個國家此刻滿目瘡痍。中情局失敗了。艾倫．杜勒斯（唯有背景夠乾淨、被叫進重要會議做記錄的打字員才有機會見著這位情報頭子）要底下的人給答案。大夥兒即使想破頭也要交出來。

打字組工作到很晚，上頭要我們加班協助一場又一場會議。如果我們待到超過公車街車的末班營運時間，他們會付錢讓我們搭計程車回家。感恩節快到了。我們好怕上頭會取消休假。幸好沒有。

在我們這群人之中，必須搭飛機才回得了老家的人，多半會留在華盛頓過感恩節，把錢省下來買耶誕節機票。留下來的人會聚餐，地點不是選住處最大的、就是室友出城不在的同事家。我們會自備小椅、各帶一份餐點，雖然大夥兒會設法安排誰負責帶什麼來，最後總會冒出四份南瓜派和夠吃一星期的火雞肉。

至於搭火車或巴士就能返鄉的人，大多都會回家過節。父母手足總是以對待「回頭浪子」的熱情歡迎我們回家。對他們來說，華盛頓是另一個世界、是出產晚間新聞的地方。我們會刻意淡化、模糊交代工作內容，是以家人總覺得我們的生活比他們更刺激有趣許多。我們會脫口說出洛克斐勒、史蒂文森一類的名字，還有麻州參議員約翰·甘迺迪多不可思議地英俊瀟灑，說我們常在不同場合或派對上見到哪些有錢有勢的人（前提是我們夠幸運，認識某個見過這些名人的人的朋友們）。

就我們這些會返鄉過節的人而言，感恩節前夜幾乎等同於老友舊識大團圓。高中老同學們群聚當地酒吧，暢飲雞尾酒，而我們一定會拿出最好的高跟鞋、穿上最柔軟的喀什米爾毛衣、確認髮型完美、牙齒沒沾上唇膏，風光出席。過去總是漠視我們的校園風雲人物，這會兒全忘了手上的結婚戒指，一再表示他們有多開心見到我們、說我們應該更常回家看看才是。在華盛頓特區，我們只是在政府工作的眾多女性之一；在家鄉，我們與眾不同，鶴立雞群。

隨後，我們在一聲聲「明年見」之中道別老同學，微醺回家，而等門的父母（或至少其中一位）已在沙發上打起瞌睡。翌日，我們料理火雞，大啖火雞，小睡片刻後吞下更多火雞，然後再小睡片刻。回家真好，我們對叔伯阿姨、堂表兄弟姊妹們說。兩天後，我們搭上火車或巴士返回特區，提袋裡還有打包的火雞三明治呢。

過完這個特別的感恩節，我們在星期一早上重回工作崗位。我們壓根忘了伊蓮娜，因此看見她坐在塔碧莎的老位子上時，我們都嚇了一跳。眾人禮貌詢問她都怎麼過節，她表示她和母親其實不怎麼慶祝感恩節，不過她們還是外帶兩份雙聖火雞套餐，而且味道意外地好。「我媽趁我離開位子去倒第二杯紅酒時，一口氣把我的豆子薯泥嗑掉半份。」她說，我們這才知道伊蓮娜與母親同住。但我們還沒來得及問更多問題，安德森就捧著一堆文件進來了。「女孩兒們，耶誕節提早啦。」他說。

大夥兒呻吟哀嘆。我們非常嫉妒國會山莊那邊的夥伴，國會休會期間，她們也跟著放長假。我們就沒這麼幸運了：中情局全年無休。

「還有大堆工作趕著辦，咱們加快速度，好唄？」

「我看是你上星期吃太多火雞填料了吧，哼。」安德森一走，蓋兒立刻嘀咕。

我們終於開始工作，剩下的早晨時光就這麼拖拖拉拉地過了。十一點左右，我們已抽到第五根菸、眼巴巴地看時鐘；正午一到，眾人幾乎是跳出椅子、急奔午餐。大部分的人都帶了過節吃剩的火雞肉三明治，凱西用保溫壺帶了一份火雞湯麵。但那天是我們必須離開辦公室喘氣的日子——收假第一天嘛。即使假期很短，回辦公室的第一天總是最難熬。

琳達第一個站起來。她折折指關節：「員工餐廳？」

「不要吧？」諾瑪喊道。

「熱門小吃？」諾瑪提議，「我可以順便來杯柳橙冰霜奶昔。」

「外頭太冷了。」茱迪說。

「也太遠。」凱西說。

「尼斯人？」琳達提議。

「不是每個人都能花老公的薪水好嗎？」蓋兒說。

眾人互看一眼，異口同聲：「拉夫？」

拉夫不僅有全特區最要命好吃的甜甜圈，他家的炸薯條也超級美味，更別提那純手工蕃茄沾醬。此外，男士們絕不會去拉夫吃午餐。他們偏愛「老艾比燒烤」，喜歡大啖烤牡蠣、暢飲滿滿一杯只要十分錢的馬丁尼。男士們偶爾會出於「自以為慷慨」或「求愛調情」（或兩者兼具）邀請我們一同前往，叫上一盤又一盤牡蠣、為全桌點好幾輪馬丁尼，完全不考慮凱西對貝類過敏、以及茱迪拒絕食用所有從海裡撈上來的東西。

我們問伊蓮娜要不要一塊兒去，因為她終於開口說話，而我們也希望她能繼續說下去；雖然早上才見她把三明治放進休息室冰箱，但她竟出乎意料答應了。

大夥兒準備出門，泰迪・荷姆斯和亨利・雷能碰巧走進來。我們喜歡泰迪，但亨利就另當別論了。局裡的男士們都以為我們只會安安靜靜坐在角落打字，但我們不只做記錄，我們也記名字，而名單上的第一人就是亨利。亨利和泰迪為什麼走在一起，我們怎麼也弄不明白：亨利是那種憑著自信（而非外表）左右逢源、無往不利的男人，根本是天之驕子，不僅女人趨之若鶩，他剛從耶魯畢業就謀得高位，華盛頓政商名流亦邀約不斷。泰德與他恰恰相反。他是那種謹言慎行、陰鬱憂戚還有點神祕的男人。

「你們怎麼還沒介紹新人給我們認識？」雖然我們一個個都避開他的眼神，亨利還是開口問了。泰迪站在他旁邊，手插口袋，側頭盯著伊蓮娜。

「鯊魚開始兜圈子囉。」凱西低聲說道。

「難不成你期待收到邀請、參加她的第一場社交舞會？」諾瑪反嗆，絲毫不掩飾她對亨利的鄙視。去年夏天，分局內謠傳他在安德森家的某次烤肉會後跟諾瑪睡了。事實是亨利提議送諾瑪回家，然後在等紅綠燈時把手伸進她裙底、騷擾她。諾瑪一句不吭，她只是推開車門、直接下車，站在川流不息的車道上。亨利搖下車窗吆喝，叫她該死的別傻了、快點回車上來，其他駕駛人則是拼命按喇叭，要她快點讓開。後來她徒步走了四哩路回家，其後數個月，她隻字未提那次意外事件。

「那當然。」亨利說。「熟知這裡的大小事可是我的職責。」

「是嗎？」茱迪問。

「我是伊蓮娜。」她伸出手，亨利笑開。

「有意思。」亨利使勁一握，以他一貫斷筋碎骨的力道與她相握。「亨利。幸會。」他轉向諾瑪。「這不難嘛，是吧？」

「泰迪。」泰迪朝伊蓮娜伸手。

「很高興認識你。」伊蓮娜明顯只是客套，但是從泰迪僵硬如小學生的姿勢判斷，他似乎第一眼就迷上她了。

「好囉，」諾瑪敲敲手腕上看不見的手錶，「一個鐘頭的午餐時間只剩半小時啦。」

一出大樓，強風迎面襲來。我們拉緊圍巾，伊蓮娜則用她的流蘇披肩包頭、再繞住脖子。我們好奇她身上還留有多少那個古老國度的氣息。我們想警告伊蓮娜留意亨利，也想立刻問她覺得泰迪怎麼樣；但我們不想讓其他人聽見這些內容，決定進了拉夫再說。

路燈桿上的耶誕花圈與花環已然取代最後一絲秋意。途經坎氏百貨，櫥窗內的年輕女子在精心製作的冬季仙境中佈置裝飾品，我們駐足觀望。女子將片片銀箔掛上櫻花盛開的樹枝，再退一步打量欣賞。「好美。」伊蓮娜說。「我好愛耶誕節。」

「我還以為俄國人不過耶誕節？」琳達問道。「你們不是不能有宗教信仰？」

我們彼此對看，不確定伊蓮娜會不會覺得這句話冒犯了她。伊蓮娜拉緊包住臉龐的披肩，以濃濃的俄國腔說道：「嘿，但我在這裡出生呀，是吧？」她微笑。我們縱聲大笑，感覺打字組內的微妙心牆又敞開了些。

第四章 女特務

「還記得那條蛇嘛？」華特・安德森倚著「克莉絲汀淑女號」欄杆平衡香檳杯，卻仍灑了一些落入波多馬克河。安德森臉頰紅通通（比起輕快秋風，酒精影響的可能性更高）抓住眼前六人的注意力。這故事他們聽過好多遍了，也包括我在內。

「有誰忘得了那條蛇呢？」我說。

「肯定不會是你囉，莎莉。」他誇張地對我擠眉弄眼。

我好愛調侃安德森，他也喜歡立刻還以顏色。戰時，我們倆都派駐康堤、在「心理戰活動部」執行任務，透過控制訊息獲取更大利益。換言之，我們都是「搞宣傳」的人。那時他卯足全力、費盡心思想釣我，然而在我第十次斷然拒絕後，他便安於扮演老大哥的角色。

「眼睛進沙子啦？」我又說。大多數人都覺得安德森粗魯，但我覺得他就只是老套，人畜無害。

眾人響應鼓譟。咱們總是這樣：每次聚在一起，酒過三巡，各種老故事便紛紛出籠。他們絕大多數在戰後仍繼續活躍、創造不可透露的新故事，因此只好再提當年勇、搬出那些講了不下百遍的老故事。那條蛇就是安德森的錦囊故事之一。戰情局解編後，謠傳他一度想進好萊塢寫劇本；聽說他準備一系列融合《斗篷與匕首》和《宇宙訪客》的提案，也跟好幾位製片開過幾次初步會議，但始終沒下文。後來他決定去「哥倫比亞鄉村俱樂部」打發時間、精進上桿技巧，但沒多久就乏了。一兩個月後，他敲敲杜勒斯在喬治城的寓所大門、討份工作。於是五十出頭的安德森回鍋進中情局做行政（雖然他期望能被放回現場出任務）。

這幫老人此番相聚，感覺像是某種周年紀念派對。十一年前、我們在錫蘭退役，彼時戰事已經結束，戰情局與美國情報組織前途未明。中情局兩年後才成立——整整兩年後，這群難以駕馭、逐漸厭倦在紐約律師樓或證券交易所日進斗金，渴望藉由「保密」獲得權力更甚於再次為國家服務的前戰情局幹員們，才終於有了棲身之所。有些人（包括我在內）認為，這份權力比藥物、性愛或任何能使心跳加速的事物更教人沉迷。我們原本打算辦一場十周年慶祝會，但時程一拖再拖，直到終於有人敲定日期。

「總而言之，」安德森繼續，「我對天發誓，那渾蛋足足有九公尺長。」

「差不多三十一呎？」某個年輕一輩的中情局成員打岔。

「沒錯，亨利，我的好孩子。聽好囉：這條蛇會吃人。我被叫去的時候，這位蛇夫人已經吞掉至少六個緬甸人了。」

「你怎麼知道牠是母的？」我問。

「相信我，莎莉，只有女性才能造成這麼大的破壞呀。況且她們需要男性讓她們明白自己的地位。」

「那他們又為什麼要叫你去？」我再問。

「鞏固友邦關係呀。」他正色道。「那條蛇堪稱危險分子。實不相瞞，那可是恐怖片裡才有的狠角色，而且牠偶爾還會在我的噩夢裡客串演出呢。你們問普蒂就知道。」安德森指指他的妻子，後者和夫人幫在沙龍裡取暖。普蒂身材嬌小，耳垂被塑膠大耳環拖得長長的。她往窗外望，揮了揮手。「總之她就是不肯出洞——」

「我愛這故事！」某人在眾賓客後方大喊。

「其實那比較像個山洞，不是普通洞穴。真的。」他無視對方打斷他，繼續說。「牠在那裡好幾個月了。睡飽了吃、吃飽了睡，伺機出擊。然後有一天，牠曲行出洞，看上一條牛，接著磅！」他手一拍，製造音效，「那頭可憐的牛還來不及哞一聲，就被拖回山洞了。牠真的害那個村莊經濟損失慘重哪。但我們不喜歡這種事對吧？」

「不過，這種死法也不算太痛苦吧。」法蘭克．威斯納加入戰局。小圈圈空出一道缺口，讓老闆享受前排聽故事的特殊待遇。我們所在的這艘船是法蘭克出錢租的，不光是船，酒水飲料、雞尾酒蝦全由他埋單。「不知大限將至，」法蘭克以他特有的密西西比抑揚頓挫口音繼續說道，「就這麼站在草地上大嚼特嚼，好整以暇地反芻，說不定牠正在想待會兒要去哪條溪喝點水什麼的，結果——」

「有病啊你，法蘭克！」安德森啐他，「老天。」

安德森有些口齒不清。當他開始講話不清楚，他努力擠出來的字句經常害他惹上麻煩；這會兒既然連老闆也成了聽眾，我暗示他加快速度、趕緊結束這該死的故事。

「我負責監督整個行動。」

「代號乳牛？」我的朋友碧佛莉問道。她邊笑邊打嗝，大夥兒跟著吃吃傻笑。

「看在老天的份上，讓我講完嘛？」

「又沒人攔著你。」小碧說。她的聲音又高又沙啞，顯示她已經超過她的香檳上限了。她身穿紀凡希黑色布袋裝，聽說不久前才去了一趟巴黎。小碧在戰後嫁給一位石油說客，他總能讓小碧的穿著走在時尚尖端——每次只要他帶著一身波本酒和彷彿打翻整瓶香奈兒五號的濃烈香水味回家，小碧就會失去理智、大買特買。她討厭丈夫的男性直覺，所以盡可能確保交易公平：設計作品一下伸展臺她就立刻出手，更別提她自己也偶爾和戰情局時代的舊情郎來一段露水情緣。這身布袋禮服除了抹平她的身材曲線，其餘一無是處；但她的勇於嘗試仍令我相當佩服。

有人遞給安德森一只隨身酒瓶。他仰頭喝了一口，嗆咳起來。「反正，連我自己在內一共十個人進洞，山洞，隨你們怎麼說。計畫是把牠熏出來、再用袋子套住。」

「什麼袋子能套住三十呎大蛇啊？」法蘭克快快地笑，搧風點火。他和安德森同時進戰情局，但法蘭克一路晉升，安德森卻卡得不下不上。法蘭克風流倜儻，依舊維持三十年前大學田徑明星的好體態；他是那種堅信「沒有不可能」的人，對他主控的事務更是如此。不過，那晚他有些不對勁。我兩度看見他遠離賓客群，獨自眺望緩緩攪動的波多馬克河。謠傳他在蘇維埃鎮壓匈牙利起義之後沮喪了好一陣子（他協助指揮那次行動），我好奇傳言是不是真的。

安德森又喝了一口酒，清清嗓子。「好問題，老大。我們把好幾個麻布袋縫在一起，正中央再配上一條大拉鍊。」

法蘭克咧嘴一笑。當然，他已經知道結局了。「牢靠嗎？」

安德森再灌一口。「我差了五個人抓住那只麻袋，兩個人負責在蟒蛇出洞時拉上拉鍊，另外兩人拿槍在旁邊等。我監督指揮，以免臨時出差錯。」

「能出什麼差錯？」我問。

「能不出差錯嗎？」法蘭克說。大夥兒的笑聲遠超過老大出言調侃應得的回應程度。

「你聽嘛！」安德森回答。但他還沒來得及繼續，克莉絲汀淑女號突然晃了一下、引擎倏地停擺。某人想找船長問問怎麼回事，卻發現他不在船橋，而是窩在沙龍裡、在夫人們團團簇擁下暢飲美酒。船長和輪機長前去查看情況，後者確認保險絲燒斷，表示他會打電話回小碼頭、請拖船來把遊艇拖回碼頭。法蘭克請船長一個鐘頭後再聯繫處理。派對繼續。

我們隨著未繫泊的船身上下晃動，安德森繼續說故事。他們用催淚瓦斯把蛇熏出來，蛇一出洞，他們立刻拉上拉鍊、把牠關進麻袋；但那條蛇是個鬥士，不出幾分鐘就掙脫了。不打緊，安德森早就拿槍等在一旁。「兩眼之間，正中目標。」他作結。

「可憐的東西。」我說。

「鬼扯。」法蘭克。

安德森一隻手按著胸，「我敢對天發誓！」

事實是，我頭一次聽到這個故事時（某晚在「殖民地餐廳」吃牛排的時候），安德森的妻子普蒂作證表示，那條蛇的蛇皮真的在他們家地下室，擱在冰箱紙箱裡一天天分解風化。「但他到底為什麼要帶那種噁心東西回家，我還真不明白。」她告訴我。

我捏捏安德森的臂膀，暫時離開，去船首找小碧。

她靠過來替我點菸。「嘿，稀客，」她說，「故事講完啦？」

「終於。」

打上燈光的傑佛遜紀念堂矗立遠方，特區在它後方靜靜沉睡。在這片橘色夜空下，整座城市看起來寧靜安詳；權力遊戲與政治角力暫時停歇，度過良夜。

「沒你想的那麼糟吧，嗯？」小碧問我。

「完全相反，小碧。」事實上，我玩得挺開心的。這令我有些驚訝。戰後，我回到華盛頓，上頭答應安排我進國務院。進是進去了，但不是我以為的、有自己辦公室的工作，而是被塞進地下室整理檔案的輕鬆活兒。我只撐了六個月就辭職走人，自此我刻意疏遠這幫老男孩。

我扮演過許多角色，但我不是管檔案的料，連裝都裝不來：我做過護士、女侍、女繼承人，有一次還扮成圖書館員；我當過某人的妻子、情婦、未婚妻、情人。我扮過俄國人、法國人和英國人，出身匹茲堡、棕櫚泉或溫尼伯。我可以變成任何人。我有著無辜的大眼睛和恬靜的微笑，在在顯示我坦誠無欺，是個沒有祕密的人；就算有祕密，肯定也藏不住。有了這張臉蛋，再配上凹凸有致的身材（拜瑪莉蓮・夢露和珍・曼斯菲爾德名氣漸升、以及我從少女時期就開始力行節食之賜），我在與有權有勢的男人周旋刺探祕密之際，如虎添翼。

我坦蕩蕩走出國務院，然後立刻召集辦公室的女孩兒們去三一咖啡館喝酒跳舞、直到打烊（特區十二點整就得關門，真可惜）。但是隔天，在我用冰枕和一杯血腥瑪麗簡單應付宿醉之後，我突然有些不知所措：我意識到自己沒工作、沒收入、也沒有存款。我之所以沒存款，全要怪老天給我的恩賜、同時也是詛咒：我對美麗事物的鑑賞力一流。所謂恩賜，是因為這副好品味令旁人以為我啣著銀湯匙、出身於紐約格林威治區或密西根州格羅斯波因特的上流家庭，而非來自匹茲堡小義大利區的隔板屋；至於詛咒則是我的眼光經常凌駕於我的收入。

我知道我得在銀行存款驟降、低於紅色警告之前，及時想出辦法。我沒有媽咪爹地可以伸手、請求奧援（幾位朋友在經濟拮据時尚有此餘裕），因此那天晚上，我一頁頁翻過我的黑色小筆記本，和特區說客、律師、偶爾聯絡的外交官、幾位國會議員敲定一連串約會。這些約會既乏味又累人，但是在這些日子結束以前，我不僅搞定喬治城公寓租金、享受了幾頓豐盛晚餐，還獲得足以和小碧的華服較勁比美的高級時裝（我佯裝對某人的公司感興趣）。這些男人沒一個吸引我，但是要讓他們相信我沉醉在他們的魅力之中，簡直易如反掌。

這類工作實在太適合我。只是沒過多久，我又膩了這種計程車、晚餐、飯店、計程車、晚餐、飯店輪番交替的日子。這種生活、還有必須隨時保持最佳狀態的壓力，令我筋疲力竭；日復一日刷亮頭髮、拔毛除毛、染髮漂白、擠捏揉搓、甚至就連逛街購物也回頭來向我討債了。

我想過應徵空姐。譬如我穿泛美航空的經典藍就挺好看的。此外，我熱愛旅行。旅行是我在戰時最喜歡的一件事，那是一種將整個人連根拔起，每隔幾個月就到新地方展開新生活的可能性；但是一看到我的年紀（真心話三十二，實話三十六），他們肯定會說我「資歷」太高。

實情是，我想念以前的情報工作。想念身為「知情分子」的時光。所以當小碧打給我、說是最後一次求我一起去參加派對，我答應了。

「好多熟面孔。」小碧掃視賓客。音樂再起，眾人扭著舞著，不羈地將雞尾酒灑在彼此身上。我瞥見吉姆．羅伯茲在甲板對面，鼻尖貼著一名可憐女孩的後頸。吉姆在上海的大使晚宴上堵過我一次。他雙手環住我的腰，說我要是不給他一個微笑、他絕不放我走；我笑了，而且還用膝蓋問候他的鼠蹊部位。

「也許有點太多了。」

「值得乾一杯！」小碧靠向欄杆，撥開臉頰上的一縷深棕髮絲。小碧是那種大器晚成的成熟型美女。高中、大學以至二十出頭的她毫不起眼，快到三十才逐漸綻放，三十過後更是明豔逼人。過去小碧經常被吉姆．羅伯茲騷擾。「即使如此，」她說，「我還是好希望女孩兒們全都能來。」

「我也是。」在咱們那群老夥伴中，只剩小碧和我還住在華盛頓特區。茱莉亞隨第二任丈夫遷居法國，珍則是和某人的丈夫隱居加爾各答，至於安娜不是在威尼斯、就是在馬德里，視她當月的心情而定。我們五人初識於「蝴蝶號」，一艘在戰時負責將補給品運往前線的豪華郵輪。我們是船上僅有的女性，擠在只有金屬上下鋪、一間廁所、一座洗手台（只會噴出又冷又鹹的海水）的狹窄艙房裡。儘管住宿環境如營地、且不時受暈船所苦，咱們處得好極了。當時大家都是二十出頭的小姑娘，一心想征服世界：我們小時候都讀過《金銀島》、《魯賓遜漂流記》，然後從這類故事畢業，一進高中就鑽進哈葛德的非洲冒險小說。「充滿冒險的人生並非男性專屬」的信念使我們緊緊相繫。我們迎風前行，爭取我們的冒險人生。

最重要的是，我們的幽默感頗為相近——這點在我們共用那座「有問題的沖水馬桶」時（特別是風浪特別大的時候），發揮極大效用。此外，茱莉亞也喜歡惡作劇。有一回，她造謠說我們是天主教修女，預定前往卡爾庫塔（加爾各答舊名）；船上的男人原本一逮到機會就對我們猛吹口哨，後來只要在走廊上遇見我們，個個立正站好。有一名士兵甚至問我們能不能為他家生病的小狗祈禱。我在胸前劃下十字，小碧立刻迸出大笑。

待「蝴蝶號」靠港錫蘭，我們五人已形影不離。我們緊挨著彼此，坐在接應的寬胎大卡車後面，一路穿越叢林前往康堤的駐點。康堤四周都是茶園，還有從山坡鋪延而下、宛若層層露臺的鮮綠稻田；雖然海灣對面就是恐怖氣氛日益漫延的緬甸，這兒卻彷彿離戰爭好遠好遠。

在我們幾個人的記憶中，康堤的時光珍貴而美好。每當我們寫信給彼此、或有幸巧遇彼此，總會想起徜徉在巨大漆黑的夜空下、仰望星子密密鋪疊的許多夜晚。我們說起有人拿生鏽大刀、削下戰情局茅草辦公室四周木瓜樹上的木瓜，或是大象闖進工作站、最後只得拿花生醬誘牠離開的往事。我們憶起在軍官俱樂部的每一場通霄派對，想起我們赤腳露腿、在藍綠色的康堤湖裡盪呀盪，一察覺潛伏水底、會吐泡泡的生物即一腳踹開。我們提起往返佛牙寺的群群僧侶、在可倫坡度過的汗涔涔週末，還有在工作站糧倉分娩、被我們取名「瑪蒂達」的食葉猴。

我從心戰部後勤開始做起，起先負責打字、建檔歸檔一類的事；然而在收到蒙巴頓伯爵的晚宴邀請後，我的職場軌跡就此轉向。晚宴設於山頂上、可俯瞰戰情局建築群的伯爵宅邸，那是我第一次參加這種派對（此後我累積了無數經驗），也是我頭一次發現：無論我是否開口詢問，那些有權有勢的男人都願意主動提供消息給我。

一切由此展開。為了那場派對，我奮力擠進小碧幫我打包（她說是「以防萬一」）的黑色低胸晚禮服；晚宴接近尾聲時，某位纏著我不放的巴西軍火商不慎說溜嘴，表示他認為蒙巴頓的手下有內奸。隔天我就把這份情報上報安德森。後來戰情局如何因應處理，我不知道，但我沒多久就開始收到更多邀請、參加為了結識重要人物而舉辦的晚餐宴會，奉命從嘴巴不牢靠的男人嘴裡套出更多消息。

對於這份新差事，我得心應手，表現好到上頭額外付我費用採購行頭；只是那些禮服得混入廁所衛生紙、午餐肉、防蚊劑等物資一起運進來。有趣的是，我從不認為自己是間諜。當然，執行這項工作不光需要以禮貌微笑、阿諛大笑應付蠢笑話，也不只是對目標人物所說的每一句話佯裝感興趣。那時候，這種工作還沒有專屬代稱，但我就是在那場第一次獲邀的晚宴上，成為爾後被暱稱為「燕子」的女特務，利用天賜的性感美貌獲取情報。我從青春期就開始累積資本，經歷二字頭的磨練蛻變，終而在三十出頭臻於完美。這些男人以為他們在利用我，殊不知實情正好相反：我的魅力使他們看不清真相。

「要不要跳舞？」小碧問我。

小碧擺了擺臂，我扭扭鼻子。「這種音樂？」我喊道，設法壓過派瑞．寇摩的歌聲；但小碧不在乎。她拉起我的雙手、來回搖擺，我只好妥協。當我正準備加入搖擺舞行列時，有人突然按住唱盤、停掉音樂。站在眾賓客後方的某人拿起叉子，敲敲玻璃杯，大夥兒群起響應，最後整艘船叮叮噹噹地有如暴風中的水晶吊燈。

「噢，老天，」小碧說，「又來了。」

男士們開始舉杯致敬：**敬法蘭克！敬瘋狂比爾！敬所有老幹部！敬每一位英勇小兵！**接著便唱起以前在康堤、每次晚宴結束時都會唱的那幾首歌：先是〈我會再見到你〉和〈莉莉瑪蓮〉，然後是哈佛、普林斯頓和耶魯的兄弟會非官方半公開會歌。小碧和我總是嘲笑這些在派對尾聲必定上演的醉醺醺社交音樂會，但那天晚上，我倆也忍不住手挽著手、加入他們。

拖船嘟嘟嘟地靠過來，準備將遊艇拖回小碼頭、也打斷第三輪耶魯會歌〈榆樹下〉。我們向拖船船長大聲吆喝、請他上來一道喝杯睡前酒，但船長和另一名男子的表情不甚開心（大半夜被人從床上挖起來、解救我們這群醉鬼），自顧自地作業，拴住「克莉絲汀淑女號」。

回到岸邊，男士們分成兩派，爭論要去十六街的社交俱樂部、還是U街那間二十四小時不打烊的餐館。小碧和我在她丈夫派來的黑色五門轎車前揮手道別，允諾彼此要趕快再相約見面。「確定不需要載你一程？」她問。

「我想吹吹風。」

「隨你囉！」她從窗裡送出飛吻，轎車逐漸遠去。

有人拍拍我的肩膀。「一道走吧？」法蘭克說，「我也想吹吹風。」隱約的薄荷氣息代表他剛抽完菸斗。法蘭克看起來十分清醒，我懷疑他是否整晚都只喝可樂。「橫豎我們同方向，不是嗎？」

法蘭克跟我住同一條街。不過說起房子本身，他家是典型的喬治城聯排住宅，跟我在法式麵包店樓上的小公寓簡直天壤地別。「確實如此。」我說。法蘭克不是那種心懷不軌、藉故陪女孩兒走路回家的人；從我認識他以來，他不曾對我有過調情之舉。如果法蘭克說他想聊聊，那麼通常都是聊公事。他對司機比比手勢，後者站在已敞開車門的黑色座車旁等候。「今晚我想走走路。」他朗聲說道。司機掂掂帽緣，關上車門。

我們緩步踱離波多馬克河，穿過華盛頓中心沉睡的街道。「我很高興你來了。」他說。「我一直希望碧佛莉能說動你。」

「這事兒她也有份？」

「哪件事沒她的份？」

我大笑，「沒有。大概沒有。」

他再度沉默，彷彿忘了當初為何邀我一道散步。

「你大可先吩咐司機回家，他就不用等你一整晚了。」

「我不知道我想走路。」他說。「那時我還沒下定決心。」

「下定決心？」

「你想念這些嗎？」

「沒有一刻不想。」我說。

「真羨慕。我是真心的。」

「難不成你希望當時就退下來？在戰爭結束以後？」

「我從來不去想假設性問題，」法蘭克說，「但現在……我不敢確定。事情不像過去那樣黑白分明了。」

我們來到麵包店門口。裡頭亮著燈，早班師傅已經把長棍送進烤箱了。剛進國務院時，我之所以選擇這裡，不僅是因為租金剛好在可負擔範圍內，也因為我實在愛極了麵包剛出爐的香氣，甚至更勝於麵包的滋味。

「聽說你在找工作。」

「什麼祕密都逃不過你的耳朵，法蘭克。」

他笑了。「是呀，可不是嘛。」

「為啥這麼問？有什麼消息嗎？」

他抿嘴一笑。「嗯，我倒是有一份你可能會感興趣的工作。」

我側耳湊近。

「是關於一本書。」

東線

一九五〇～一九五五

第五章 勞改犯

敬愛的阿納托利·謝蓋耶維奇·塞米諾夫：

這不是你引頸期盼的那封信，而這封信也和那本書無關。這封信並非自白——我無意承認你安給我的諸多罪名，卻也無意申訴無罪。對於我被指控的罪名，我確實無辜，但我並非全然無罪。我為了一己之慾，佔有一個男人——儘管我知道他使君有婦。我不是好女兒，也不是好母親，我甚至讓我的母親獨自收拾我留下的殘局。現在一切都過去了，我仍覺得有必要寫下來。

你也許會相信我用這枝鉛筆所寫的每一個字。這枝筆是我用兩顆配給方糖換來的。但你也可能認為這只是虛構的故事。無關緊要。橫豎我不是為你寫的，你只是這封信開頭的一個名字。況且我永遠不會寄出這封信：每完成一頁我就燒掉。故此時此刻，於我而言，你的名字不過是一個稱呼罷了。

你說我在我們每晚的談話中並未把每一件事都告訴你，說我的「故事」有許多漏洞。但你身為訊問者，肯定曉得記憶有多不牢靠：人類的心智永遠不可能如實交代一整件事。可我願一試。

我把鉛筆削尖。這枝鉛筆比我的拇指還短，因此我的手腕已開始隱隱作痛。不過我仍會繼續寫，寫到墨芯耗盡、化為塵土為止。

但是要從何處下筆？是否該從當下這一刻寫起？我怎麼度過在這裡的每一天，或完成勞動改造的一千八百二十五個日子中的第八十六天，或者該從已經公開的部分下筆？你想不想知道我如何跋涉六百公里、來到這地方？你坐過不知開往何方的列車嗎？你是否親眼見過這些沒有窗戶的木車廂，而我們被關在裡頭顫慄發抖，等著被送往下一站？你嚐過活在世界邊緣的滋味嗎，阿納托利？離莫斯科、離家人、離所有溫暖仁慈的事物如天邊遙遠？

你想不想知道，在這段旅程的最後一段路上，警衛曾強迫我們說話？那時天氣實在太冷，以至走在我旁邊的女人倒下、而旁人剝下她腳上的鞋子時，她的小趾頭竟然斷在鞋裡？或是我曾經和一名留著兩條及臀的細長辮子、宣稱自己把兩個年幼孩子按進浴缸淹死的女子待在同一間艙房？還有當其他人問她何以做出這種事，她表示是一個到現在還在她耳邊叨叨絮語的聲音叫她痛下毒手？我是否該告訴你，她每天都在嘶吼尖叫中醒來？

不會的，阿納托利，我不會寫這些煩心事給你。真的。因為你一定知道，這些細節極可能使你感到瑣碎無味，而我不想讓你覺得無聊：我希望你願意繼續讀下去。

讓我回到正題。

出了莫斯科，我們先來到一處由女衛兵看管的中途營。這裡的條件比你我相遇的地方稍稍好一點。牢房乾淨，水泥地面，聞起來有尿騷味。我住的牢房編號一四二，房裡的每個女人都有自己的床墊；警衛會在晚上熄燈，讓我們能好好睡覺。

好日無多，好景不常。

抵達中途營後的某天晚上，警衛出現，帶走一四二號房裡的所有人。我們被送上火車，得知下一站、也是唯一的停靠站是波季馬。車廂很暗，瀰漫朽木的氣味；鐵欄杆隔開艙房與走道，好讓警衛隨時都能盯緊我們。艙房角落有兩個金屬桶，一個充作便尿桶，另一個裝著掩蓋穢物用的鹼液。我佔了一個上鋪床位，多少能躺平身子、把腿伸直；稍稍側頭偏個角度，還能從天花板縫隙瞥見一線天空。若不是因為這一小片天空，我不會知道時間是白天或晚上，也不會知道我們在車上度過多少日夜。

某天晚上，火車終於停車靠站。

這裡看起來不像火車站，反倒像馬槽；然而放眼所及不見馬羊或驢子，只有身穿破舊軍服的男人和幾頭壯碩如獅的大狗在月臺等著我們。警衛吆喝下車，我們慌亂地面面相覷，沒人起身；警衛見狀，隨手拽下一名年輕的紅髮女子，命令她排隊站好。我們立刻沉默跟從。

最前方的警衛高舉手臂，隊伍齊步前進。離開月臺後，我們才明白接下來不再有火車或貨車載我們完成剩下的路程。我扯扯大衣袖口，蓋住握拳的雙手；此刻雙手溫熱依舊，但這份溫暖不會持續太久。

我們穿過初雪鋪覆的大地，沿著鐵軌前行，直至軌道中止、沒入一片銀白。無人開口詢問要走多久，但我們腦中只有一個念頭：接下來要走兩個鐘頭、兩天、還是兩星期？我不想這些，逼自己把注意力放在前方女子的足跡上。我不曉得她的名字，但我設法讓每一步都落在她留下的足坑中。我試著不去想逐漸刺痛的手指腳趾，不去想鼻涕緩緩滴淌、凍結在人中的凹窩——鮑亞逗我的時候，也會用指尖輕戳這處小凹窩。

這些都與《齊瓦哥醫生》無關。對，阿納托利，跟你心心念念的這本書毫無關係。這段行軍彷彿出自鮑里斯心頭：明月皎潔，照亮覆雪的道路，銀色光輝灑落在我們的足跡上，美得致命，奪人心神。要是我還殘存一絲知覺，我說不定會邁開步伐、奔向路旁那片樹林，一直跑、一直跑到身體吃不消，或跑到有人攔下我為止。我想我會願意死在那裡，死在那處彷彿從鮑亞夢境裡變出來的地方。

頂著一顆黯淡紅星的瞭望塔率先從遠方高大的松木林頂端探出頭來。待我們逐漸走近，倒鉤鐵網、貧瘠的廣場與排排營房，還有冒出煙囪、與灰色天空相連的裊裊白煙，相繼映入眼簾。一隻營養不良的公雞沿著鐵網周圍行走，喙部龜裂，紅色雞冠破破爛爛。

終於到了。

雖然我不能代表全體發言，不過，行軍四日以來的每一天、每小時、每分每秒，我無時無刻不想望溫暖。然而，當警衛趕我們走進倒鉤鐵網圍起的營區，讓我們站在篝火熊熊的錫桶邊取暖時，我不曾感覺如此冰寒。

約莫有四、五十名女子站在廣場遠處，排成一列，個個手持鐵盤與馬克杯等待取餐。我們走近時，她們轉頭打量我們蒼白的臉龐、豐厚的頭髮和儘管凍傷但無老繭的雙手。我們回望她們蠟黃的臉，包裹頭巾或剃光的腦袋，寬而微駝的肩膀。要不了多久，我們看見彼此就會像照鏡子一樣，並且很快就會變成我們排隊等餐，看著新來的女人加入勞改行列。

十多名女警衛現身接管，陪我們行軍至此的男性警衛默默轉身，走進紛飛大雪中。我們被帶進一棟水泥地、設有火爐的長形建築。警衛命令我們脫衣。我們光著身子發抖，讓她們用手指耙過我們的頭髮、然後劃過身體，抬高我們的手臂同時檢查乳房。她們指示我們張開手指腳趾和雙腿。她們用手指戳探我們的口腔。我的身體漸漸暖和起來，但不是因為爐火，而是怒火——我還未能消化的憤怒。你曾經感受過這種憤怒嗎，阿納托利？一股無名火在體內熊熊燃燒，猶如火柴遇上汽油、隨時可能吞噬你？你是否每晚都會感受到這股憤怒，就像它夜夜造訪我一樣？這是不是你坐上現在這個位置的理由？因為不計任何代價取得權力才是唯一解藥？

結束搜身，我們排進另一列隊伍。古拉格總是有排不完的隊，阿納托利。我們拿到薄而不成形的鹼皂，扭開水龍頭。冷水沖在凍僵的肌膚上反而異常地刮人炙燙。風乾身體後，她們往我們身上倒粉末，殺死任何可能隨我們進入營房的小臭蟲。

一名將亞麻色長髮綁成美麗辮絡、盤繞光禿頭頂的波蘭女人，坐在桌邊縫補工作服。工作服的顏色好似烏雲密布的天空。她停下動作，逐一打量我們、再指指她面前右邊或左邊的兩疊工作服：大號或再大一號。

接著，另一名有著招風耳、鼻子更突出的女子負責分發鞋子，但尺寸她連猜都懶得猜。我套上一雙黑皮鞋，但每走一步、腳後跟就滑出鞋子一次。後來我存了整整一個月的配給方糖，才得以跟另一名獄友交易——不是換鞋，換鞋至少要五個月份的方糖，而是換得一捲膠帶，讓我能把鞋子固定在腳上。

警衛將隊伍分成三列。我跟著我那一列走進十一號營房。我會在這裡待三年，阿納托利，天天拖著腳走路、以免落了鞋子。

十一號營房空無一人，已經住進來的室友正在田裡勞動。警衛指指房裡的空床，幾座在房間最後面、離柴爐最遠的三層鋪。我們彎身鑽過牆與牆之間的曬衣繩，晾在上頭的斑駁襪子與內衣仍在滴水。房裡瀰漫著汗味、洋蔥味和體味。活人的味道，聊以安慰。

我把我分得的羊毛毯放在倒數第二排最頂層的鋪位。我之所以選擇這張床，是因為我在火車上見過的一名女子挑了它下層的鋪位。我猜她的年紀與我相仿，三十五、六左右，髮色墨黑、雙手纖細；我想我們或許能做朋友。她叫安娜。

但我始終不曾和安娜成為朋友。我和十一號營房裡的其他任何人都未能做成朋友。每天傍晚，我們精疲力竭，還得保留體力、讓自己明天下得了床，重複相同的一天。

在波季馬的第一夜很安靜。其實每天晚上都很安靜，只有呼嘯的風聲伴我們入眠。有時，我們會聽見營區對面傳來受不了孤寂折磨的女性哭嚎，聲音像極了空襲警報。尖嚎的女人迅速遭到制止，至於採取何種方式，我們只能想像。誰也不曾提起那些哭聲，但我們都聽見了，也都在心裡無聲同泣。

第一天下田，土地又凍又硬。鋤頭太沉，我幾乎舉不過腰。我的手不到半小時就磨出水泡。我使勁全身力氣，卻只刨起一點點土，薄薄一片，寬度不超過一根指頭。我旁邊的女人運氣比較好，她分到鏟子，可以踩上去、藉體重將鏟尖戳進土裡。我只有鶴嘴鋤，卻有好幾立方公尺的土要翻，翻完才能得到當日配給的食物。

勞改第一天，我沒東西吃。

勞改第二天，我還是沒得吃。

第三天，我依舊只能挖出幾個小坑，照例得不到食物。不過有一位年輕修女趁我經過她身邊時（她在排隊等著進澡間），將她留下的一小塊麵包塞給我。我滿心感激。自從在莫斯科被黑衣人帶走以來，我頭一次覺得，或許我應該開始禱告。

波季馬的修女令我驚嘆，阿納托利。這一小群女子來自波蘭，比鐵石心腸的罪犯更頑固堅強。如果她們不贊同警衛的命令，她們會拒絕服從。每天早上響起床號的時候，她們會大聲禱告，此舉雖激怒警衛、卻為我這個完全沒有宗教信仰的人帶來安慰。有時候，為了教訓她們的粗魯不敬，警衛會揪住其中一人的工作服、將她拖出隊伍，命令她跪在大家面前。有一名修女就這麼跪了一整天，光裸的膝蓋直接壓在滿佈礫石的泥土地上，但她始終不曾屈服，不曾要求站起來——她自始至終都帶著大智若愚的聖潔微笑沉靜禱告。她們會用手指撥數看不見的玫瑰念珠，即使太陽無情、灼傷臉龐，即使尿液流下工作服、在泥地上切出小徑，她們仍不為所動。

有那麼一兩次，警衛把她們一整群全關進禁閉區。禁閉區位於第一排營房，屋頂有一半嵌入洞穴，不僅持續灌入冷風，蟲子和老鼠亦時時造訪。

雖然這群修女的刑期比我長很多很多，但我實在很難不嫉妒她們。她們擁有彼此。她們不需要來自外界的隻字片語，然而這卻是我們其他人的衷心企盼。即使被迫分開，她們亦不曾屈服於折磨我們其他人的孤寂與黑暗。她們有上帝為伴，而我已經把唯一的信仰獻給一名男子：我的鮑亞。一介凡人，一名詩人。從我被帶離公寓的那天起，我就沒能連絡到他；他是生是死，我一無所知。

勞改第四天，我柔嫩的雙手長出厚繭，終於能抓牢鋤頭了。我將鋤頭揮舉過頭，以驚人的氣力敲進土裡。一天結束，我把分派的土地全部翻過一遍，終於獲得配給食糧，只是三兩口就吃完了。我的身體比我的心靈更快適應這種生活。不過世事不都是如此，阿納托利？

剛開始幾天最難熬，然後漸漸地，幾週、幾個月、幾年過去了；不是看著月曆上的格子一天一天數，而是計算挖了幾個坑、從頭髮挑出幾隻蝨子這般度過。時間在終日鏟土、水泡破了變成繭、打蟑螂（牠們在舖床底下逃竄）、肋骨根根漸次浮露中過去了。這裡只有冬夏兩季，兩者一樣殘酷磨人。

我體認到人體生存的基本需求：身體需要的真的很少，我可以只靠八百克麵包、兩塊方糖和味道薄得不知是湯或海水的食物過活。然心靈索求更多：鮑亞沒有一刻不在我心頭。我總覺得我能感覺到他在想我——漫過頸背、刷落手臂的酥麻刺痛就是證明。這種感覺持續好幾個月。接下來的一年，感覺不再，然後又一年過去。這是否表示他已不在人世？他們把我送進古拉格，自然不可能對他手下留情。

阿納托利，現在我可以告訴你，這五年對我來說既是祝福、也是詛咒。唯有來自莫斯科的布爾喬亞才會被判這區區幾年刑期——我們的營長一再提醒我這個事實。這個烏克蘭女人名叫布伊娜雅，刑期十年，理由是她偷了一袋集體農場的麵粉。她高大壯碩、嚴肅刻板，與我完全相反。雖然我因為下田工作而日益強壯，但仍是動作最慢的一個。布依娜雅總是第一個拿我開刀，把我當作她毒舌攻擊的對象。

有一次勞動回來，我累到連沾滿塵土的工作服都懶得脫、也不洗澡，就這麼直接躺上床。我才剛闔上眼睛，就聽見那不容錯認、屬於布伊娜雅的吼聲：「三四七八！」她的嗓音活像咳嗽的喜鵲，學警衛喊我的囚號。

我文風未動。她又喊一次我的號碼。安娜從下方戳戳我的床。見我沒反應，她改用腳踢；「快回答啊！否則你就麻煩了。」她低聲說。

我坐起來。「是！」

「我還以為你們莫斯科人都很愛乾淨呢。但你怎麼渾身屎味？」

十一號營房響起陣陣笑聲，如漣漪擴散；困窘的紅潮漫過我的胸口和頸子，直上雙頰。我確實臭烘烘的，但營房裡有些人的味道比我更糟。

「我可是在防空洞裡出生的，」她繼續，「但是就連我都知道至少一週要洗一次胯下。難怪只有叛國詩人願意操你。你不就是因為這樣才到這裡來的嘛？」

笑聲揚起。我把雙腿甩過床緣，跳下三層舖。我的腿抖得好厲害，我敢說地板可能也因此震動起來。我感覺得到每一道盯著我的視線，看我如何回應。我猶豫了。我轉向牆壁，這個動作令布伊娜雅及其他人笑得更兇。她抓起自己的一小落髒內衣，大步走過營房中央走道，來到我的舖床邊：「拿去。」她把衣服扔在地上。「既然你要去把髒兮兮的身體洗乾淨，應該不介意順道幫我洗洗衣服吧？我知道你不會介意。」

阿納托利，我想告訴你，當下我立刻轉身離開牆邊、撿起布伊娜雅的髒衣服就往她臉上甩。我想告訴你，我堅守立場並賞她一巴掌，結果兩人扭打起來，害我隔天滿身瘀青。我想告訴你，雖然我打輸了，卻贏得布伊娜雅的尊敬。

但實情並非如此。我拿起她的髒衣服，走向水盆，用我的配給肥皂將衣服刷起乾淨，再小心翼翼將它們晾在最好的位置（火爐旁邊），這才剝下身上的衣服，用那盆混濁的冷水清洗身體。然後我就睡了。結果隔天整件事又重演一遍。

如果現在我把你想知道的告訴你，也就是你在盧比揚卡深夜閒談期間問我的問題……阿納托利，這對我還有任何好處嗎？假如我現在選擇合作，我的刑期會不會因此縮短？如果我承認你們的每一項控訴，我是否就能離開這裡？如果我把尖尖的鋤嘴對準自己、再使盡全身力氣，我是否就能一了百了？

你們可能會覺得冬天比夏天糟，但把我們折磨得最慘的日子其實是夏天。我們在田裡挖土、拉耙、拖拽使勁，汗水像小池子一樣聚集在工作服底下。我們都管這工作服叫「惡魔皮」，因為這種布料完全不透氣。我們的皮膚開始生瘡起疹，引來小黑蠅和牠們兇猛的叮咬。為了遮陽，我們把薄紗固定在生鏽鐵絲上，做成養蜂人用的那種遮帽。其他已經在大太陽底下工作十年、或甚至更久的人，皮膚早已曬黑，她們大聲嘲笑我們的帽子、嘲笑我們細如白瓷的莫斯科人肌膚。她們頂多三、四十歲，看起來卻像六、七十歲的老婦。她們很清楚，我們遲早都會放棄遮陽，總有一天會認命抬頭、讓陽光帶走最後一絲提醒我們在抵達波季馬之前是誰的身份記憶。

阿納托利，我們每天都要下田工作十二小時。我會在心裡默念鮑亞的詩句，度過這些時光；我用鋤頭敲出的每一記聲響計算每一句詩的節奏，每一處停頓。

傍晚，我們下田歸來，警衛會用雙手檢查我們的身體，確認我們沒帶任何東西回營房；

這時我會再一次在腦中冥想鮑亞的詩句，緩解她們正在對我做的事。

我也創作我自己的詩句，像寫在紙上一樣浮現腦海；我會一再唸誦，反覆強化記憶。但因為某些理由，即使現在我有紙有筆，我仍舊不能寫出來。或許，這些詩只為了我而存在。

有天晚上，洗完布伊娜雅的髒衣服後，我被上頭叫出去。當時我正準備躺下休息，一名新來的警衛走進營房，像唱歌一樣喊我的囚號（她不像其他老手，下達命令時還不懂得威嚇大吼的控制技巧）。我套上工作服和鞋子，跟著她走出營房。

警衛領我走過切穿營房的走道，在盡頭左轉，我這才意識到我們要往哪兒去：綠色小屋。這幢小屋非囚犯營房，大多賞給受營區首領青睞的女囚。小屋的造型與營區內其他房舍截然不同，第一眼看見它時，我還以為自己產生幻覺了：它看起來就像任何一位老奶奶家的鄉村小宅，鮮綠外牆鑲著白木邊，窗外擺著一排排植栽，花草扶疏。

我看見某扇窗戶透著紅色燈罩散發的燈光。檯燈後方、端坐桌前的正是那位營區首領。我只見過這男人一次，之前他來波季馬巡視，一群低階軍官以他為中心、半圍著他。即使隔著一段距離，他濃密的白眉毛仍清晰可辨。根根白毛朝上豎直，幾乎要碰到他從額頂往下梳、欲遮蓋禿點的白髮。他看起來慈眉善目，像個平凡老爺爺一樣坐在桌前；但我從其他獄友口中聽聞，此人絕非善良無害的老爺爺。營區首領的工作是審訊犯人與招募線民。此外，大家都知道他在營區內有好幾名情婦——這些女人被叫進綠色小屋，不是選擇讓他為所欲為、就是在其他營區度過剩下刑期；後者的暴力虐待尤甚於此。

這些營區情婦在沐浴後都會套上絲袍，下田工作時也都帶著草帽抵擋陽光。她們常被叫出田地，轉往廚房或洗衣房做輕鬆活兒，或者花好幾個小時修剪小屋樹籬、整理花草，然後進屋照料其他需要**照料**的對象。每一位營區情婦都是美人，其中最漂亮的是十八歲的蕾娜。我沒見過蕾娜，但她那一頭如虎鯨皮亮黑絲滑的長髮，在營區內無人不知無人不曉。謠傳首領特地從法國走私洗髮精賞給蕾娜，另外還給她一雙小牛皮手套，保護她的纖纖玉手。據說，蕾娜在被逮捕以前，原本是一位前途無量的喬治亞鋼琴家；還有傳聞指出蕾娜一度懷孕，結果上頭召來一名老婦，用縫衣針為她墮胎。

這些都是謠言，只是傳聞，我在內心叮囑自己。警衛以警棍比比木門。我又告訴自己，我年紀太大、不合首領胃口，因為我聽說他偏好還沒生過孩子、或年紀不超過二十一歲的女子，非此即彼。

我走進這間兩房小屋，站在門口。首領伏案寫字。我希望他能開口說幾句話，但他只是用鋼筆指指書桌前的椅子，要我坐下。十分鐘後，他終於放下筆，正眼看我。他不發一語，拉開抽屜，取出一只包裹給我。「你的。這東西不能離開這間辦公室，你得在這裡看完。」他推給我一張紙。「讀完以後，在這裡簽名，表示你看過了。」

「這是什麼？」

「不重要的東西。」

包裹裡是一封十二頁的長信，還有一小本綠色筆記本。我打開筆記本，卻看不進半個字——我眼中只有紙頁上的筆跡：龍飛鳳舞、蒼勁厚重，每每令我想起翱翔空中的鳶鶴。我快速翻動筆記內頁和信紙，紙上的字跡漸漸有了意義。鮑亞沒死。他不在牢裡。他寫了一首詩給我。

阿納托利，我不會跟你分享那首詩。你以為我會嗎？我反覆唸過一遍又一遍，直至銘刻在記憶裡；後來我再也沒見過那幾張紙。或許你早已讀過這首詩，但我就當作你沒讀過。他的文字屬於我，只屬於我。

他在信上提到，他正在盡一切努力把我弄出去；他說如果他能和我互換位置，他會非常樂意。他說，壓在他胸口的罪惡感一天比一天重；他好怕這份重量最後會壓斷他的肋骨，令他傷心而死。

在讀信的過程中，我感受到一股我認為只有那群修女能體會的感覺：信仰賜予的溫暖及庇護。

阿納托利，我何以獲准閱讀鮑亞的信？時間都過了這麼久，首領為何決定把信交給我？也許他希望我有所回報。不論他提出什麼要求，在那一刻，我知道我都會做到。我願意成為線民，我願意做他的情婦，只要能再聽到鮑亞的消息，要我做什麼我都願意。

可是，阿納托利，首領始終不曾開口要求我做情婦，也不曾收編我為線民。後來我才知道，鮑亞曾要求證明，證明我還活著；於是幾個月後，他們把我在讀信之後簽名的那份文件寄給他，作為佐證。

當時已有謠言傳出史達林病了，他的控制力正逐漸鬆散瓦解。綠色小屋那夜之後，我獲准收到家人與鮑亞的來信。他提到他心臟病發、認為那肇因於我遭到逮捕，爾後在醫院躺了好幾個月。他好怕自己再也見不到我。

他寫道，現在身體好了、又能連絡上我，他再度燃起完成小說的熱情。他說他會不計代價完成這部小說：不論是他的心臟問題、或是監看他每一封信的政府當局，誰也攔不了他。

敬愛的阿納托利，你還記得史達林過世前一晚嗎？那晚我夢見群鳥。不是我心心念念的白鴿（營區的人相信白鴿是立即獲釋的吉兆），而是上千隻烏鴉，猶如棋盤上的小兵，成排立於水泥操場上。這群烏鴉看不出呼吸起伏，即使我走近擊掌，牠們仍靜伏不動。我一再拍手，直到發紅刺痛。然而就在我轉身準備離去之際，一道聽不見的信號促牠們振翅齊飛。烏鳥形成一片湧動的黑雲，遮蔽明月。我望著那片黑雲先往右移，再向左移，下一刻突然朝四面八方散去，每隻鳥各有各的方向。

翌日清晨，天還未破曉，營區廣播送出刺耳音樂。我們幾乎全部立刻坐起來，瞇眼適應屋內幽暗。送葬曲。廣播放的是送葬曲。十一號營房裡沒人開口說話，沒人問是誰死了。我們心知肚明。

音樂繼續。我們站在浴槽邊往臉上潑冷水，套上工作服，不知該不該哀悼。外頭沒人喊點名，我們坐回舖床，靜靜等待。布伊娜雅走向房門，拉開一條縫、探頭出去。「沒動靜。」她說，搖了搖頭。

後來音樂停了，擴音器劈啪作響。我們聽見唱針觸及唱片的細音，國歌接著響起。眾人面面相覷，不知該不該起立、該不該跟著唱。不少人率先站起來，其他人也跟著站直。國歌結束，大夥兒依舊站著不動。片刻寂靜之後，廣播再度爆出莫斯科廣播電臺尤里．鮑里索維奇．列維坦熟悉、低沉的嗓音：「史達林同志——列寧偉大功業的共造者與繼承者，共產黨及蘇聯人民睿智的領導與導師——心臟已停止跳動。」

播音結束，我們知道自己應該哭泣，而我們也確實哭了。我們哭到雙眼紅腫，喉嚨沙啞，但沒有一滴眼淚是為他流的。

紅色沙皇殞落後不久，我的五年刑期減為三年。我四月二十五日就能回家了。史達林過世促使我們的新領袖釋放一百五十萬名囚犯。當我收到印有出獄日期的通知時，我回到十一號營房，望著掛在浴槽上方、邊緣參差不齊的鏡子：我的臉色枯黃，一看就知道是在勞改營待過幾年的人；我的眼眸依舊鮮藍如矢車菊，但周圍層層皺紋，下方還有黑眼袋；曬傷使我的鼻子布滿斑點。我的身材純粹是倖存者的模樣，壓根談不上健康：鎖骨突出，肋骨明顯，大腿細如木棍，金髮沒了光澤、毫無生氣，就連門牙也因為誤咬湯裡的小石子而缺了一角。

鮑亞會怎麼看我？我想起多年前他曾經告訴我，在妹妹們移居牛津、彼此分離多年後，他害怕再見到她們。他說，他寧願不要再見到妹妹們，他想完整保留最後一次見面時、她們年輕美麗的模樣。他對我是否也有這種想法？他看我的眼神是否和看他不再同床的妻子一模一樣？他會不會拿我和我女兒比較？他看著她出落成漂亮的年輕女人，而我卻變得比實際年齡還要蒼老？「伊拉簡直是她母親的翻版。」他在寄給我的某張明信片上寫道。

這時，布伊娜雅（她的赦免令還沒下來）經過我後方，佯裝要洗臉、卻突然轉身推我一把，害我撞上鏡子。碎片落地，我踉蹌後退，一道血痕從額際汩汩流下。她衝著我笑，我也對她笑，鮮血滲進嘴裡。她臉色一沉、氣沖沖地走開。那是我最後一次見到她。我聽說那些沒拿到赦免令的人後來發動造反，導致勞動農場、首領綠色小屋在內的整個營區付之一炬。我曾經想過，劃下火柴、點燃第一把火的說不定就是布伊娜雅。

阿納托利，我以「勞改期滿女囚」的身分搭上開往莫斯科的火車。在我遠離的三年間，莫斯科急遽發展，處處是吊送鋼筋的起重機，工廠取代田地，老舊的兩層木造樓房間竄起一棟又一棟、鑲著數千扇窗的公寓大廈，數千條曬衣繩橫越在數千座陽臺上。史達林的七座巴洛克混哥德風高塔頂著紅星、改變這座城市的面貌，彷彿在昭告世界：我們也能造出直上雲霄的摩天高塔。

時值四月，春天即將降臨莫斯科，我正好趕上紫丁香和鬱金香盛開，花床的三色堇結束冬眠、冒出花芽的時節。我想像自己再一次和鮑亞並肩走在莫斯科寬闊的大道上。我閉上眼睛，細細品嘗這幅景象；再睜開眼，火車已然到站。我焦急地望著鐵軌。他說了會等我。

第六章 天上謫仙人

鮑里斯醒了。閃過腦海的第一個念頭是一列火車照亮鄉間道路、奔向白石砌成的雄偉車站。他在薄薄被毯下伸展雙腿，想像奧爾嘉圓滾滾的臉頰抵著車窗。他好愛端詳她的睡顏，就連她打呼的方式也喜歡，輕柔有如遠方工廠的哨音。

再過六個鐘頭，載著他的摯愛的那列火車即將抵達終站。奧爾嘉的母親與兩個孩子會在鐵軌旁等待，踮腳張望，渴望第一個看見她走下火車。再過五個小時，鮑里斯和她的家人會在波塔波夫街的公寓會合，一起去車站接她。

他已三年未聞她的聲音。三年不曾觸碰她的肌膚。他最後一次碰她，是在國家文學出版社編輯室外的公園長椅上。當時他們正在討論那晚的計畫。奧爾嘉提醒他，有個穿皮衣的男子似乎正在偷聽他們說話。鮑里斯看了那人一眼，斷定他只是坐在長椅上的尋常路人。「沒事的。」他告訴她。

「你確定?」

他捏捏她的手。

「或許你該留下來陪我，別回去了。」她說。

「我得工作，我的愛。不過今晚你來佩列杰爾基諾找我吧。她要在莫斯科待兩天。」他很謹慎，避免在奧爾嘉面前提及妻子的名字。「我們可以放鬆一下，晚一點再吃晚餐。我想聽聽你對最新一章的看法。」

她同意他的安排，純潔地親吻他臉頰。她在公開場合都這麼做，但他討厭她這麼親他，感覺他好像是她叔叔，或者更糟——是她爸爸。

要是他知道，那日在公園會是未來三年內最後一次見到奧爾嘉，他會毫不猶豫轉向她、吻上她的唇。他不會趕著回家寫作。在她提醒他注意那個皮衣男人時，他應該相信她的話。他不該放開她的手。

那天晚上，鮑里斯一直在他的鄉間別墅等她；好幾個鐘頭過去，奧爾嘉仍不見人影，於是他知道出事了。他直奔奧爾嘉公寓，那裡彷彿是災難現場。鮑里斯進門，她母親指指一旁開腸剖肚的沙發，眼神茫然，斷斷續續回答他的提問。「幾個穿黑西裝的男人，」她說，「兩個……不對，三個人……她的信、她的書……黑色汽車。」即使她無法明確回答，鮑里斯也知道這些人是誰、或者他們把奧爾嘉帶去哪兒了。

「孩子們呢？」他問。

她從破裂的抱枕上拾起一根黑白鵝毛，無意識地撮弄。

「他們在這裡嗎？他們沒事吧？」

奧爾嘉的母親仍未回答，於是他逕自走向孩子們的臥室。聽見緊閉的房門裡傳來米提亞和伊拉悶悶的哭聲，鮑里斯鬆了口氣，但他的心也碎了。

轉過身，鮑里斯驚訝地看見奧爾嘉的母親就站在他身後的走廊上。他還來不及開口，她即連珠炮似地拋出問題：「你會去找她，你會吧？你會要求他們釋放她、讓一切恢復正常，對不對？」她手上的羽毛直指他的臉，「把她推入險境的是你，你必須彌補你所做的一切。」

鮑里斯向奧爾嘉的母親保證，他會立刻前往盧比揚卡、盡一切努力營救她女兒。但他沒說的是，他不僅沒有力量，而且敲開盧比揚卡大門、要求釋放奧爾嘉，終究只是徒勞。他的處境和其他目前還活躍的俄國知名作家一樣：當局的意圖就是要透過她來傷害他。若稍有不慎，他們也會把他關起來。

他回家，但不是返回佩列杰爾基諾的別墅、而是在莫斯科的公寓，去找他妻子。季奈妲跟朋友坐在廚房，圍著餐桌抽菸打牌。「你看起來像是活見鬼了。」他進門時，她如此說道。「我見過的鬼可多了。」他說。她認出丈夫的表情。大整肅期間，他多次露出這種神情。大恐怖時期，數千人被捕下獄，最後幾乎全數死於勞改營：詩人、作家、藝術家、鮑里斯的朋友、季奈妲的朋友、天文學家、大學教授、哲學家，無一倖免。十年過去，傷口仍未癒合；記憶如同那面旗幟，血腥鮮紅。她知道自己最好別問，別問他出了什麼事。

待奧爾嘉乘坐的火車停車靠站，算一算已經過四天了。她必須徒步離開波季馬去搭火車，然後再轉一趟火車才能抵達莫斯科。

鮑里斯下床，穿上乾淨的白色牛津衫和樸素的棕色吊帶褲。他不敢吵醒妻子，輕手輕腳下樓套上塑膠靴，然後從側廊離開別墅。

鮑里斯穿過林間小徑時，太陽的光芒才剛從樺樹含苞的枝枒尖露出來。聽聞一對喜鵲在枝叢某處啾啁閒談，他駐足抬頭但遍尋不著。小徑蜿蜒通往溪澗，剛融化的冬雪顯然使溪面上漲不少。鮑里斯站在窄窄的步橋上深呼吸。他好愛溪水冷冽的氣息。

鮑里斯依太陽的高度判斷，此刻約莫是六點左右。他未依平日的散步路線行走（穿過墓園、繞過東正教主教夏宮再前往作家俱樂部），而是直接抄捷徑走大馬路回家。他想至少先工作一、兩小時，然後再出發去莫斯科與奧爾嘉的家人會合。

快到別墅時，他看見廚房亮著燈。季奈妲正在熱爐子，為鮑里斯做早餐（照例是兩顆炒蛋佐茴香香料）。儘管空氣冷冽，鮑里斯仍剝個精光，跳進戶外浴缸洗澡；雖然別墅有新建的冬季浴室和熱水系統，他仍偏好在室外洗澡。冷水有助醒腦，有益健康。

鮑里斯用一條帶霉味的毛巾擦乾身體，老狗托比克舔舔沿著他細長雙腿滑下的水珠，聊表問候。鮑里斯拍拍托比克的腦袋瓜，輕斥這隻半盲的混種犬又一次放他鴿子，未伴他晨間散步。

一走進屋裡，鮑里斯立刻遭到電視噪音撲襲。季奈妲堅持要在別墅裝電視，他雖抗爭數月，但她揚言不再幫他準備三餐，他只得妥協。電視機可是奢侈品。這台電視機已重複播放史達林的葬禮不下百次，鮑里斯停步時瞄了一眼，正好看見攝影鏡頭鎖定大批群眾中最悲戚驚駭的幾張臉。他輕蔑地撇撇嘴角，關掉電視。

「為什麼沒聲音了？」季奈妲在廚房喊道。

「早啊。」鮑里斯回答。他不餓，但還是在餐桌旁坐下來。她把餐盤放在他面前，替他倒茶。季奈妲並未坐下來和丈夫一同用餐，而是轉身回廚房，一邊抽菸一邊刷洗煎鍋，讓菸灰隨髒水流走。

「季，把窗戶打開好嗎？」鮑里斯說。他討厭菸味，儘管季奈妲允諾會戒菸，至少這會兒還沒戒掉。她嘆了口氣，捻熄香菸，洗完剩下的碗盤。鮑里斯望著沐浴在晨光中的妻子，光線從水槽上方的窗戶流洩而下；有那麼一刻，她額頭上的紋路和頸部皮膚皺褶變得模糊，她彷彿又是二十年前與他共結連理的那名女子。他想著要不要告訴她她很美，但心底竄過一陣劇痛——即將與奧爾嘉見面的罪惡感阻止了他。

走廊上的座鐘響了，七點整。奧爾嘉的火車再過四小時就要抵達。鮑里斯逼自己吃完早餐。嚥下最後一口炒蛋，他推開椅子、離開餐桌。

「寫稿嗎？」季奈妲問。

這句提問讓鮑里斯懷疑，妻子說不定早就知道他的計畫。「對，」他說，「不都是這樣嘛。不過我大概只會寫一、兩個小時。晚點城裡有事。」

「你不是昨天才去過？」

「我兩天前去的，親愛的。」鮑里斯停頓一下。他疏於練習，太久沒對妻子撒謊。「我要跟

《文學莫斯科》的編輯碰面。他對我剛翻譯的幾份譯稿有興趣。」

「那我跟你一起去吧？」季奈妲說。「我剛好要去買東西。」

「下次吧，季。我們可以另外排一天去，好好散個步、聞聞檸檬樹發新芽的香氣。」

季奈妲點頭，接過他遞上的盤子，默默刷洗。

鮑里斯在寫字桌前坐下，從腳邊藤簍撈出前一天寫好的紙頁。他蹙眉，用鋼筆刪掉一整行，一整段，最後整頁刪掉。他抽出一張全新白紙，再一次描摹場景。

這張桌子原本屬於季齊安．塔比澤，偉大的喬治亞詩人和他最親密的摯友。一九三七年正值整肅高峰期，季齊安在某個秋日傍晚遭人從家裡帶走。他的妻子妮娜追上街、跟在黑色轎車後面，連鞋子都來不及穿。他們以叛國罪起訴他，宣稱他進行**反蘇維埃活動**。季齊安只供出一名共犯：他最愛的十八世紀詩人貝希基。

鮑里斯曾多次想像季齊安被黑車帶走之後的場景。他深信，如果他不去想像好友的命運，那麼季齊安將孤零零地承受痛苦。他經常告訴自己，好友可能還活著，但妮娜許久以前就放棄希望了。她把丈夫的書桌送給鮑里斯，囑咐他必須繼續季齊安的志業。「把你夢想中的那本偉大小說好好寫下來。」她這麼說。鮑里斯接受妮娜的餽贈，但他從不覺得自己值得這份禮物。

在鮑里斯的朋友圈中，季齊安不是第一個被帶走的人。夜裡睡不著的時候，鮑里斯經常想起他們，他們的命運在他心頭腦海輪番上演：奧希普在中途營裡驚恐發顫，心知自己死期不遠；鮑羅踏上「作家協會」的階梯，靜駐片刻，然後舉槍對準腦袋；還有瑪莉娜，她繫緊套索、拋過天花板上的橫樑。

眾所周知，史達林喜愛鮑里斯的詩作。這樣一個男人竟然從他的文字裡尋得親密感，這究竟是何意義？這位紅色沙皇與他的詩作有何連結？他的文字一旦公諸於世，就再也不獨屬他一人，這無非是最殘酷的事實；詩文一旦出版，任誰都能據為己有，狂人亦然。然而更殘酷的是，鮑里斯得知史達林親自將他從整肅名單上劃掉，吩咐底下的人別去騷擾「聖愚」，打擾他口中的「天上謫仙人」。

鮑里斯隱約聽見樓下座鐘敲了八響。奧爾嘉的火車再過三小時就將到站，他卻連一個字都還沒寫。昨日輕鬆浮現的故事場景，今天竟拒絕顯現。

從他開始寫《齊瓦哥醫生》那天起，至今已近十年。儘管小說大有進展，他仍希望回到最初興起這個念頭的那幾天，讓故事內容源源不絕從他心中未開發的泉源持續湧現。那種感覺猶如找到至愛。那份癡迷掛念、那股執著令他心中再也容不下其他：故事人物滲入夢境，每個新發現、每段句子、每處場景都讓他的心懸在空中，猶如失重。有時候，鮑里斯甚至覺得那是他活下去的唯一理由。

就在奧爾嘉被捕前不久，當局銷毀兩萬五千冊他的作品《散文集》。睡不著的時候，鮑里斯常會想像他的文字融化在乳白雪水中的畫面。

鑒於審查制度日趨嚴格、再加上愛人被捕，鮑里斯鐵了心要完成《齊瓦哥醫生》。他原本打算退隱鄉間、埋首寫作，卻發現自己做不到。鬱悶引發的焦慮猶如針尖戳刺心窩，最後針尖變成刀刃，沒多久他就躺進醫院了。鮑里斯心臟病發。臥躺病床，吊著點滴，便盆靠在床底下，他心想誰會繼承妮娜給他的那張書桌？季齊安的書桌會傳給他兒子、抑或另一位作家？會不會有誰直接拿斧頭將它劈成木柴，代替再也無法照顧妻小的他、為家人帶來溫暖？他們也可以把他未完成的小說順手扔進火堆裡燒了。

鮑里斯幸運康復，及時目睹一個時代的結束。史達林死了，奧爾嘉將重回他懷抱。他們又能重拾往日的美好時光。

鮑里斯走向立桌，認為改變姿勢多少有助於啟發文思、動筆書寫。結果不然。他凝視窗外，陽光斜掃過花園後半部，他估計奧爾嘉的火車大概兩個鐘頭後靠站。他必須在一小時內動身，才能準時與奧爾嘉的家人會合。院子裡有一小群鴨子哆嗦上岸，啄擊新翻的泥土找蟲吃。

奧爾嘉在波季馬勞改的三年間，鮑里斯刻意漠視這座花園，任其荒廢。奧爾嘉入獄後的第一個春天，季奈妲曾動手除草，打算栽種植物。當時鮑里斯正好出門散步，待他返回別墅，季奈妲拿著修枝剪、差不多已清掉一半的亂草了；他大喝要她停手，但她假裝沒聽見。他扯開柵門、衝進花園，「別弄了！」他執拗地說，搶走她手裡的剪子。

季奈妲癱軟跪地。「這又不是世界末日！」她哭喊，「我們的人生在這裡啊！都在這裡呀！」她忿忿抓起一把野草、用力扔在他腳邊。

後來季奈妲再也不曾動念除草。每次經過花園，她甚至拒絕看它。沒多久，野草冒得又多又高，就連鮑里斯也難以認出它原本的範圍。

不過，就在鮑里斯收到奧爾嘉明信片、看見那個日期（四月二十五日）的那天下午，他拿起鏟子，將花園裡剛解凍的泥土徹底翻過一回。隔天，他在別墅邊上生了一小堆火，燒掉枯葉雜草，再用手推車將泥水帶來的石塊清掉（裝了滿滿一車）。他把幾條鱒魚埋進表土下一公尺深處，充作肥料；他重修腐爛坍倒的長板凳。三年來，他首度坐在板凳上規劃田畝，列出他想種的作物和栽種位置。首批是紫甘藍和菠菜，接著種茴香、草莓、醋栗、鵝莓和小黃瓜，然後加入南瓜、馬鈴薯、櫻桃蘿蔔，最後種洋蔥和韭蔥。充實花園植栽後，鮑里斯開始琢磨他還要進行哪些必要準備，迎接奧爾嘉回家。

三年前，鮑里斯無法想像他的世界中心不是奧爾嘉、沒有奧爾嘉。儘管三年來他沒有一天不思念她，這份渴念仍日漸消弱，他也開始領會並感謝他的生活變得好簡單。他不再為了對妻子說謊而背負罪惡感，不再為了旁人閒言閒語、為了季奈妲知情卻從不點破而感到難堪。他不再為了奧爾嘉許許多多的心情起伏而感到焦慮，也不再為了不能給奧爾嘉她想要的一切而無助心煩。

從他動手整頓花園那天起，鮑里斯的心就在與奧爾嘉再續前緣、或和她保持距離之間來回擺盪。少了奧爾嘉，他就再也不可能嚐到奧爾嘉在他身旁時、他所感受到的那份狂喜，但他也能因此避開毀滅性的低潮；他可能永遠失去內心熊熊燃燒的慾望，卻也不必再屈服於她的拳頭、她的要脅、她的情緒。

在這段權衡思量的日子裡，鮑里斯讀了一段《奧涅金之旅》，並且把普希金的詩句抄在一張碎紙上。一連數日，他反覆閱讀這幾行詩，琢磨究竟該扔掉紙頭、還是把詩句放進小說。

此刻，我想望一位賢妻，
渴望祥和平靜，
一碗湯和完好的自己。

最後，他決定收錄這段詩、結束與奧爾嘉的關係。預定和奧爾嘉在車站相見的一週前，鮑里斯請伊拉至普希金廣場會面。七年前，他首次在這裡約奧爾嘉見面。

鮑里斯先到。他坐在長椅上，看著一名老人扔葵花子餵鴿子；餵完葵花子，他改扔報紙屑，希望鴿子不會注意到兩者的差異、願意繼續陪伴他，哪怕再多幾分鐘也好。鴿群啄食數次，頭也不回地踱開了去。

伊拉從轉角冒出來，一眼就瞧見鮑里斯坐在長椅上。她向他揮手，臉上綻開燦爛笑容。

鮑里斯初見奧爾嘉的女兒時，她還只是個小女孩兒，綁著粉紅蝴蝶結、足蹬白皮鞋。他還記得第一次在奧爾嘉公寓見到伊拉和米提亞的情景：起初他們有一搭沒一搭地聊，然而在他東一點、西一點地旁敲側擊後，孩子們話匣子開了：他問他們喜不喜歡上學？聽過哪些歌兒？喜不喜歡貓？喜歡鄉村還是城市？喜不喜歡詩？

「噢！喜歡！」伊拉回答最後一個問題。「我也寫詩。」

「那你能不能好心唸一段給我聽？」

伊拉起身，背誦一篇關於玩具木馬獲得生命、噠噠噠奔越莫斯科，卻跌入河面冰洞的詩句。她熱情、生動的朗誦深深撼動鮑里斯。

現在伊拉是個十五歲的小女人了，肩上披著她母親的絲巾。鮑里斯欣賞她的美，卻也感覺羞愧，因為他竟然泛起一絲熟悉的悸動——鮑里斯在《新世界》雜誌社初遇奧爾嘉時，他也有過這種感覺。

「咱們走一走吧！」伊拉牽起鮑里斯的手。她常對他說，他幾乎就像她的父親，這份讚美令他滿心歡喜，也讓他為接下來的對話感到憂心。「天氣真好。」她開始滔滔不絕說起來，描述他們為了歡迎媽媽回家做了哪些準備。她說他們打算辦一場派對，她和外婆已經著手備餐，鄰居還送來兩瓶干邑酒祝賀。「當然囉，除了媽媽，你也是我們的貴賓！我甚至還幫你找到你最喜歡的那種榛果巧克力唷！」

「恐怕我是沒辦法參加了。」鮑里斯說。

伊拉停下步伐，轉身看他。「什麼意思？」她問。

「我不知道我還爬不爬得上那幾段樓梯。」他伸手按心臟，「我還沒完全恢復呀。」

「米提亞和我會幫你！我們每天早晚也會扶外婆上下樓喔。」

「但我工作排得很滿。我的那本小說，而且我也開始新的翻譯了。我連梳頭髮的時間都沒有。」他摸摸頂上銀絲，試著開玩笑，但伊拉沒有笑。她沉著一張臉，質問還有什麼事比見到她媽媽更重要，更別提她歷經磨難、平安回家？

「我從沒想過要拋棄你的母親，或是你和米提亞。只是一切都結束了。」

「才這麼幾年，你的心就冷了？」

「我們必須面對眼前的現實。你得跟你母親說，我和她依舊是朋友，但也僅止於此了。大病之後，我才明白我必須和我的家人在一起。」

「可是你跟我說過、跟米提亞說過、跟我外婆說過、也跟我媽說過，你說**我們**是你的家人呀！」

「你們是，你們當然是。但是——」

「你為什麼跟我說，為什麼不跟我媽媽說？」

「我需要你幫我說服她，告訴她這麼做對大家都好。這是最好的選擇。」

「我會讓我媽自己決定什麼對她最好。」伊拉說。

「請你理解——」

「我永遠不可能理解。」她掙脫與他相纏的手臂。「永遠不可能。」

「我不希望事情僵在這裡。」

「那你明天跟我們一起去火車站見我母親。你必須給她一個擁抱，畢竟她吃了這麼多苦——而且還是為了你。你最起碼要做到這件事。然後你再親口告訴她你打算怎麼做。」

鮑里斯同意了，兩人分道揚鑣。他看著伊拉離去，心想她的後腦勺實在好像她母親。他想叫住伊拉，告訴她他錯了、他不是故意要這麼說的，告訴她一切會再回到從前。他們怎麼可能分開？

但他沒有這麼做。鮑里斯走回長椅，看見另一位老人家坐在之前那名老人的位子上，同樣也在餵鴿子。不知他何時會接替老先生的位子，在他的口袋裝滿鳥飼料。

奧爾嘉現在應該醒了。她現在是何模樣？是否美麗依舊，或因為勞改而變了模樣？再見他的那一刻，奧爾嘉會怎麼想他？他掉了不少體重，頭髮也日益稀疏；這輩子他頭一次感覺到自己的真實年齡。她不在他身邊的日子裡，他唯一變好的地方是裝了一排瓷牙；但即使有了這排新牙，鮑里斯凝視鏡中人，他看見的依舊是個面容憔悴、揣著一顆虛弱心臟的老人。

鮑里斯強打起精神，回頭繼續工作。他終於擠出正確的句子，令文字盡情流灑。他迅速寫滿一頁紙、鬆手任其落入藤簍，然後再抽出另一張。他知道自己必須在幾分鐘內出發，再晚肯定遲到；但他還是繼續寫。

等他再度停筆抬頭，房裡已然昏暗。他聞到烤雞的香氣。他扯扯小檯燈的鍊子，埋頭繼續。最後他終於下樓用晚餐，季奈妲對他燦然微笑。她捻熄香菸，點亮餐桌中央的兩支蠟燭。她隻字未提鮑里斯沒去莫斯科的事，他也不說。兩人靜靜共享晚餐，他感覺繃緊的肩膀突然放鬆——他不知道自己一直繃著肩膀。今生餘年就該如此度過，鮑里斯心想：寫作，孜孜不倦地創作，與妻子共享熱騰騰的餐食。他問妻子有沒有紅酒，她立即為他斟滿酒杯。

他要自己別再想奧爾嘉，別再想她此刻正在做什麼。她是否正與家人共進晚餐，還是沒了食慾、什麼也吃不下？今晚她能否安然入眠？他試著不去想像她見到家人在月臺上奮力揮手時的表情——當她發現他不在那裡，她臉上的表情。

S

鮑里斯醒了。天猶未亮。他起身穿衣，輕手輕腳以免吵醒妻子，然後走出別墅進行晨間散步。經過花園，他瞥見點點鮮綠探出泥土。他緩步走下山坡，踏過小溪再上行穿過墓園，最後進入村子。他意識到自己站在月臺上，等待開往莫斯科的晨班列車。

直至來抵奧爾嘉公寓的那條街上，他才下定決心要見她。他緊扣扶手，慢慢爬上五段樓梯。來到她家門前的樓梯間，他對自己說，他只見她一下子。一下下就好。他要把他在公園裡對伊拉說的話說給她聽，他理當親口告訴她，這是她應得的。他走向她家大門。他按住胸膛，穩定心跳，深呼吸後準備敲門——但他還來不及舉手，她便開了門。他倆相遇至今已屆七載，而他已三年沒見到她。她的歲數比當年多了一倍：金髮半塞在頭巾底下，暗淡如稻草；原本曼妙的曲線變得平直；嘴角、額頭、眼周多出道道細紋；肌膚冒出好些曬斑與陌生黑痣。

但他還是雙膝一軟、跪了下來。她竟然比過去更加美麗。

鮑里斯不再懷疑。他起身吻她，而她任他親吻片刻，然後退開。奧爾嘉走進公寓，並未關門；鮑里斯跟著進門，伸手就要擁抱她。她舉手阻止他。「沒有下一次。」她說。

「沒有下一次？」他問。

「不准再讓我等你。」

「不會了，」他說。「再也不會了。」

第七章　代理人

我想像過多少次我倆重逢的畫面？想像鮑亞拿著帽子，站在月臺上張望等候？有多少次，我想像重逢後的第一次擁抱，卻只能孤伶伶躺在舖床上摩搓手臂、揉捏肩膀，揣摩那種感覺？

整整三年半之後，我倆再度肌膚相親。誰也沒浪費時間。他的撫觸令我震撼。已經有好長一段時間沒人這樣碰我了。我們像巨石碎裂般同時高潮，歡愉響徹莫斯科。

事後，我把頭枕在他胸口，聆聽他的心跳。我打趣地說，歷經兩次心臟病發，他的心跳節奏不一樣了；「還有你的牙齒。」大而黃、中間帶齒縫的牙齒，如今變成一排潔白發光的瓷牙。

「你不喜歡？」他問。他閉起嘴巴，我伸出粉紅色的指頭撬開他的嘴。他作勢咬我。

他緊黏著我，不像過去那樣輕易放開我。若非必須回家寫稿和睡覺，否則他絕不離開我的公寓。我不在的那幾年，他整天窩在佩列杰爾基諾鄉居；在這段時間裡，那棟房子擴增了三間房，並且加裝煤氣暖爐、自來水和一座新式搪瓷釉面浴缸。我在勞改營艱苦度日，他在多數俄國人只能幻想的林間別墅隱居。

經歷波季馬事件後，我既不避諱、亦毫無罪惡感地要求分享他的財富——拿他的錢治裝、買書、買孩子們的上學用品、還買了一張床。

改變不只這些。

他把所有涉及他作品的事務全權交由我處理：合約、演講、翻譯酬庸。如果編輯想約他見面，他們必須找我。我成為他的代理人，他的傳聲筒，外界與他聯絡的唯一窗口。我終於覺得自己像季奈妲一樣對他有所幫助了。但我的用處不是料理和打掃，我負責將他的文字引介給這個世界。我是他的代理人。

我幾乎每天都從莫斯科搭火車前往佩列杰爾基諾，在墓園跟他碰面。我們會單獨在那兒討論《齊瓦哥醫生》，或者就只是並肩坐著。我們唯一的同伴是偶爾拿著塑膠花來上墳的鰥夫寡婦，或是經常窩在值班小屋抽菸看書的墓地管理員。有時候，我會用餐巾紙包一點碎肉，帶給那兩隻總是在柵門前迎接我的大狗。

我們見面的地方在墓園斜坡上，這塊區域目前閒置無用。天氣好的時候，我會攤開我的披肩、鋪在草地上，讓我倆自在臥坐。

「我想葬在這裡。就在這個位置上。」他不只一次這樣告訴我。

「別說這種話。」

「我覺得很浪漫呀。」

有一回，我們坐在坡頂上，鮑亞瞥見季奈妲沿著大路走上來、正要回別墅去。她看起來像個老太太，步伐緩慢，用尼龍頭巾包住頭髮，兩隻手臂都掛著購物袋。她停步，放下購物袋，點了一根菸。我坐起來、想瞧得更清楚，但鮑亞輕輕推我躺回草坪上。

那年夏天，為了離他近一點，我在伊茲馬爾科沃湖對面租了一間屋子，離他的別墅僅三十分鐘路程。雖然鮑亞不跟我一起住在這裡，但這是屬於我倆的窩，一個全新的開始。

孩子們共用一間房，我則佔據玻璃迴廊。媽媽幾乎都待在莫斯科，她說鄉間生活淺嚐即可，久居無益。

我實在好愛這間玻璃屋：白楊樹根化為臺階，玻璃迎入滿室陽光，而我躺在床上就能看見小徑上的鮑亞，步步走近。

鮑亞第一次見到這幢小屋時，倒是頗有怨言：他說玻璃屋毫無隱私。但我所做的一切都是為了讓我倆擁有更多私人空間。於是那天下午，我搭火車進城，買了幾塊紅藍印花棉布。當晚我就把棉布做成窗帘，把我的光之屋變成隱密巢穴。

那年夏天很熱。小徑兩旁綻放紅色、粉紅色的野玫瑰，天天造訪的雷陣雨劈裂天空。熱氣在房間玻璃窗面結出顆顆凝珠。我推開每一扇窗，但通風效果有限。鮑亞和我躺在床上，汗如雨下，我笑說可以把這房間變成溫室，種些像芒果、香蕉一類的熱帶水果。鮑亞不覺得好笑。他討厭這間玻璃屋。

不過米提亞跟我一樣，我們都喜歡這裡。他迅速適應鄉間生活，成天在林間晃蕩，把植物、石頭、青蛙放進口袋帶回家。他用錫桶幫小青蛙們做了一個家：鋪草放石子，再在頂端放置美乃滋罐盛水。他在兩眼底下抹泥巴，揹上樹枝和細繩製成的弓箭，巧扮羅賓漢。

伊拉就不是這麼回事。她拒絕和弟弟一起玩。在我離家的那段時間裡，她已經長大、對這些遊戲不感興趣了。她的朋友都在莫斯科，所以成天抱怨自己只能關在小屋。「這裡連一份像樣的冰淇淋都買不到。」她說。我特別為她做了傳統的奶油冰淇淋，還配上鮑亞花園裡的薄荷葉；她吃了一口即吐掉。「味道跟土一樣。」她推開冰碗。「拿去給你金主吃吧。」

我斥責她不該這樣說鮑亞，她悶悶起身走掉。那天她到晚上都沒回來，於是我去火車站找她，發現她坐在長椅上。月臺上只有她一個人，站務員在一旁清掃。

「我想回家，」她說，「可是我身上沒錢。」

「你的家在這裡呀！有我、還有米提亞。」

「還有鮑里斯。」

「對，還有鮑里斯。」

「那也只是暫時而已。」

我還來不及說什麼，伊拉即起身往小屋的方向走。我獨自落坐長椅，看著站務員清掃月臺。

夏末，孩子們必須回莫斯科上學，鮑亞擔心我也會跟著離開。「這樣我又要孤單一人了。」他喃喃嘀咕，眼眶泛淚。我倒覺得開心，甚至希望他當真落淚；看著他掉下淚來，我突然感覺到某種權力移轉。我喜歡這種感覺，所以並未向他坦白：其實我幾星期前就決定留下來。即使這代表我只能在週末見到孩子們，我始終知道自己不會離開。我只是要他低頭，要他求我。

伊拉在出發前兩天就把行李整理好了，但米提亞拖拖拉拉，直到火車發車前一個鐘頭才勉強收拾。我摺好、放進他行李箱的每一樣東西都被他拿出來。「米提亞，不要這樣。」我說。

「那**你的**行李箱呢？」他問。

「你知道你得回莫斯科的家。」

「但你不是說**這裡**是我們家？」

「可是這裡沒有學校。你不想見到你的同學和朋友嗎？還有婆婆？」

「那為什麼沒有你的行李廂？」他又說，眼眶泛淚。

我安撫他、親吻他的額頭，答應他可以帶寵物蛙「艾瑞克」（唯一那隻活過當年夏天的青蛙）回莫斯科，但他得保證會好好照顧牠。

孩子們離開後，我在玻璃屋一直住到暮秋。這屋子冬天不夠暖，所以我最後仍順了鮑亞的意，改租另一間更小的房子。新租處離鮑亞家更近，我們管叫它「小屋」，至於他的俄式鄉居則是「大別墅」。

佈置小窩帶給我很大的樂趣。我掛上窗帘，鋪上厚厚的紅地毯。由於我原本的書大多充公、在盧比揚卡潮濕的地下倉庫腐爛凋零，因此鮑亞補齊我的藏書，甚至還親手釘了書架。

全部整理好以後，我開心領著鮑亞來一趟小屋導覽，明確指出**我倆的**床、**我倆的**餐桌和**我倆**

的書架。「明年春天，我會在那邊造一處我倆的花園。」我指指窗外的院子。

鮑亞和我蝸居的每一處地方都成為我倆共有的空間。若我說我心裡放不下在莫斯科的生活（我的孩子、我母親和種種責任），那就是在撒謊。有一次，我無意間聽到米提亞喊我母親「媽媽」，我當下的感覺不是背叛，而是解脫。

那年冬天已然離我最晦暗的日子好遠好遠。朋友紛紛來訪，《齊瓦哥醫生》朗讀會重新開張：每個星期天，米提亞、伊拉和我們的朋友會搭火車從莫斯科過來。大夥兒一起用餐，然後鮑亞朗讀。我又一次以女主人的身分陪伴他身旁。

小說即將完成。鮑亞寫作進度飛快，和我們剛陷入熱戀那段時期差不多。他早上待在佩列杰爾基諾工作，然後走路來小屋，下午則由我協助編輯和繕打。

鮑亞總是三句不離齊瓦哥，特別是在小說幾近完成的階段。如果你問他天氣好不好，他喜不喜歡今天的晚餐，或是他種的櫛瓜是否因為蚜蟲寄生、結瓜不成，最後枯吊在瓜藤上，他總有辦法把話題扯回那本書。有時他還會夢到尤里和拉娜：「他們就跟我生命裡的其他人一樣，栩栩如生。」他說。「彷彿他們曾經活在這個世界上，而現在則是他們的鬼魂在對我說話。」

然而，正如同尤里和拉娜始終縈繞他心頭，「大別墅」也同樣令我耿耿於懷。他在那兒寫作，在那兒用餐，也睡在那間屋子裡。她為他料理三餐，縫衣補襪看電視，在他不歸的夜晚邀鄰居玩牌作伴。每當他頭痛胃疼、或煩惱心臟毛病的時候，陪伴安撫他的人始終是她。

每次進他書房，她只打掃、從不干擾，為他創造理想的寫作環境。儘管他不曾對我提過，但我認為這就是他留在大別墅寫作的理由。那時候，我告訴我自己，是那份亟欲完成小說的渴望把他留在那裡、綁在那裡。

不知他們是否依然存在肉體關係。雖然我認為答案是否定的，但這個念頭就像白桌巾上的墨漬一樣難以抹去。他們會以何種姿勢交媾？他修長的軀幹抵著她層層贅肉的肚子，他強壯的雙手托起她的乳房、使之回到原本的位置。我心裡有一部份希望這是真的。這個念頭竟扭曲、奇異地使我心安，因為這代表在我老了以後，他也還會要我。有一次，我問他們是否仍同床而寢，鮑亞要我放心，說他們已經好多年不曾共枕。「好多年是幾年？」我問，「我不在的時候，你都跟她睡嗎？」

「當然沒有。我們已經不做那件事了。」

「那你跟別人睡過嗎？」我又問。「如果你跟別人睡，我能理解。」雖然我心口不一，卻仍補上這一句。他要我別擔心，說我在他生命裡的位置永遠無法取代，說我不在的時候，只有拉娜與他作伴。

但我仍不死心，繼續追問：「當真沒別人？」

§

「他死了。」鮑亞打電話給我。

我扣緊聽筒。「誰死了？」

他低聲呻吟，彷彿胃痛痙攣。「尤里。」他終於說出他的名字。

眼淚瞬間湧上。「他死了？」

「寫完了。我的小說完成了。」

我著手安排手稿編輯、繕打，再釘上皮製封面。我前往莫斯科的印刷廠領取印好的三份印樣，抱著箱子上火車，鮑亞文字的重量沉甸甸壓在我腿上。

他在小屋等我。我把裝著他畢生心血的箱子遞給他，他捧在手裡好一會兒，然後放下箱子，摟著我在屋裡迴旋繞圈，隨著無聲的音樂起舞。旋轉舞動之間，我瞥見橢圓鏡中的身影——我看起來也很開心，但比較像母親摟著剛產下的嬰孩：興高采烈卻滿心疲憊，既開心又難過，平靜但恐懼萬分。

「說不定會有出版的一天。」鮑亞說。

我想起阿納托利．謝蓋耶維奇．塞米諾夫端坐辦公桌前，針對《齊瓦哥醫生》的內容質問我的畫面。我想起政府執意想知道他到底寫了什麼。但我什麼也沒說。

我和每一間文學雜誌社、每一位編輯、每一家出版社或任何可能出版《齊瓦哥醫生》的對象安排會面。我單槍匹馬，代鮑亞上陣發言。旁人敦促他描述他的作品，或要求他為其辯護、甚至宣傳，但鮑亞認為他實在做不到。「我好像找不到屬於我自己的語言。在打字以至印刷的這段過程中，語言彷彿憑空消失了。」他如此對我說。

因此我替他發言。

編輯同意與我會面，可是沒有一人敢承諾出版。好幾位編輯表示他們有興趣出版小說尾聲的那幾首詩，但他們不曾正面回答我要求出版全書的提議或詢問。

好些夜晚，鮑亞等在月臺上，焦急想知道我在莫斯科的會面結果。我報喜不報憂，過度興奮地描述《新世界》雜誌社有意出版幾篇詩作，但鮑亞了然於心。他默默陪我走回小屋，緊緊勾住我的手，彷彿我得攙扶他走路似的。

有一回，在我又一次無功而返的回程路上，鮑亞突然停在路中央，宣布他對出版《齊瓦哥醫生》再也不抱任何希望。「記住我的話：他們無論如何都不會出版這部小說的。」

「你要有耐心。現在什麼都還不確定呀。」

「他們絕對不會准的。」他搔抓眉頭。「永遠不會。」

我開始覺得他有可能是對的。某次，我和另一名出版商再度安排會面後，鮑亞來莫斯科與我會合、一同前往鋼琴獨奏會。我們提早到了，於是坐在栗子樹下的長椅上等候。

前方有座池塘，有個男人站在池塘遠處看鴨子。我覺得我好像在地鐵見過這個人。此人很年輕，穿著一件棕色長大衣，但那天天氣不怎麼冷。

「好像有人在監視我們。」我對鮑亞說。

「對。」他不帶感情地回答。

「真的？」

「我還以為你已經知道了。」池塘邊的男人發現我倆雙雙望向他，立刻轉身走進小路、消失不見。「咱們走吧？」鮑亞說，「我不想遲到。」

鮑亞堅稱心情不受影響，甚至還拿監視這檔事開玩笑。他會朝檯燈或天花板說話，刻意說給任何可能正在竊聽的對象。

「哈囉？哈囉？」他對著空氣說。「您今天過得好不好呀？」

「我很好，謝謝您。」他自問自答。

「我們是否讓您覺得很無聊？」他問燈架。「或許我們不該討論晚餐要吃什麼，應該聊些更有意思的事。」

「別說了好不好？」我不覺得他的玩笑有趣，也明白告訴他。「我經歷過這些。」我說。「我不想再來一遍。」

他執起我的手，輕輕一吻。「我們必須一笑置之。」他說。「我們唯一能做的也只有這個了。」

西線

一九五七・二月～秋

第八章　信差

計程車左轉康迺迪克大道。我按年幼暈車時、媽媽教我的，以兩根手指按住手腕。來到杜邦圓環，噁心感更形劇烈，我一度考慮下車走路，但這不在計畫之內。除非確定遭人跟蹤，否則我不能偏離預定計畫。

我被交代要在T街七四五號、佛羅里達大道轉角附近，攔車乘至五月花飯店。其實這段路走一下就到了，但他們說，從「目擊設計」的角度而言，我從計程車下來比較好。

上頭交代，我必須盡可能避免引人注目：不要穿戴亮晶晶的珠寶、不要化濃妝、鞋帽不能太招搖，總之不准有任何炫耀誇張的打扮。想到家裡那一件件亮片禮服，想到那些來我家試穿、向媽媽購買禮服的女人，我想我的衣服沒有一件稱得上「招搖」。我接到的命令是「穿好一點，但不要穿太好，看起來順眼但不能太漂亮」。我得扮成那種經常出入五月花飯店「城鄉」酒吧的女人，妙的是，我碰巧是那種一輩子沒聽過五月花飯店的人，更別提城鄉酒吧。

那晚，我不是伊蓮娜。我是南希。

來到圓環中段，計程車暫停等待，我趁機拿出粉餅盒檢查儀容，仍然不確定我的打扮是否過關：我借了媽媽的舊皮草，噴了幾滴露華濃香水（其實是為了蓋掉樟腦丸氣味），搭配長春花混白圓點洋裝（近五年我都穿這一套參加婚禮）。我把頭髮往後梳成法式包頭、再以銀梳固定（髮飾也是向媽媽借來的）。我拿出在伍爾沃斯百貨新買的橘紅色唇膏補妝，對著鏡子皺眉。感覺還是不對勁。直到計程車抵達飯店門口、門僮為我拉開車門的那個瞬間，我頭一低，這才明白問題出在鞋子：黯淡的黑色平底鞋。鞋跟磨損，鞋面也舊舊的，而我甚至沒想到要上鞋油。那種會在星期三晚上去城鄉酒吧喝一杯的女人，身上絕不可能找到任何黯淡無光、讓自己出洋相的衣鞋行頭。走進五月花飯店寬敞、處處佈置紅白玫瑰的大廳（明天是情人節），我仍不斷想著我的鞋子；幸好他們給我一個質感極好的皮包——金鍊揹帶、內有襯芯的黑色雙蓋香奈兒包，大小剛好裝得下一只信封。

我提醒自己要擺出自信的模樣，變身為那種習慣一身昂貴行頭的人——化為南希，我的偽裝。我把香奈兒皮包當護身符，緊緊抓在手裡，沿途遇上頭戴流蘇高帽的門僮、辦理住房的蜜月愛侶、加班開會的幾位男士和一名深髮白膚、等著其中一位男士帶她上樓的女子，最後來到兩旁擺設大型棕櫚盆栽的鏡面走廊。我穿過走廊、走進酒吧，像一名已被酒保記住姓名的熟客。

我已經知道今晚的酒保是誰（格雷戈里），並且一眼就瞧見他（白襯衫、黑領結，年紀不大卻早生華髮）。他正在吧台調製「吉布森」。

酒吧相當熱鬧。不過，一如他們告訴我的，吧台倒數第二張高腳椅會空出來。

「喝什麼？」格雷戈里問我，他的名牌再次確認我已經知道的資訊。

「琴酒馬丁尼。」我答。「三顆橄欖，而且要串在小紅劍上。」串在小紅劍上？我暗咒自己自作聰明，脫稿演出。

我面前有一只薄薄的玻璃花瓶，裡頭插著一枝白玫瑰。我抽出玫瑰，順時鐘轉一圈、聞了聞再放回去，一切按指示進行。接著，我把香奈兒皮包的金鍊掛在椅背左側，靜心等待。

方才坐下來的時候，我左邊的男士沒怎麼注意我，頂多瞄了我一眼。他正在讀《華盛頓郵報》體育版，看起來跟這地方的其他男士差不多——不是律師就是商人，可能從紐約或芝加哥來洽公、短住一宿，或是為了其他要事來到特區的尋常男子。若要以一句話描述這個人，那麼肯定是毫無特色。我挺好奇他是否也會這樣形容我。希望如此。

格雷戈里把我的飲料放在一份白紙巾上，紙巾印有五月花飯店的金色壓紋。我小啜一口。「你調的馬丁尼真是要命地好喝。」我說。但我討厭馬丁尼。

他們告訴我，我不會察覺任何跡象——坐在我旁邊的男人會神不知鬼不覺讓信封滑進我的皮包。假如我渾然未覺，那麼他的工作就算完成了。男人折起報紙、喝掉最後一口蘇格蘭威士忌、扔下一塊錢紙鈔，走了。

我又坐了十五分鐘，喝完飲料，告訴格雷戈里我要結帳。

我伸手拿起香奈兒皮包，隱約期待感覺有些不同；但包包毫無異樣，我懷疑自己是否哪裡做錯了。說不定，那個看報讀體育版的男人就真真切切只是個看報紙的人。我按捺想確認成果的衝動，離開酒吧，經過成排棕櫚盆栽、手挽褐髮美女等電梯的男士、辦理住房手續的退休夫妻和頭戴流蘇高帽的門僮。

踏上康迺迪克大道，我盡力保持冷靜，不讓腎上腺素逼我小跑步。我在P街停下，看看手錶（這隻埃爾金淑女錶和香奈兒包都是上頭給的），不出幾秒鐘，十五號公車旋即靠站。我上車、選擇後方倒數第二個位子坐下，後方男士手握綠色雨傘，傘擱在腿上。公車才剛通過駐守塔夫特橋橋頭的兩座石獅，這位男士即輕拍我肩膀、詢問時間。我告訴他現在是九點十五分（實際上不是）。他謝過我，我把香奈兒皮包輕放在地、再用腳跟往後推送。

我在伍德利公園下車，朝動物園的方向走。紅燈。我伸出雙手，讓紛落雪花輕觸我戴手套的掌心、化為滴滴小水窪。我自問：這就是與人偷情、藏有祕密的感覺？一陣暈陶感襲來，我赫然明白泰迪．荷姆斯何以告訴我：這份工作會使人上癮。我已無法自拔。

§

我應徵打字員，但他們安排我做另一種工作。難道他們在我身上看見我自己沒發現的特質？又或者，他們只是相中我的過去、我父親的死，知道我願赴湯蹈火在所不辭？後來，他們告訴我，發自內心的憤怒所滋養孕育的忠誠度，是其他愛國份子無法匹敵的。

然而，不論他們在我身上發現何種特質，在我剛進中情局的最初幾個月裡，我始終甩不開「他們挑錯人了」的感覺。

「五月花測驗」改變了這一點。有生以來，我頭一次覺得自己有了更偉大的目標、而不只是一份工作。那晚，我的內在彷彿有什麼東西被解開了，一種我從來不知自己擁有、不為人知的力量。我發現自己非常適合「信差」這份工作。

白天，我記錄口述、抄錄筆記，安靜參與會議，然後打字、打字、不斷打字，一邊打字還得一邊留意自己不會記住打在紙上的任何資訊。「想像這些資料經過你的指尖、按鍵、再傳到紙上，然後永遠消失。這樣就行了。」受訓第一天、也是唯一的一天，諾瑪如此指示。「左耳進、右耳出，你懂吧？」所有打字員都謹守一條鐵律：別用腦。腦子不思考，打字會更快。這些都是機密資料，所以就算不小心記住了，最好也假裝自己什麼都不知道。

「手快口風緊」，這是打字組的不成文守則，但我仍懷疑組裡有誰認真遵守這條規矩。儘管我才到職幾個星期，隨著我和其他女孩兒漸漸混熟，這才發現她們個個都很清楚誰身上有哪些事。

她們是否也對我瞭若指掌？她們是否知道我還有其他任務、知道我多領五十塊薪水加給？是我打字的叮叮聲稍微慢了些才啟人疑竇？她們是否注意到我每天比她們多喝兩杯咖啡、兩眼還掛著眼袋？

媽媽肯定注意到了。她煮了洋甘菊茶、製成冰塊給我敷眼睛。她以為我交了新男友，再三叮囑我在敗壞門風、破壞她在街坊的名聲以前，務必帶對方回家給她瞧瞧。

那麼，打字組的女孩們又是怎麼想的？

這是她們之所以仍未徹底接納我、當我是她們一員的原因嗎？沒錯，她們總是友善有禮，早上見面說早安、週五下班也一定祝我週末愉快，但我不會說她們打從心裡歡迎我。我想成為她們的一份子，但我不想被別人看出來我有這份想望。或許，有些人會以為這種場景只在高中或大學上演，殊不知朋友間的心理戰不管在哪個年紀都是一門學問。

組裡的人確實曾多次找我一塊兒午餐，但那是在我領到加給之前的事。當時我身上除了搭公車的通勤費以外，沒有多餘的錢可花。現在我有點閒錢了，卻再也不曾收到午餐邀約。

我寧可相信，她們之所以疏遠我，是因為我佔了她們老同事塔碧莎的位置。即便如此，我仍不免懷疑還有其他原因，某種已經跟了我一輩子的狀態：身為「局外人」的感覺。因為我感覺獨處最自在。即使在我小時候，我也比較喜歡一個人玩：我會把廚房小櫥櫃當成碉堡，再用牛皮紙剪人形、黏上冰棒棍子做成人偶，排演我精心策畫的劇碼。我最開心的就是自己跟自己玩。表弟表妹常常想找我一起玩，最後不是因為弄壞人偶而被我斥責、就是沒按我的腳本詮釋角色而遭我數落。他們生氣跑走，而我總安慰自己沒關係、說服自己「是我不想跟他們玩」，這樣感覺好過多了。

若撇開格格不入的感覺，其實我很快就適應白天的工作了。儘管我的打字速度比其他人慢，但成果穩定精確。

至於下班後的工作，我的學習曲線進步飛快。

受訓第一天，我問上頭我要接受哪些訓練，結果只拿到一張紙：上頭寫了一行地址。那處地址是一間能俯瞰倒影池、沒有特殊標示的臨時辦公室，而我每天下班後就要來這裡找長官泰迪．

荷姆斯報到。

初次見到泰迪時，我被他嚇一跳：他像極了巧扮間諜的電影明星。泰迪只比我大幾歲，個兒高、棕髮，手指修長，舉手投足都散發這類男子應有的英俊瀟灑。打字組裡肯定有好些人拜倒在他的西裝褲腳下，但我從來不曾以這種眼光看他。他確實是我少女時代幻想過的類型，但身分不是愛人或男友，而是哥哥。我一直想要哥哥，一個能教我適應人際關係，教我不要怪里怪氣、搞得自己痛苦兮兮，保護我不被高中男生騷擾（他們總是在走廊掀我裙子）的大哥哥。一個能分擔媽媽身上的重擔、能減輕家裡經濟壓力的男人。

起初泰迪不怎麼說話。他說我是他訓練的第一位女性部屬。戰情局時代的女性經常被委以炸橋一類的重任，但現在都幾年過去了，中情局竟還在試水溫，試試女性是否有能力執行任務。但泰迪抱持不同的看法。「如果你問我的意見，我會說女性天生就適合當信差。」他說。「有誰會懷疑公車上的漂亮女孩正在傳遞祕密訊息？」

泰迪和我在一九五七年初的幾週內迅速熟稔。他是那種才剛認識就讓人感覺能自在相處的男人：即使才認識他一小時，你跟他說的話可能比某個認識一輩子的人還要多。

當年是泰迪在喬治城大學的文學教授招募他進中情局的。他修習政治學和斯拉夫語，刻意鑽研腔調，一口流利的俄文能騙過所有莫斯科人。在我受訓期間，泰德經常切換使用英語和俄語，說他非常享受任何能磨練語言的機會。以前我只能跟媽媽說俄語，因此能用這種語言和泰德交流，我非常開心。他會問我一個又一個問題：問我母親的服裝事業、我在派克斯維爾的童年歲月、我在三一學院的大學生活、還有我何以如此羞怯。從來沒有人像他這樣問我問題。起初，他的直接令我有些退卻，但沒過多久，我發現自己開始滔滔不絕對他訴說我的個人歷史。

也許，我之所以感覺如此自在，是因為他也同樣開誠布公、樂意告訴我他自己的故事。於是我知道他有過哥哥，但於數年前意外過世（朱利安以戰爭英雄之姿榮歸故里，卻在某天夜裡喝醉、駕車撞上大樹）。我也知道，泰迪認為自己永遠達不到哥哥過去的成就，也曉得雙親選擇永遠記得「英雄朱利安」，將他的照片和在葬禮上收到的國旗一起放在壁爐臺上。泰德說，意外發生後，他曾一度考慮追隨哥哥的腳步、投身軍旅，或者跟著父親進入以家族姓氏為名的律師事務所，結果卻徹底投入文學懷抱，最後再由大學導師引導他踏上截然不同的職業生涯。

泰迪會拿出藏在辦公桌底下的威士忌、為我倆各倒一杯，然後滔滔不絕、感性浪漫地聊起藝術和文學在推動民主的過程中所扮演的角色。他認為書是演示、體現民主的關鍵，因為唯有真正的自由才能孕育出偉大的作品。他之所以加入中情局，正是為了傳佈這份訊息。他總說，俄國人對文學的重視猶如美國人珍視自由：「華盛頓有林肯和傑佛遜的雕像，」他說，「莫斯科則向普希金和果戈里致敬。」泰迪想讓蘇聯人民知道，他們自己的政府正在阻礙他們創造下一個托爾斯泰，或杜斯妥也夫斯基——唯有自由之邦能讓藝術成長茁壯，此刻的西方已然成為文學之王。這些訊息猶如將利刃插進紅色沙皇肋下，再狠勁扭轉。

白天上班時，泰迪待我如其他進出蘇聯分局的打字員：早上點個頭，傍晚或許揮手道別。下班之後，他會全心全意訓練我，磨練我為中情局接收或遞送內部訊息的技藝。

他要我練習把信封放在桌底、長椅下、一般座椅或吧台高腳椅或公車椅底下，甚至是馬桶後面。他讓我從標準信封開始，再升級至小冊子和牛皮紙卷宗，然後是書，最後是包裹。他把這項工作比喻為魔術把戲。他說中情局甚至研究過鋼琴家史考特或魔術大師福農的敏捷手法，設法運用這些技巧。他示範如何讓包裹順著腿緣滑下、落在地上，不發出丁點聲響。「這一切全靠技巧。」他說。

他還教我辨別某人是不是在跟蹤我，要我留意任何可疑或注視我的人，尤其要小心老人家。「老人家時間最多了。」他解釋。「他們可以在公園坐上好幾個鐘頭。如果發現有事不對勁，即使只是有人掉了帽子，他們也會報警。」

每當我犯錯，他會鼓勵我練習再練習，而我也認真練習了。每天晚上、待媽媽睡著以後，我會鎖上房門，一次又一次練習將不同大小的信封滑進書本、我的皮包、媽媽的皮包、行李箱、以及我所有衣服的每一個口袋。當我向泰迪展示，我能把一份迷你紙捲從中空唇膏管轉移至他的外套口袋，他振奮地表示我已經準備好接受真正的試驗了。

「我可以嗎？」

「只有一個法子能確定囉。」

§

這就是「五月花測驗」的由來，不是正式任務，而是測試我是否準備好了。泰迪告訴我他會在一旁盯著，但我不會看見他。他說的沒錯。那晚在五月花飯店，我自始至終沒見著泰迪人影。不過隔天一早，我才走進辦公室就發現一朵白玫瑰靠在打字機上：一把小巧的紅色塑膠西洋劍穿過花莖，猶如棘刺。

「神祕仰慕者？」諾瑪問我。

「只是朋友。」我說。

「只是朋友？不是祕密情人？」

「情人？」

「今天是情人節呀，你忘啦？」

「噢。」我當真忘了，好在諾瑪沒來得及拋出其他問題，就被叫去開會了。只不過，那天下午，神祕玫瑰再度出現。「我聽說你在跟泰迪．荷姆斯約會？」琳達把頭探過隔開我倆辦公桌的隔板。我一抬頭，發現整個打字組全圍過來，等我給答案。

「什麼？沒有。我們沒有。」我嚇一跳，擔心身分暴露。

「蓋兒說，朗妮．雷諾說她早上親眼看見泰德把玫瑰放你桌上。」

「我就說，他根本沒有想要避人耳目的意思呀。」蓋兒說。

「你們倆什麼時候開始的？」

我被她們問得頭昏腦脹，只好藉故躲進化妝間，希望待會兒回去時，她們已經把玫瑰的事給忘了。但她們沒忘。她們繼續丟出一堆我無法回答的問題，直到下班時刻。

「要不要跟我們一起去馬汀？」諾瑪問我。「生蠔買一送一，酒保還會給雙份酒喔！因為他迷上茱迪了。既然你說你還是單身，那你晚上應該沒有情人節計畫吧？」

「我沒辦法去，」我說，「我有約了。不過不是約會，跟那個完全無關。」

「嗯哼。」諾瑪應道。

§

我好氣泰迪害我變成整個打字組的追擊目標。他為什麼要這樣做？他有什麼目的？我決定一見面就要問清楚。但是他倒了一杯威士忌歡迎我、還舉杯祝賀我的五月花測驗一舉過關。我退縮了。

「幹得不錯，孩子。」他說，碰碰我的酒杯。「雖然有幾個地方要再琢磨琢磨，不過你的表現真是該死的好。安德森很高興。我們認為你應該很快就能上陣，負責線上交辦的實際任務。」

「我知道了。」我知道不能問細節，卻也不曉得此刻該說什麼好。「謝謝你。」我感覺得出來，泰迪不太確定我是為了他的讚美而致謝、還是為了那朵白玫瑰。我倆陷入尷尬的沉默。

「對了。你怎麼都沒反應啊？」泰迪打破沉默。

「什麼反應？」我悶悶地問。

「玫瑰啊。」

「打字組全被迷住了。」

「但你沒有？」

「我沒有……其實我不太喜歡成為注目焦點。」

泰迪大笑。「你被局裡相中，也是因為這一點。」他說。「但真的抱歉。這裡的人對流言蜚語感興趣的程度就跟狗追郵差一樣執著。」

「狗追郵差？」

「我的意思是，我很抱歉。我以為你會開心。」

「我是開心……只是……只是我們要讓其他人知道我們彼此認識嗎？」

他抓抓下巴，傾身靠過來，「說不定這是不錯的掩護。如果其他人以為我們在約會，那麼看見我們在一起就很正常、也不會啟人疑竇。這只是權宜之計，應該不會造成什麼傷害吧？除非你已經有男朋友、而且他可能會因此生氣？」

「我沒有男朋友，但是——」

「好極了。」他說。「就從現在開始如何？我們可以一起去馬汀喝一杯。她們總是聚在那兒，對吧？」

「我不知道。」

泰迪舉起空空如也的酒杯。「咱們短暫停留幾分鐘就好。」

「這種事不會讓同事皺眉頭嗎？」

「恕我直言，不過，就算我們不搞辦公室戀情，局裡至少也有一半的人都搞在一起。更何況我們又不是真的在一起，你說是不是？」

泰迪牽著我的手跨過馬汀酒館門檻。吧台前擠滿K街說客。泰迪說，你可以從上等西裝、還有即使走過打蠟地板依然吱吱叫的嶄新皮鞋，從人群之中認出他們來。他們總是佔據吧台座位，而衣著比起他們較為樸素的公務員則偏安桌位。法律實習生總是擠在餐吧猛夾生蠔。打字組的夥伴們還沒走，此刻正坐在吧台左側的包廂裡。

「我們坐這邊好不好？」我指指另一頭的雙人座。

「先去吧台點飲料。」

「可以跟服務生點吧？」

「吧台比較快。」我們擠進吧台前，泰迪向酒保比劃一陣、要了兩杯威士忌。他掏錢付帳，然後舉起杯子，「敬新朋友。」他說。就在杯碰杯的當下，我感覺有人輕拍我肩膀。

「伊蓮娜！」諾瑪喊我。「你終於還是趕上啦。來跟我們一塊兒坐。」她瞧瞧泰迪，「你也一起來，泰迪。」

「我們待會兒還有事欸！」泰迪說。「我們訂了巴黎左岸的晚餐，只是進來喝一杯。」

「巴黎左岸？你怎麼有辦法在那裡訂到情人節晚餐？」

「朋友欠我人情囉。」

「那就來我們那桌喝完這杯吧？反正我們位子很多。」

我們望向包廂，女孩兒們忙不迭轉移視線。「好啊，」我說。「有何不可？」

「瞧瞧是誰來啦！」諾瑪伴著我們來到包廂，女孩兒們騰出空位。我順勢坐下來，但泰迪仍站在桌邊。「女士們，請稍候幾分鐘。」我們看著他走向點唱機，動手餵零錢。

茱迪用手肘頂我。「你倆不是那回事，嗯？」

諾瑪看了茱迪一眼，意思是「就跟你說吧」。「早上送白玫瑰？晚上去巴黎左岸？」

「巴黎左岸？」凱西說，「太豪華了吧！」

泰迪回到包廂，點唱機正好切進音樂。他脫下夾克、交給茱迪，茱迪勉強擠出笑臉。她吃味兒了？嫉妒我？「想不想跳舞？」泰迪問我。

「沒人在跳舞呀。」我說。

「等等就會跳了。」泰迪回答，對我伸出手，「來嘛！這可是『小理查』耶！」

「小什麼？」他不等我答應，一把牽起我的手、拉我進舞池——四方形的鑲木地板，沒擺桌子。我很不會跳舞，手腳似乎沒有一次彼此協調，不過我仍樂意嘗試；但是天啊，泰迪可真會跳。不僅打字組的同伴緊盯我們瞧，酒館裡的每一雙視線似乎都黏在我倆身上。泰德帶我轉圈，彷彿他是舞王佛雷．亞斯坦；我感覺自己彷彿在扮演別人，而且演得好極了。就像在五月花測驗那回一樣，我再度順利消化角色。泰迪拉近我，「她們信了。」他低聲說。

我們又跳了一支舞、追加一輪酒，終於離開酒館。出門來到人行道，我向泰迪道別。但他沒讓我說完。「你不想一塊兒去吃晚餐？」

「我以為你只是信口胡謅？」

「如果我說，我真的訂了巴黎左岸的晚餐呢？」

我想到媽媽應該已經幫我加熱昨晚剩下的羅宋湯，再低頭看看一身豆子湯色的寒傖洋裝；

「我今天的穿著實在不適合那種地方。」

「你看起來很漂亮。」他把手伸給我，「走吧！」

第九章　打字員

又是一個在拉夫點心鋪集合的星期五早晨，例行的甜甜圈和一大杯咖啡。等我們走出鋪子，冷颼颼的秋日早晨已溫和許多。我們脫下帽子圍巾、敞開外套，信步走在E街上。

每天早上，蘇聯分局通常以滑進位子整理資料、或閃進休息室倒咖啡、或匆匆趕往各路早晨會報（約九點一刻開始）的忙亂氣氛拉開序幕。前臺的電話通常已開始響個不停，等候區的位子也全部坐滿；可是，十月初的這個早晨並非如此。那天，前臺空空蕩蕩，休息室也一樣，打字組四周的每張辦公桌亦空無一人。

「怎麼回事？」蓋兒問泰迪．荷姆斯，後者半走半跑奔向電梯。他突然剎車，被腳下乳白色舊地毯的隆起絆了一下。

「樓上要開會。」泰迪說。「樓上」是杜勒斯辦公室的暗號，但他的辦公室其實在樓下。泰迪匆忙離去，我們回到座位，伊蓮娜已端坐打字機前。

「泰迪有說什麼嗎？」蓋兒問。

「我們輸了。」伊蓮娜說。

「輸了什麼?」諾瑪問。

「不清楚。」

「你們在說什麼?」凱西問。

「我沒辦法解釋科學的部分。」

「科學?什麼科學?」

「他們把某樣東西送上太空了。」伊蓮娜說。

「他們?」

「他們。那個他們。」她耳語。「想想看……」她拖長尾音，指指石綿天花板，「那東西在上面。此刻，現在。」

那是個大小似海灘球、重量跟美國男性平均體重差不多、威力卻直逼核子彈頭的玩意兒。早在俄國國家通訊社「塔斯社」宣布「史普尼克」發射成功的數小時前，「全球第一顆人造衛星已抵達九百公里高空，每九十八分鐘即可繞地球一圈」的消息就已經在中情局蘇聯分局內傳開了。

既然男士們都不在，我們也搞不定任何工作。這會兒就只能活動指關節、左右張望空蕩蕩的辦公室。凱西把腦袋探過隔板。「『史普尼克』?這什麼名字啊?」

「聽起來像顆馬鈴薯。」茱迪應道。

「俄文『旅伴』的意思。」伊蓮娜說。「我覺得有情調的。」

「才不呢，」諾瑪說，「感覺好恐怖。」

蓋兒倏地站起來，閉上眼睛，在空中挑動手指、計算看不見的數字。然後她睜開眼睛。「十四。」

「啥？」我們齊聲問道。

「如果史普尼克以現在的速度環繞地球，那麼它每天會經過我們頭上十四次。」

我們同時抬頭往上看。

午餐過後，我們全擠在安德森辦公室的收音機旁（他不在）。目前沒有人獲知實際消息，但廣播員表示，全國各地不斷瘋狂通報可能的目擊事件——鳳凰城、坦帕、匹斯堡、還有東岸及西岸的波特蘭。彷彿除了打字組以外，大家都看到那顆人造衛星了。

「可是肉眼看不見人造衛星呀？」蓋兒說，「白天更不可能。」

電臺響起腸胃錠廣告音樂時，安德森也正好走進辦公室。「我大概也需要一錠。」他說。「看來，大家都挺認真工作的嘛。」

「巴拉巴拉，噗滋噗滋。」諾瑪輕輕做怪聲。

凱西調低廣播音量。「我們想知道是怎麼回事。」她說。

「誰不想呢？」安德森說。

「那你知道嗎？」諾瑪問。

「有誰知道？」蓋兒問。

安德森卻像個高中棒球教練，精神抖擻地用力拍手。「好啦，該回去工作了。」

「那玩意兒不斷飛過我們頭上，這要我們怎麼工作？」

安德森關掉廣播，像驅離鴿子一樣趕我們出去。我們魚貫離開辦公室，聽見安德森問伊蓮娜能不能留下來幾分鐘。他的要求不算奇怪，橫豎伊蓮娜本來就是打字組的一員。不過從她到職那天起，我們就懷疑她在局裡可能還有其他特殊職務，一些課外活動；至於她參與了哪些活動，我們不曉得。不論安德森要找她聊課後活動、或是談史普尼克的事，我們一無所知，但這並不妨礙我們推理猜測。

整個週末，各式各樣的新聞報導紛紛出籠，從過度誇大（俄國勝出！）、愚蠢荒謬（世界末日？）、理性務實（史普尼克何時掉下來？）再到政治取向的（艾克怎麼做？）[1]都有。到了星期一早上，排隊通過總部安檢的人只剩小貓兩三隻，因為大批大批的男人全都去白宮和國會山莊開會，試圖平息全盤皆輸的恐懼；至於還留在總部的男人，則是一副從上週五就沒離開辦公室的模樣：腋下的白襯衫已微微發黃，睡眼惺忪，臉上鬍渣多日未刮。

星期二，蓋兒帶著一台莫霍克錄音機進辦公室（我們都用這種錄音機做電話錄音）。她脫掉帽子手套，將錄音機置於打字機前，示意我們靠過去。我們圍住她的辦公桌，她按下播放鍵。眾人傾身。雜訊響起。

「我們要聽什麼？」凱西問。

「我什麼也沒聽到。」伊蓮娜說。

「噓。」蓋兒啐道。

我們靠得更近。

然後，我們聽見了：一陣微弱、持續的嗶聲，像老鼠嚇破膽的心跳音。「懂了吧？」她關掉錄音機。

「懂啥？」

「聽說把頻率調到兩千萬赫茲就能聽見它的聲音。」蓋兒解釋。「我試了，但只錄到白噪音，所以我認為我得增加功率。猜猜我幹了什麼？」

「我哪知道？我連你在說什麼都聽不懂。」茱迪說。

「我把廚房紗窗給拆了。室友肯定以為我瘋了。」

「搞不好她是對的。」諾瑪說。

「我用一根鐵絲把紗窗接上收音機、調回兩千萬赫茲，再對準麥克風——成！」她壓低音量。「接上了。」

「接上什麼？」

「史普尼克。」

---

1 譯註：「Ike」為當時美國總統艾森豪的暱稱。艾森豪於二戰期間擔任盟軍在歐洲的最高指揮官，軍中士兵稱他為艾克。

眾人面面相覷。

「你最好等下班再說。」琳達說，左右看顧一圈。

蓋兒嗤之以鼻。「這不過是小孩兒把戲。」

「但那是什麼意思啊？」茱迪說。

蓋兒搖搖頭。「不知道。得靠他們查出來囉。」她比比後面那排辦公室。

「也許是密碼？」諾瑪說。

「還是倒數計時？」

「嗶聲停止的時候會發生什麼事？」茱迪又問。

蓋兒聳肩。

「代表你得回去工作。」安德森站在我們身後說。大夥兒一哄而散，除了蓋兒——她仍站在位子上。「至於你，蓋兒，」我們聽見安德森說，「你來我辦公室一趟。」

「現在？」

「現在。」

我們看著她跟在安德森後頭進辦公室，約莫二十分鐘後又看她出來：白手絹按著紅鼻子。諾瑪立刻起身，但蓋兒揮手要她別理她。

十月過去。綠葉先橘再紅、然後轉棕，最後凋落。我們撈出衣櫃深處的厚大衣。蚊子盡數陣亡，酒館開始促銷熱甜酒，城裡處處都是燒枯葉的味道，就連市中心也不例外。某人帶來一盞南瓜燈、放在前臺展示（上頭還刻了鐵鎚與鐮刀），男士們玩起一年一度的「不給糖就搗蛋」，一桌桌纏著分局夥伴、輪番暢飲伏特加。

十一月則有個轟轟烈烈的開始，或者該說「大爆發」。蘇聯成功發射史普尼克二號，這回還載了一隻叫「萊卡」的狗狗上太空。凱西在休息室貼上尋犬啟事，照片底下寫著「笨尼克：環繞地球軌道後失蹤」，但立刻就被撕掉了。

局裡的氣氛越來越緊繃，我們也被要求加班留守，協助男士們進行會議。如果必須待到九點以後，有時他們會叫披薩或外帶三明治給我們吃，不過一般大多無法休息、也沒東西可吃，所以我們得記得多包一份午餐，以防萬一。

沒多久，「蓋特報告」[2]出爐，告訴艾森豪他已經知道的事實：不論是太空競賽、核武競賽或其他任何一項競賽，美國都比我們想像的還要遠遠落後蘇聯。

儘管情勢如此，中情局仍已著手策劃另一項武器，蓄勢出擊。

---

2 譯註：艾森豪為了加強美國軍事防禦體系、應對核武攻擊，委託「蓋特委員會」（Gaither Committee）制定戰略。結果該報告指出美國在多項技術上均有不足。

他們有史普尼克，我們有俄國文學。那時候，我們相信書也能成為武器，相信文學能改變歷史進程。中情局深知改變人心和思想非一蹴可幾，但為了更長遠的利益著想，他們仍決定投入戰局。中情局承襲戰情局精神，極度重視「軟性文宣」這個戰場——利用藝術、音樂、文學推動政治目的。目標：強調蘇維埃政府不容許自由思想，揭發紅色政權箝制、審查、甚至迫害國內最優秀的藝術家。策略：透過各種管道，將這類文化素材送到所有蘇聯人民手上。

剛開始，我們把小冊塞進氣球、再讓氣球飄過邊界；氣球一破，裡頭的文宣品就像下雨一樣落在鐵幕裡了。後來我們改成郵寄禁書至敵方陣營：起初，那群男士想到的好點子竟然是把書裝進「不起眼」的信封，然後「祈求好運」、希望其中至少有幾本能神不知鬼不覺地偷渡成功。不過在某次禁書會議上，琳達突然發表意見，建議他們用「假書封」做更好的掩護。於是打字組夥伴盡可能蒐集較不具爭議的書籍，譬如《夏綠蒂的網》、《傲慢與偏見》，拆下它們的陳舊外衣、再為禁書換上這些舊書皮，送進郵筒。不用說，這筆功勞還是算在男士們頭上囉。

約莫在同一時期，上頭決定我們必須更深入這場文宣戰。他們安排幾個人從局裡畢業、創立自己的出版社，或是贊助文學雜誌、協助帶風向。在政府黑預算挹注之下，中情局儼然成為某種讀書俱樂部（詩人、作家比普通讀者對免錢好酒更感興趣）。中情局把手伸進出版界，其程度之深，深到外人或許以為我們不玩情報、改混出版了。

我們列席男士會議，負責記錄，聽他們討論接下來想利用哪些小說。為了接下來的任務，他們辯論攻防，討論該以歐威爾的《動物農莊》為主軸、還是利用喬伊斯《一位年輕藝術家的畫像》滲入敵營。他們全心投入、認真討論，彷彿《紐約時報》會刊登他們的書評似的。雖然認真，但我們總愛取笑這群男士的對話方式，說他們跟大學課堂討論差不多：某人先提出論點，另一人不同意，接著雙方越辯越離題。這類討論經常持續好幾個小時，若說我們不曾意識到自己突然打起瞌睡，那就是在說謊。有一回，諾瑪打斷某位男士發言，表示她堅信拜羅斯探索的繪畫主題比納博科夫的耽美文句更重要。那是她最後一次擔任禁書會議速記員。

所以我們有氣球、有假書封、有出版社、有文學雜誌，其餘禁書則透過走私混進蘇聯。

然後**齊瓦哥**出現了。

計畫祕密代號為「AE恐龍」[3]。這是一項可能反轉全局的任務。《齊瓦哥醫生》（剛開始，組裡不只一個人覺得很難拼對全名）出自俄國當今最有名的作家「鮑里斯．巴斯特納克」之手。由於內容對俄國十月革命多所批判、並且帶有所謂的「顛覆思想」，故整個東方集團全面禁止該書出版。

乍看之下，這則描述尤里．齊瓦哥和拉娜．安蒂波娃蕩氣回腸、卻註定無法開花結果的史詩級愛情故事究竟何以能成為文攻武器，理由並不明顯。不過中情局總是獨具創意。

最初的內部備忘錄指出，《齊瓦哥醫生》是史達林死後、蘇聯作家端出「最具反叛意味」的文學作品，說這本書具有「極高的文攻價值」，因其「被動但一針見血地闡述蘇維埃政體對纖

3 譯註：「AE」為當時中情局蘇聯分局所有祕密行動的代稱。

細、聰慧的人民及其生活造成何等劇烈影響」。換言之，這本書堪稱完美。

在蘇聯分局舉辦的幾場耶誕派對上，眾人酒酣耳熱、導致這份「齊瓦哥備忘錄」迅速傳開，速度比茶水間幽會的流言蜚語還要快。大夥兒不忘加油添醋，每傳述一次就添上半打好評：《齊瓦哥醫生》不只是一本書，更是武器，是中情局意欲奪取並偷渡送回鐵幕，交給蘇聯人民親手引爆的重量級武器。

東線

一九五五～一九五六

第十章 經紀人

謝爾吉歐．安傑羅在三歲兒子床畔醒來，兒子正咿咿呀呀說著不成句的句子，內容跟他們在羅馬皮影秀看到的黃綠色紙恐龍「史蒂凡諾」有關。「葛莉葉塔！」謝爾吉歐呼喚妻子，希望她可憐可憐他，接手照顧孩子，讓他能再多睡一小時。但葛莉葉塔不理會他的請求。

謝爾吉歐覺得口好乾，昨晚一杯接一杯的伏特加令他的太陽穴隱隱作痛。「敬義大利人！」他同事佛拉德倫高喊，向前來參加莫斯科廣播電臺派對的夥伴舉杯致意。謝爾吉歐笑開懷、一乾而盡，並未費事指出他就是那個義大利人、以及現場也只有他一個義大利人。謝爾吉歐率先滑向舞池。服裝講究、帥氣英挺的他猶如從義大利電影走出來的人物；他可以任選一位賓客作舞伴，而他一位也不願錯過。最後是佛拉德倫拍拍他的肩膀，提醒他音樂早在半小時前就停了、咖啡館老闆也要趕人了。伴著謝爾吉歐在沒有音樂的舞池中翩翩起舞的嬌小女子，邀請大家至她的住處繼續狂歡，謝爾吉歐婉拒，因為太太在等著他回家；不僅如此，儘管明天是星期天，他還有工作要做。

謝爾吉歐平日替莫斯科廣播電臺的義大利文節目翻譯新聞快報，而他之所以來到蘇聯，還有別的理由：他即將成為版權經紀人。他的老闆、也是才華洋溢的家族企業繼承人暨新出版公司創立者吉安賈可蒙・費爾特內里先生渴望找到下一本當代經典，確信這本書必須出自俄國。「把下一本《蘿莉塔》給我找來！」費爾特內里如此指示。

雖然謝爾吉歐還未能找到下一部賣座巨著，不過，上週出現在他桌上的一份新聞快報倒是提供一條頗具希望的線索：**鮑里斯・巴斯特納克的《齊瓦哥醫生》即將出版。這部小說為日記型式，時間跨越四分之三個世紀，結束於第二次世界大戰**。謝爾吉歐發電報給費爾特內里，立刻收到「放手去做」的指示、要求他務必拿下國際版權。謝爾吉歐無法透過電話連絡作者，於是他和佛拉德倫擬定計畫，敲定週日走一趟巴斯特納克在佩列杰爾基諾的別墅，親自上門拜訪。

那天早上，儘管兒子不斷跟進跟出，謝爾吉歐仍來到洗手台以冷水潑臉、暗自希望他能協調改期，跟佛拉德倫相約下週末再去。謝爾吉歐走進廚房（空間只有老家廚房的一半），妻子正坐在餐桌旁喝她從羅馬帶來的即溶濃縮咖啡。四歲的女兒法蘭西絲卡坐在葛莉葉塔對面，模仿母親的動作：她端起塑膠杯湊向唇邊、再優雅放下。「早安，我親愛的。」謝爾吉歐親親兩人臉頰。

「媽媽在生你的氣，爸爸。」法蘭西絲卡說。「非常生氣。」

「胡說。她又沒事好氣，幹嘛生氣呢？你媽媽知道我今天要上班。我今天要去拜訪蘇聯最有名的詩人唷。」

「她沒說她為什麼生氣。她就是在生氣。」

葛莉葉塔起身，把咖啡杯放進水槽。「我才不管你要去拜訪誰。只要你別再整晚不回家就好了。」

謝爾吉歐換上他最體面的西裝：沙黃色布里奧尼訂製燕尾服，來自他慷慨雇主的禮物。他站在門邊，以馬鬃刷刷亮皮鞋。在那段看似永無終日的俄國冬季裡，謝爾吉歐和所有俄國人一樣都穿黑色膠靴；現在春天來了，謝爾吉歐讓雙腳滑進這雙上好皮鞋，內心一陣雀躍。蹬蹬腳跟，他向家人道再見、轉身出門。

佛拉德倫在七號月臺等他，手裡拿著為這趟短程旅行準備的餐點（滿滿一紙袋洋蔥蛋皮羅什基餡餅）。兩人握手，佛拉德倫旋即遞上紙袋。謝爾吉歐揉揉肚子，「我吃不下。」

「宿醉？」佛拉德倫問。「如果你想繼續跟咱們俄國人混，你得好好練一練酒量才行。」他打開紙袋，搖了搖，「傳統點心，吃一個吧。等等我們要見的可是俄國皇族，你得調整到最佳狀態才行。」

謝爾吉歐拿了一個。「我還以為俄國人把皇族都殺光了。」

「還沒呢。」佛拉德倫大笑，嘴裡掉出一小塊水煮蛋。

火車緩緩駛離月臺，多條軌道逐漸合而為一。謝爾吉歐緊扣車窗頂端，讓窗外的暖空氣吻上指尖。經過一整個從頭緊包到腳的寒冬之後，溫暖春日的感覺別具意義；此外，能看見鄉間景色也令他興奮不已，因為這是他頭一次離開莫斯科。「那邊在蓋什麼？」他問同伴。

佛拉德倫正在翻讀巴斯特納克的首部詩集《雲間孿生子》。他帶著它，希望詩人能為他簽名。「蓋公寓。」他頭也不抬，直接回答。

「你根本沒看。」

「不然就是工廠吧。」

迅速飛掠的風景從剛蓋好的一棟棟大樓轉為興建中的建築群，再變成鄉間景色——冒出點點新綠的樹木和稀疏散布的村莊。後者以東正教教堂和小村居為標誌，小屋和小屋則以圍籬及各自的小空地兩兩隔開。謝爾吉歐向站在鐵道旁、腋下夾著一隻雪花雞的男孩揮手。男孩沒理他。

「這種景色還會持續多久？」謝爾吉歐問。

「到列寧格勒為止。」

兩位男士在佩列杰爾基諾下車。昨晚下過雨，他倆才跨過鐵軌，謝爾吉歐便一腳踩進泥濘。他咒罵自己不該穿好鞋出來。他坐上月臺長椅，試圖以蕾絲手帕清掉泥塊，然而當他發現此舉已引來三名路人駐足圍觀，他立刻放棄。那三人試著將一頭老騾子綁在一輛破舊的伏爾加汽車前面。謝爾吉歐和佛拉德倫的外貌打扮與此地格格不入——金髮俄國人穿著過長的長褲（褲腳打褶）、上衣貼身微繃，跟其他城裡來的傢伙沒兩樣；他比身旁的義大利人高出一個頭，身體則是兩倍寬。至於西裝修身剪裁的謝爾吉歐，一看就知道是外國人。

謝爾吉歐扔掉無用的手帕，詢問佛拉德倫附近有沒有咖啡館，他想好好把鞋子清理乾淨。佛拉德倫指指對街一幢看起來像工寮的木造建築，兩人過街進門。

「洗手間？」謝爾吉歐詢問站櫃檯的女人。她的表情和剛剛那幾位綁騾子的男人如出一轍。

「外面。」她說。

謝爾吉歐嘆氣，轉而索取水和紙巾。女人走開了去，沒多久端著一杯伏特加和一份報紙回來。「這是要我怎麼——」

「Spasibo（俄語：謝謝）。」佛拉德倫打斷他，一口喝光伏特加，敲敲櫃臺再來一杯。

「我們還有正事要辦。」謝爾吉歐提醒他。

「又沒約時間。詩人當然可以稍等一下。」

謝爾吉歐設法逼他的朋友離開高腳椅，走出店門。

門外，方才那三位男子已成功將騾子拴在汽車前方。駕駛座坐了一個小男孩，負責掌控方向，幾個大男人在後頭賣力推車。他們停下動作，望著謝爾吉歐和佛拉德倫過街走上大馬路旁的步道。

繞過東正教主教夏宮（一棟巨大的紅白建築，周圍環繞一堵同樣巨大的圍牆），謝爾吉歐惋惜沒帶上相機。他們跨過小溪（融雪和大雨導致溪水上漲）再爬上小山坡、走下石子路，路旁是成排的樺木和松樹。

「真是個適合作詩的地方！」謝爾吉歐有感而發。

「史達林把這裡的別墅分派給他親自挑選的一小群詩人作家，」佛拉德倫回應，「讓他們能更順利地培養靈感。同時也讓他更容易追蹤、掌握他們的動向。」

巴斯特納克的別墅在小路左邊。謝爾吉歐覺得這屋子既像瑞士小山屋、又像穀倉。「他在那兒。」佛拉德倫說。巴斯特納克穿得像個農夫，身材瘦高、滿頭灰髮；他手執鐵鏟站在花園裡，才彎下腰，幾縷髮絲即落在臉上。謝爾吉歐和佛拉德倫慢慢走近，巴斯特納克抬起頭、手遮陽光，看看來客是誰。

「Buon giorno（義語：日安）！」謝爾吉歐朗聲招呼，他的熱情洩露他緊張的情緒。巴斯特納克先是一臉疑惑，然後逐漸笑開。

「快進來！」巴斯特納克應道。

謝爾吉歐和佛拉德倫一步步走近，兩人都被巴斯特納克的魅力與年輕嚇了一跳。美男子總是能吸引另一名美男子的注意，但俊美非凡的謝爾吉歐並非嫉妒。他滿心敬畏地看著詩人。

巴斯特納克將鏟子靠在剛剪枝的蘋果樹旁，上前迎接兩位男士。「我都忘了你們要來。」然後他又笑著說，「請多見諒，但我碰巧也忘了兩位是誰、以及你們為什麼會來。」

「謝爾吉歐．安傑羅。」他握住巴斯特納克的手。「這位是安東．佛拉德倫，我在莫斯科廣播電臺的同事。」

佛拉德倫一逕盯著鞋尖上的泥巴，不敢抬頭與他敬愛的詩人對視，勉強咕噥一聲。

「多美的姓氏，」巴斯特納克說，「安傑羅，唸起來好聽極了。是什麼意思呢？」

「天使。這在義大利算是蠻普通的姓。」

「我的姓在俄文是『芹菜蘿蔔』的意思。對於像我這樣一個喜歡下田幹活兒的人來說，倒是挺合適的。」巴斯特納克領著兩位男士來到花園邊的L形長椅。三人坐定，巴斯特納克拿出已浮現汗漬的手帕擦擦額頭。「莫斯科廣播電臺？所以兩位是來採訪我的？恐怕我一時一刻對公共論述提不出什麼有建設性的見解呀。」

「我們不是代表莫斯科廣播電臺來的。我來，是想跟您談一談您的小說。」

「又是一個我無法貢獻太多的題目。」

「義大利出版商吉安賈可蒙．費爾特內里先生對您的作品相當感興趣，我這次即是代表他來的。您或許聽過他的名字？」

「抱歉。」

「費爾特內里家族是義大利望族之一。不久前，吉安賈可蒙先生新成立的出版公司出版了印度首任總理賈瓦哈拉爾．尼赫魯的自傳。您知道尼赫魯吧？」

「我當然知道他，不過沒聽說他出書了。」

「我會把費爾特內里先生最新發行的作品一一帶進鐵幕來。」

「您剛來我們國家不久吧？」

「不到一年。」

「他們不喜歡那個詞。」巴斯特納克刻意瞄了瞄樹林，彷彿有人在那兒窺探。「鐵幕。」

「請原諒我的魯莽。」謝爾吉歐不自在地動了動。「我正在尋找俄國最傑出的新作品，而費爾特內里先生有意把《齊瓦哥醫生》介紹給義大利讀者，之後或許再推展至全世界。」

鮑里斯小心揮開手臂上的蚊子，以免誤殺了牠。「我去過義大利一次。那年我二十二歲，在德國瑪堡大學讀音樂。我趁放暑假的時候遊了一趟佛羅倫斯和威尼斯，但沒去成羅馬，因為我錢用完了。我也想去米蘭看看史卡拉歌劇院，那可是我的夢想。現在我仍常常夢見那地方。不過當年的我只是學生，窮得跟鬼一樣。」

「我去過史卡拉歌劇院好幾次。」謝爾吉歐說。「將來有一天，您一定要去看看。屆時費爾特內里先生會幫您弄到最好的位子。」

鮑里斯笑起來，垂下視線。「我渴望旅行，可是旅行的日子已經離我很遠了。就算我想去，他們也不會讓我輕鬆成行。」他頓了頓。「年輕的時候，我夢想成為作曲家。我是有點天份，但還是不夠，跟我希望的差遠了。這種事兒不總是這樣？我們對某件事的熱情幾乎總是超過自身天賦。」

「我對文學同樣懷抱極大的熱情。」謝爾吉歐試著把對話拉回《齊瓦哥醫生》。「我聽說，您這部小說可是大師級巨作。」

「誰告訴你的？」

謝爾吉歐翹起二郎腿，長椅晃了一下。「大家都在聊這本書，是吧，佛拉德倫？」

「大家都在聊這本書。」佛拉德倫說。這是他對巴斯特納克說的第一句話。

「我這邊倒是一個字也沒聽出版社提過。我大概永遠都等不到那一天吧。」巴斯特納克站起來，走向花園中央的小路；左邊才剛翻過土，右邊則是剛播種的土地。「我認為，他們的不吭聲就算表示得很明白了。」他背對仍坐在長椅上的兩位男士。「那就是我的小說永遠不可能出版。那本書不符合國家的文化準則。」

謝爾吉歐和佛拉德倫起身跟隨巴斯特納克。「可是這本書即將出版的消息已經發布了。」佛拉德倫說。「謝爾吉歐幫莫斯科廣播電臺翻譯了新聞快報呀。」

巴斯特納克回過身走向兩人。「我不太確定您聽到哪兒來的消息，但二位恐怕要失望了。這本小說是不可能出版的。」

「出版社正式拒絕了？」佛拉德倫問道。

「沒有，還沒有。不過我已經不考慮出書的可能性，我打消這個念頭了。您瞧，其實這樣想最好，否則我大概會瘋掉。」他再次笑起來，謝爾吉歐懷疑這事是否早已胎死腹中，沒有轉圜餘地。

謝爾吉歐沒料到蘇聯可能禁止《齊瓦哥醫生》出版。「這不可能呀！」他說。「他們怎麼可能扣下這麼一本重要著作？之前不是一直有傳言說會破冰解禁嗎？」

「赫魯雪夫和他那群人愛怎麼說、愛怎麼承諾，都隨他們去。但說到破冰，此刻我唯一關心的是春天趕快讓大地解凍，讓我的植物能長出來。」巴斯特納克說。

「若您把手稿交給我呢？」謝爾吉歐問道。

「交給你做什麼？如果他們不准這書在這裡出版，那麼它也不能在其他任何地方出版。」

「費爾特內里先生可以先進行義大利譯本，等到蘇聯准許出版——」

「不會准的。」

「我相信會准的。」謝爾吉歐不放棄。「到那個時候，費爾特內里先生就可以直接把義大利文版送進印刷廠。他是義大利共產黨黨員，紀錄良好；如果由他來運籌帷幄，我相信他們沒道理阻撓其他國家出版這部小說。」謝爾吉歐說。謝爾吉歐是個十足的樂觀主義者，相信天底下沒有不可能的事。「《齊瓦哥醫生》將會出現在米蘭、佛羅倫斯以至拿坡里的每一家書店櫥窗，並且持續向其他地區推進。整個世界都必須讀一讀您的小說！整個世界都會讀到您的小說！」即使謝爾吉歐壓根兒沒讀過《齊瓦哥醫生》、無從評判其文學價值，而他也意識到自己正在做出不保證能實現的承諾，但這些都不重要，他仍不斷不斷往下說，彷彿光憑諂媚就能說服作者。

「等我幾分鐘。」巴斯特納克說。他走向別墅，脫靴進屋。兩位男士站在花園等候。

「你覺得會成功嗎？」佛拉德倫問道。

「不知道。但我真心認為他會帶著小說走出來。」

「你不是俄國人，你不曉得我們這裡的運作方式。我不知道他到底寫了什麼，不過，如果內容確實違反文化準則，這書就沒有解禁的一天，不可能獲准出版。如果政府把這本書列為禁書，巴斯特納克不論在哪兒出版這本書都算違法。現在不准，往後也永遠不准。」

「可是他又還沒正式收到回絕。」

「已經過了好幾個月耶，出版社那邊一丁點回應都沒有。他們根本不用把話挑明了說。」

「這倒是。但我也知道，歷史並非一成不變的呀。」

樓下前窗閃過人影。一名老婦從微微分開的窗帘內偷看他們，復又消失不見。「他太太？」謝爾吉歐問。

「肯定是。不過我聽說他還有一個年紀小他很多的情人，他也不避嫌——公開的情婦，住這附近，走幾步路就到了。聽說她總是跟在他身邊，出入整個莫斯科，但他夫人並未阻止兩人繼續見面。」

別墅前門開了，巴斯特納克抱著一只大牛皮紙袋走出來。他赤腳穿過院子，最後停在兩位訪客面前。「這是《齊瓦哥醫生》。」他遞出紙袋，謝爾吉歐上前接過，但鮑里斯不放手；兩人抓著紙袋，僵持片刻，最後巴斯特納克快快垂下手。「希望全世界都能順利讀到它。」

謝爾吉歐掂了掂紙包，感受它的重量。「費爾特內里先生會好好照顧您的大作，您等著看吧！我會在本週內親自把書稿交到他手上。」

巴斯特納克點點頭，不過神情看起來不抱太大希望。三人簡短道別。謝爾吉歐和佛拉德倫啟程上路，準備走回車站，這時巴斯特納克在兩人身後喊道：「你們倆就等著看我被處決吧！」

「您真愛說笑！」謝爾吉歐笑著回應。

佛拉德倫不發一語。

§

翌日，謝爾吉歐帶著《齊瓦哥醫生》前往西柏林。他將在西柏林將書稿親手交給費爾特內里本人，再由後者走完剩下旅程，返抵米蘭。

謝爾吉歐先搭火車、再轉飛機，然後再搭一段火車，接著走了整整三公里的路並買通官員，最後終於安全抵達約阿希姆施塔勒爾街的飯店。庫爾菲爾斯坦大道處處顯現資本主義的燦亮、輝煌與招搖，與莫斯科的一切恰恰相反。穿著時髦的男女手挽著手，出門晚餐、跳舞或前去四散在城裡、近期重新營業的卡巴萊劇場；福斯金龜車徜徉在寬闊大道上，年輕人伏背騎著重型機車呼嘯而過。街上亮著一盞又一盞霓虹燈：有黃色的「雀巢咖啡」、紅色的「博世家電」、白色的「動物園旅店」還有藍色的「薩拉曼皮鞋」。咖啡館和餐館的露天座成排擺在人行道上，點綴街景，鋼琴聲從某家雞尾酒吧流洩而出。一名曲線玲瓏、穿著打扮像極了喬瑟芬・貝克的黑人女子吸引眾人目光，推開店門走進去。

一進房，謝爾吉歐立刻打開行李箱，移開掩護用的手工牛津襯衫和佩斯利渦紋絲質睡衣，取出仍包在牛皮紙袋裡的書稿。通過東、西柏林邊界時，他二度與兩方衛兵親切交談，讓自己像個「長得一臉值得信賴、包裹內容毋需懷疑」的人，成功避開搜查。他親吻書稿，將它放進梳妝臺最下層的抽屜，再用睡衣蓋好。

謝爾吉歐洗了個長長的熱水澡。雖然熱水只維持四分鐘，至少比在莫斯科足足多撐了三分鐘。洗完澡，他任身體滴水風乾，對著浴室鏡子刮鬍子，很高興他帶了自己的刮鬍刀來。

儘管謝爾吉歐渴望來一客生蕃茄醬貓耳麵、再配上任何以義大利葡萄釀製的美酒，最後他仍選擇以飯店酒吧的皮爾森啤酒和炸肉排果腹。他知道，明天等到老闆以後，他肯定知道上哪兒慶祝他們成功拿下巴斯特納克的小說代理。費爾特內里先生一下飛機就會馬上在城裡最棒的餐館訂好位子，囑咐對方備好上等的奇揚地紅酒。

用完早餐（肝腸、水煮蛋、香草起司和果醬麵包卷），謝爾吉歐兩度來到飯店前檯確認，費爾特內里先生預定下榻的總統套房是否已準備妥當。

「房裡有干邑白蘭地嗎？」

「有的。」

「香菸呢？」

「我們為費爾特內里先生準備了一包阿爾法。」

「被單……床尾的被單沒有塞進去吧，他不喜歡塞進去。」

「我相信我們已經照吩咐整理妥當了。」

「能不能麻煩您再向服務員確認一遍？」

「好的。請問還有什麼能為您服務的？」

「計程車？」

「安排好了。」

謝爾吉歐在滕珀爾霍夫機場看著費爾特內里的私人飛機著陸、減速、停止，活動客梯推至機門口。費爾特內里先生腋下夾著報紙，踏出機門：他在客梯頂短暫停步，掃視德國大地。陣風襲來，他的棕褐西裝外套大敞、黑領帶翻上肩膀，費爾特內里緩緩步下客梯。

出版商熱情招呼謝爾吉歐，吻吻他左右臉頰、再與他握手。謝爾吉歐和吉安賈可蒙・費爾特內里見面的次數屈指可數，但每每被他的魅力收服：費爾特內里身形修長，黑髮後梳、露出高高的美人尖，他是那種不分男女都深受其吸引的人。即使戴上厚厚的墨鏡（他的招牌標誌）也遮掩不了他的熠熠目光。也許是他的鉅富受人關注，或者是伴隨財富而來的自信，但也可能是他蒐集的跑車、手工訂製西服或主動投懷送抱的漂亮女人；不論是哪一種，他都是箇中翹楚。

謝爾吉歐接過費爾特內里的小牛皮手提包，後者勾住他的手，兩人宛如同窗玩伴。謝爾吉歐提議先去餐廳用餐，但費爾特內里搖搖頭，「我想要馬上看到它。」費爾特內里在飯店的棕橘色地毯上來回踱步，謝爾吉歐連忙回房拿書稿。他把《齊瓦哥醫生》交給老闆，費爾特內里穩穩抓在手裡，彷彿能透過書稿的重量感受它的意義。他快速翻過書稿，然後橫抱胸前：「我這輩子從來不曾像此刻一樣，希望自己看得懂俄文。」

「這書肯定大賣。」

「我對它有信心。我已經找好最厲害的翻譯家，等我一回到米蘭就請對方過來看看。他承諾會給我最真誠的意見。」

「有件事我還沒告訴您。」

費爾特內里等著他繼續往下說。

「巴斯特納克認為蘇聯不會允許這本書出版，我無法在電報裡提到這件事。他認為這本書不符合……他怎麼說來著？喔，不符合他們的準則。」

費爾特內里置之不理。「我也聽過同樣的說法，不過咱們現在先別想這些。況且，一旦蘇聯發現我拿到書稿了，他們說不定會改變主意。」

「另外還有一件事。巴斯特納克說他交出這本小說，就等同判了自己死刑。他應該是在開玩笑吧？」

費爾特內里把書稿夾進腋下，並未回答謝爾吉歐的問題。「我只在這裡待兩天。咱們得好好慶祝。」

「那當然！您打算先做什麼呢？」

「我想喝幾杯上好的德國啤酒，我想跳舞，還想找幾個漂亮小妞。我想去庫爾菲爾斯坦大道某間鋪子買一副雙筒望遠鏡，我聽說他們做的雙筒望遠鏡是全世界最好的。」他摘掉墨鏡，指指鼻子，「他們會測量鼻樑到外眼角的距離，讓目鏡完全貼合眼眶。我在遊艇上就需要這麼一副望遠鏡。我得弄到手才行。」

「當然，那當然。」謝爾吉歐說。「那麼，我想我的工作完成了。」

「是的，我的朋友。而我的工作才正要開始呢。」

第十一章　代理人

經過四天毫無成果的莫斯科之行、歷經一次又一次徒勞說服出版商發行《齊瓦哥醫生》，我的火車再一次停靠佩列杰爾基諾月臺。我看見鮑亞孤伶伶坐在長椅上。時值五月底，夕陽即將落下樹梢；在那片金色光芒中，他的白髮儼然成金，即使隔著骯髒的車窗，他的雙眼灼灼燦亮。我感覺胸口一緊。遠遠望去，他看起來就像個年輕人，甚至比我還年輕。我們在一起近十年了，然而這份劇烈的痛楚仍未消褪。車門緩緩開啟，他起身相迎。

「這星期出了一件極不尋常的事。」他接過我的手提袋、甩過肩膀，「有兩位意外訪客。」

「誰？」

鮑亞指指鐵軌旁的小路。每回我倆有要事商談，都會選擇這條路。他牽起我的手，扶我跨過鐵軌。對向一列火車呼嘯而過，陣風掀起我的裙襬。從他較平日稍快的步伐研判，他正處於興奮又焦慮的狀態。「誰來找你？」我又問了一次。

「一名義大利人和一位俄國人。」他說，吐字的速度與步伐一致。「那個義大利人年輕又迷人，個兒高、黑髮，長得相當俊俏。你一定會非常喜歡他，奧亞。而且他的名字真好聽！謝爾吉歐・安傑羅，他說他的姓氏在義大利很常見，可我卻從來沒聽過。很美，是不是？安傑羅，是天使的意思呢！」

「他們為什麼來找你？」

「這傢伙肯定討你歡心，我是說那個義大利人。另一位，那個俄國人，我不記得他的名字了。他不怎麼說話。」

我握住他的手臂，強迫他放慢速度、告訴我他到底想說什麼。

「我們聊得實在愉快。我跟他們提起年輕時在瑪堡大學的時光，以及我有多喜愛造訪佛羅倫斯和威尼斯的那趟旅行。我告訴他們我也想去羅馬，只是——」

「義大利人為了什麼事來這裡？」

「他要《齊瓦哥醫生》。」

「他要它做什麼？」

於是鮑亞像招供一樣，把事情的來龍去脈告訴我——關於安傑羅和那位俄國人，還有名喚費爾特內里的出版商。

「你跟他說了什麼？」

一名年輕女子拖著一輛快要散架、裝滿汽油空罐的小推車與我們擦身而過，我倆立刻停止交談，過了一會兒才繼續。「我告訴他，這本小說永遠不可能在國內出版，它不符合這裡的文化準則。但他不放棄，認為這本書還是有機會出版的。」

「他連讀都沒讀過，憑什麼這麼想？」

「所以我才把書稿給他，讓他讀一讀。讓他做出誠實可信的評估。」

「你把書稿給他了？」

「對。」鮑亞的神情變了，變回符合他實際歲數的模樣。他明白自己做了一件不僅無法挽回、而且非常危險的事。

「你做了什麼呀？」我試著壓低音量，但我的聲音聽起來就像滾水燒開、逸出壺嘴的蒸汽聲。「這人你認識嗎，這個外國人？你有沒有想過，萬一書稿被攔截下來，他們會做出什麼事？搞不好書稿已經落在他們手裡了。你有想過這些嗎？萬一你口中那位**天使先生**根本不是義大利人怎麼辦？」

此刻的他看起來就像剛被打了屁股的小孩。「你想太多了，不會有事的。」他伸手耙過頭髮。「而且費爾特內里是共產黨。」他補了一句。

「不會有事？」淚水瞬間湧上。鮑亞此舉幾近叛國。假如西方世界未獲蘇聯政府允許就貿然出版這本書，他們一定會找上他——找上我。而且這一次的懲罰絕對不只是在勞改營短暫待一下。我得坐下來。但眼下除了滿地泥巴，無一處可坐。他怎麼能這麼自私？他有沒有想過我的處境，即使只有一次也好？我掉頭往回走。

「等等！」鮑亞追上我，明亮的眼眸籠罩陰霾。他很清楚他幹了什麼好事。「我寫書是要給人看的，奧亞。這可能是它唯一的機會了。不論會有什麼後果，我已經準備好接受一切。不管他們要怎麼對付我，我都不怕。」

「那我呢？你或許不在乎你會有什麼麻煩，但是我呢？他們已經抓過我一次……我不能……我不能再被抓第二次。」

「他們不會的。我不會讓這種事發生。」他環住我的肩膀，我緊靠他的胸膛。我彷彿感覺到我倆的心跳之間又多了一層隔閡。「我什麼都還沒簽。」

「你我都清楚，你已經允許他們出版了，而且前提還得是他們是他們自稱的那種身分。這事不會有好結果的。我不能再回去那種地方。」我抹抹眼淚，「我不要。」

「我寧可燒掉《齊瓦哥醫生》也不會讓這種事發生。我寧可去死。」他這番話就如同把遭爐火燙傷的手置於冷水沖涼——持續奔流的冷水或能紓緩疼痛，一旦關掉水龍頭，陣陣抽痛的灼燙感又回來了。那一刻，我頭一次對他失去信心。

「這本書會帶著我們倆直直墜落，無法挽回。」

「再看看吧。我隨時都能反悔，跟對方說我做了錯誤決定。」他說。「我隨時都能把書稿要回來。」

「不用了。」我說。「我會去討回來。」

於是我再度前往莫斯科，行前好不容易向鮑亞討得對方住址。我未先連絡就直奔安傑羅家敲門。一名髮色深棕、雙眸湛藍迷人的優雅婦人開了門，她以不太流利的俄語表明自己是安傑羅的妻子葛莉葉塔。

安傑羅聞聲來到門口，親吻我的手。「能見到您真是太好了，奧爾嘉。」他綻放充滿男性魅力的笑顏。「我聽說您是個大美人，但您比他們描述的更美麗。」

我並未因此道謝，反而開門見山地說：「是這樣的，」我說，「他並不完全理解自己在做什麼。我們得把手稿拿回來。」

「我們先坐下來吧？」他執起我的手，引我來到起居室。「您想喝點什麼嗎？」

「不用了。」我說。「我是說，不用特地麻煩，謝謝您。」

他轉向妻子。「親愛的，給我一杯濃縮好嗎？也幫我們的客人準備一杯吧？」

葛利葉塔親吻丈夫臉頰，轉身進了廚房。

安傑羅把手掌按在腿上，來回搓磨。「您恐怕是晚了一步。」

「什麼叫晚了一步？」

「書稿。」安傑羅臉上仍掛著笑容。西方人常來這一套，但經常是出於禮貌、而非心情愉悅。「我已經把書稿交給費爾特內里先生，他非常喜歡，也決定要出版了。」

我看著他，滿臉不可置信。「但鮑亞不是幾天前才交給你？」

他笑了。聽在我耳裡，他的笑聲相當刺耳。「我一拿到書稿，就跳上飛往東柏林的第一班飛機。嗯，說實話是兩班火車、一班飛機、外加走了好長一段路，因此在抵達西柏林時，我甚至得買雙新鞋穿。費爾特內里先生也親自飛到柏林跟我碰面。我們度過了愉快的——」

「你得把書稿拿回來。」

「恐怕是不可能了，翻譯作業已經開始。費爾特內里先生親口表示，不出版這本小說簡直是犯罪。」

「犯罪？你知道什麼是犯罪？你對處罰又了解多少？鮑里斯讓這本書在蘇聯境外出版——這才叫犯罪。你必須明白你們到底做了什麼。」

「但這是巴斯特納克先生親口答應我的。當時我並未感受到任何危險性。」他起身走向走廊，取來手提箱，裡頭有一本黑皮記事本。「您瞧，那天我去佩列杰爾基諾拜訪他之後，還特地寫下來了。他的話非常有說服力。」

我盯著攤開的記事本內頁。安傑羅在上頭寫道：這是《齊瓦哥醫生》。希望全世界都能順利讀到它。

「您看到了吧？他允許了。況且——」他停下來，我感覺這位義大利人似乎也意識到自己必須負點責任，「就算我想拿回來，事情也不是我說了算。」這件事已經超出我的控制。鮑亞親口答應，而他竟然瞞著我。《齊瓦哥醫生》已出國境，整件事已經動起來了。現在我能做的只有加緊腳步、試著趕在費爾特內里在國外推出這本書以前，先讓它在蘇聯境內出版。這是救他、還有救我自己的唯一辦法。

鮑亞在一個月後和費爾特內里簽了約。他在合約上寫下名字的時候，我並不在場，他的妻子也不在——這是她首度與我站在同一陣線：出版這本小說只會給大家帶來痛苦。

他告訴我，他認為蘇聯出版商應該會感受到海外出版的壓力，遂而出版他的小說。我不相信。「你簽的不是合約。你簽的是死刑執行令。」

§

我盡力了。我懇求安傑羅向費爾特內里施壓、歸還書稿。我詢問每一位與我會面的編輯，看看他們能否在費爾特內里之前出版《齊瓦哥醫生》。

義大利人取得小說書稿的消息傳開，中央委員會文化部立刻要求費爾特內里必須歸還書稿。我發現自己處境丕變：我竟然同意政府立場。假使出版《齊瓦哥醫生》勢在必行，那麼也必須先在自己家鄉出版；如果費爾特內里無視這項要求，那麼我實在擔心整件事的後續發展。我去找文化部長迪米特里．阿列克謝．波利卡爾波夫，看看能不能軟化他們的立場。

波利卡爾波夫風流倜儻，我多次在城裡的活動場合見到他，但不曾交談閒聊。他身穿西式剪裁西裝搭錐型褲，褲腳剛好落在刷亮的黑色樂福鞋邊上。他在莫斯科文學圈以手段強硬聞名，因此當他的祕書敦促我進入辦公室時，我的呼吸頓時緊促起來。但我還沒坐下就先深深吸一口氣，接著連珠炮地說出我在火車上反覆練習的請求：「目前首要之務是比義大利人早一步出版這本小說，」我闡述，「我們可以在出版前修改文化部認為反蘇維埃的部分。」不用說，鮑亞對我的協商內容一無所悉，但我也比任何人都清楚，他寧可不出版小說，也不願刪改任何一部分。

波利卡爾波夫探進外套口袋，撈出一小瓶金屬罐。「不可能。」他倒出兩顆白藥錠，直接吞下。「《齊瓦哥醫生》必須立刻返還，不計任何代價。」他說。「這書不准出版——義大利不行，其他地方也都不可以。假如我們出一種版本、義大利人出另一種，那麼全世界都會質疑我們為什麼缺少某些章節。這對國家、對俄國文學界全體都是一件丟臉的事。您的朋友將我置於極危險的處境。」他把藥罐放回口袋，「您亦處境堪憂。」

「眼下我還能怎麼做？」

「您可以請鮑里斯．列昂尼多維奇在我稍後給您的電文上簽名。」

「內容是什麼？」

「費爾特內里持有的版本只是草稿。由於修正版即將完成，費爾特內里必須盡快歸還舊稿。鮑里斯．列昂尼多維奇必須在兩天內簽名，否則將立刻遭到逮捕。」

這是明明白白的威脅，至於未說出口的部分則是我的逮捕令也會很快簽發。我知道，即使費爾特內里收到這份電報，他肯定也不會壓著稿子不出版。鮑亞已經和義大利人講好了，兩人只用法文聯繫，他還指示出版商毋須理會任何藉他名義發出、內容以俄文寫就的書信。此外我也明白，要鮑亞簽署這份文件，對他而言形同恥辱。「我試試。」我說。

我試了。我求他，求他按波利卡爾波夫的指示把電報發給費爾特內里、請對方歸還書稿。我求我深愛的男人停手，不要出版他畢生的心血結晶。我問了，我在小屋與他共進晚餐時問的，而他只是往椅背一靠、手按後頸，彷彿頸背肌肉突然抽筋。他好一會兒沒說話，然後他開口。

「幾年前，我接到一通電話。」

我放下餐叉。我知道他要說什麼。

「那是奧希普作詩反對史達林、因而被捕之後不久的事。」他說。「他甚至沒寫下來，只是記在腦子裡。但即便只是這樣，也證明是極嚴重的錯誤。在那段黑暗時期，就算這些話語只存在某人腦中，也可能成為使之遭到逮捕的罪行。當時你只是孩子，年紀太小，應該不記得這些了。」

我為自己斟滿酒杯。「我自己的年紀我知道。」

「有天晚上，他在街角朗誦這首詩給大家聽。我告訴他，此舉無異於自殺，但他不聽我警告。不用說，他沒多久就被抓了。過了幾天，我就接到那通電話。你知道是誰打來的嗎？」

「這故事我聽人說過。」

「你當然聽過，但你沒聽我說過。」

我把酒瓶轉向他，打算替他斟酒。他揮開我的手。「史達林單刀直入，他的聲音很好認。他問我奧希普是不是我朋友，如果他是，那我又何以從未替他求情、請求釋放他。我沒辦法回答他，奧亞。我非但沒有把握機會求他釋放奧希普，我還替自己找藉口：我告訴這位中央委員會主席，即使我代奧希普請願，我的請願也傳不到他耳裡。於是史達林問我，奧希普算不算大師巨匠，我回他是不是大師巨匠與此事無關。然後你知道我做了什麼嗎？」

「你做了什麼？鮑里斯？告訴我。」我一口喝光杯裡的酒。

「我改變話題。我告訴史達林，我一直很想和他認真討論生死之類的問題。你知道他怎麼回答？」

「他怎麼說？」

「他把電話掛了。」

我用刀背推滾盤裡的豆子。「但那件事跟你現在的處境有何干係？那已經是許多年前的事了。史達林死了。」

「我始終非常後悔：對於我當年所做的事，或者該說我當年沒做的事。明明有人給我機會為朋友請命、救他出獄，我卻什麼都沒做。我是懦夫。」

「沒有人會因此責怪——」

鮑亞握拳、奮力捶桌，餐盤銀器　噹作響。「我不會再當懦夫了。」

「這是兩回事——」

「他們以前也要求我簽過文件。」

「這次不一樣。橫豎費爾特內里已經知道，他毋需理會所有你不是用法文寫的信件。你早就為這一天做準備了。你不是造假，這只是一種保護手段。」

「我不需要保護。」

我生氣了。「那我呢？鮑里斯？誰來保護我？」我咬住舌頭，以免一股腦兒全說出口。「他們以前就送我進過古拉格，因為你。」我從來不曾將我當年被捕的理由直接歸咎於他，因此他滿臉驚恐。我又說了一遍。「他們把我送進那種地方，全都是因為你。你想讓我再一次被送去那種地方嗎？」

鮑里斯沉默不語。

「你說呀！你願意嗎？」

「你肯定非常瞧不起我。」他終於開口。「東西在哪兒？」

我進房間，拿著波利卡爾波夫給我的電文回來。他接過電文，看也不看就簽了名。隔天早上我做的第一件事就是將電報發去米蘭。然後我又發了另一封電報給波利卡爾波夫，通知他事情已經辦妥了。

鮑里斯和我沒再提起那封電報的事。到頭來，有沒有這封電報也無所謂了：費爾特內里一如我們所料地不予理會，排定十一月初某日正式發行義大利文版。

我真的盡力了，但只有我一個人盡力是不夠的。《齊瓦哥醫生》猶如一列失速火車，停不下來了。

西線

一九五七·秋～一九五八·八月

第十二章 信差

莎莉・佛瑞斯特出現那天是星期一。在諾瑪央求下，我和打字組一行人齊聚拉夫點心舖。我知道她只是想探消息、挖出我和泰迪的關係，不過，既然她答應請我吃漢堡和巧克力麥芽乳（她看到我桌上擺著從「驚奇麵包店」買來的濕軟三明治），我勉為其難答應了。

打字組常坐的包廂有點擠，所以我只好把腿轉個彎、伸出走道。點好餐，諾瑪立刻連番發問：「少裝了，伊蓮娜。你們在一起多久了？少說一年吧？你竟然什麼都沒說！我們完全被蒙在鼓裡呀！」

「實際上是八個月。」我說。

「我跟大衛三個月就訂婚了。」琳達插嘴。

我禮貌微笑。事實是，我根本還沒搞清楚是怎麼回事，泰迪跟我就真的變成一對了：繼巴黎左岸第一次晚餐後，我們在那個週末又約了一頓晚餐、看了一場電影，接著是另一次晚餐加跳舞，最後變成和他父母、在他們位於波多馬克區的豪華大宅內共進晚餐。泰迪介紹我是他女友，而我，我不想傷害他的感情，當時並未出言修正；現在好幾個月過去了，我還是沒說出口。或許是因為我們相處融洽，又或者是因為媽媽很喜歡他吧，因為他通曉俄國文化、說得一口流利俄語，令她印象深刻。「你俄語說得比我的表親還好，他們可是在俄國出生的呢！」她這麼對他說。

不僅如此，我和泰迪的相處十分自在，這是我渴望了一輩子的感覺：以這種方式交朋友。和他在一起，我不用斟酌字句、不需要分析動機。雖然我們的感情是友誼，但我還沒放棄希望，希望這份友情有朝一日能更進一步。我還在等待那道閃電，那個宛如觸電、令人膝蓋虛軟的瞬間——我只讀過這些老掉牙的詞彙，無從親身體會。

和泰迪在一起也有其他好處。泰迪被視為局裡的後起之秀、核心集團的潛力成員，而我身為女子，只奢望能瞥見這個圈子的光環。但泰迪帶我出席喬治城週日晚宴、參加海亞當斯酒店的時髦雞尾酒派對，而且他不會把我扔給其他人的妻子、女伴，陪她們聊天，他會拉著我參與一輪又一輪的男士對談，並且在我發表令他讚賞的論點時，驕傲地捏捏我的手。

泰迪是天主教徒，他不給我壓力、逼我做任何我還沒準備好的事。這也不是說他反對婚前性行為（他在預科學校最後一年就不是處男了，對象是代課老師，而他在大學期間少說也有過三名性伴侶），他只是尊重我的界線。我也不反對婚前性行為，我只是讓他以為我對性事比較敏感，然而實際上並非如此。泰迪不曉得我已非處子。我在大三那年就失去童貞（比起「失去」，說「送人」還比較貼切）。我把初夜當作必須處理的一件事，熬過去就好；於是趁著室友不在，我邀請對方到宿舍來。他才進門，我就問他願不願意跟我做；那可憐的傢伙嚇了一跳，起初還想說服我打消主意，後來看我脫掉上衣，他也就不再堅持了。

我總是從人類學的角度理解性愛。比起關注自己，我對觀察男伴、觀察對方的反應更感興趣。相較於泰迪碰我、給我的感覺，我更喜歡泰迪的反應。他克制慾望，此舉卻讓我自覺充滿力量，這著實令我大開眼界。泰迪理應是我夢想的一切，但是⋯⋯。

莎莉像一陣微風吹進點心舖，諾瑪的緊迫逼問忽地中止。琳達瞪大眼睛，暗示大夥兒注意；「那誰呀？」

小組成員齊抬頭，我也在同一時間望向門口。

「她也實在太低調了吧。」

會來拉夫點心舖的泰半都是常客：打字組窩在店後包廂聊八卦，局裡的老人穩坐吧台、拿吐司蘸荷包蛋吃；大學生圍聚圓桌讀書，通常只點一杯咖啡或巧克力麥芽乳，至於偶爾上門的律師或說客，則多半在客戶要求隱匿身分時才會現身。所有初來乍到的新人都會引起打字組注意，然而這名女子卻教人無法移開視線。

茱迪打開皮包、佯裝找東西。「她看起來挺眼熟的。」

馬可斯這會兒已繞出吧台，親自向這名女子介紹餐櫃裡的各式點心。雅典娜倚著收銀機，兩眼直盯丈夫，惟後者的視線始終緊黏在女子身上。她身高中等，不過腳上的高跟鞋使她增高好幾吋；她看似年輕，但若以二十多歲的年紀評估，那身狐毛領、紅絲內襯的湖水藍及膝大衣又太過老練世故。她的髮捲弧度完美，顏色則是會讓人驕傲展示的暗紅色（不像我是那種燕麥餅沒烤熟的顏色）。

「政治人物的老婆？」諾瑪問道。

「在這種時間進城？」琳達補上一句，用紙巾順手擦掉嘴角的蕃茄醬。

「還有，」凱西也來攪和，「那種離譜的高跟鞋肯定不屬於任何一位政治人物的妻子。」

茱迪把薯條當香菸，夾在指間把玩，「你這話說得算保守了。」

「她是名人嗎？」我問。從我的角度看過去，她極可能被誤認為麗塔．海華斯，不過當她轉過身，我也更清楚看見她的臉之後，我立刻明白她根本不像麗塔．海華斯——她有她獨特的美，毋需比作他人。

「嗯……」琳達認真打量：「她是不是演過那部電影？被禁的那一部……《嬌娃春情》？」

「你說的是卡蘿兒．貝克。」我說。「但她是金髮。雖然我猜她也可能是染的。」

「年紀太大。」「身材太好。」凱西和茱迪同時評論。

諾瑪舔掉手指上的芥末醬。「那不是卡蘿兒．貝克。她不是有幫加芬克爾百貨公司拍廣告嗎？你們知道吧，就是那個——」她突然壓低音量，「魔術胸墊？」

「她看起來不像是需要魔術胸墊的人呀。」我說，打字組的夥伴旋即爆出大笑，害我忙不迭摀住嘴巴。

女子點了一份櫻桃餡餅，馬可斯包了兩塊給她。她付錢給雅典娜，再對馬可斯眨眨眼。她轉身離去，臨行前向我們這桌輕輕點頭致意。我們全部轉開視線，假裝自己打從一開始就沒對她行注目禮。

那是我第一次見到莎莉．佛瑞斯特。當時我還不知道她的名字。

第二次見到莎莉．佛瑞斯特是在總部辦公室。我們從拉夫點心舖回來，她已經站在前臺跟安德森聊天了。以往，安德森經常拿一些能直接消耗我們午餐熱量的問題來招呼我們，但這會兒他看都不看我們一眼，任我們走過前臺、回到自己的位子上。

「她怎麼會在這裡？」茱迪問。

「重要人物？」諾瑪說。

「杜勒斯的女人？」琳達笑著說。美國情報頭子的豐富情史已非祕密，紅粉知己的人數至今突破二位數，甚至有傳聞指出他已染指打字組。不過就算這是真的，組裡也沒人坦白承認。

「如果她是杜勒斯的女人，她才不可能跟安德森一起出現在蘇聯分局呢。」蓋兒說。顯然安德森已經吞下那名女子帶來的櫻桃餡餅，證據是他淡藍毛背心上的那滴果醬。他倚在前臺櫃臺旁，試著擺出位高權重或隨興悠閒的模樣（總之就是試圖搭訕卻出盡洋相），然而那名女子並未大翻白眼（我們就常常這樣），她時而微笑、時而大笑，親暱輕觸他的手臂。

她脫下藍色大衣，交給安德森；後者像侍者一樣將大衣掛上手臂。大衣底下的她一身淡紫羊毛連身裝，繫了一條金穗腰帶。我低頭瞧瞧自己的海軍藍短洋裝前襟，發現胸口正中央有一小塊污漬——牙膏。我還以為早上我清乾淨了。我拉開最下層抽屜，拿出備用的棕色羊毛外套（大樓暖氣偶爾不太穩定）悶悶不樂地套上，捲起袖口。

「新來的打字員？」蓋兒問。

「才不是。」凱西說。「俄國妞進來以後，我們就滿了。」

「俄裔美國妞。」我糾正她。

茱迪拿橡皮擦碎塊扔我。「去把答案找出來！安娜．卡列尼娜。」

但此時安德森和那位紅髮女子已朝我們走來。安德森走在前面，指指裝潢單調的辦公室，說明那臺全錄印表機才剛上市不到一年，至於飲水機則供應「熱開水和冷開水」。兩人首先來到我的座位。

「莎莉．佛瑞斯特。」女子伸出手。

我握住她的手。「莎莉。」我說。

「你也叫莎莉？」

「她叫伊蓮娜。」安德森替我回答。

莎莉微微一笑。「幸會。」

我遲鈍地點點頭。我還來不及說出「幸會」二字，他倆已順著辦公桌繼續移動，和打字組的每一位成員握手招呼。

「佛瑞斯特小姐是新任的前臺兼職人員。」安德森向大家宣布。「她會不定期進辦公室，協助各位的需要。」

我們齊聚化妝間匯報。

「那身行頭！」

「那髮型！」

「還有她握手的勁道！」

莎莉的手勁堅定有力。她不像某些男士，力氣大得彷彿要掐碎我們的手指；但她的力道足以引人注意。「堅定有力，又不會過分用力。」諾瑪說。「政治人物都是這樣握手的。」

「但她為什麼來這裡？」

「誰知道。」

「至少，我知道他們不會把這種女人擺在前臺。」諾瑪說。「如果他們決定這麼做，肯定有理由。」

下班後，我繞遠路回家、好經過赫克特百貨。在整個特區的百貨展示櫥窗中，就屬赫克特最得我心：人形模特兒一身滑雪勁裝，站在棉絮妝點的迷你冬季山坡上；春天則換上柔美的雪紡連身洋裝，尋找復活節彩蛋；夏季的人形模特兒會套上比基尼，懶洋洋躺在藍色玻璃紙做成的游泳池畔。

經過櫥窗時，一名後口袋塞著布尺的男人正在調整三座人形模特兒，她們全都扮成攪拌黑色大鍋的女巫模樣。我對自己說，今天純粹只是路過，看一眼就走；待我走進百貨公司，我又告訴自己，我只是來瞧瞧有沒有什麼是我負擔得起、不像自家縫製的衣服——那種莎莉・佛瑞斯特可能會穿的衣裳。

我流連撫過架上的成排服裝，指尖感受絲綢和亞麻布料的質感，輕輕滑過剪裁完美的衣裙。若母親此刻在我身旁，她一定會向我展示機器縫製的成衣品質有多差，時間一久，接縫肯定綻線、鈕扣也會脫落，然後受騙的消費者就會帶著這條索價高昂的裙子去找她，請她修補妥當。母親會舉起覆滿老繭的指頭，諄諄告誡，辛勤工作的成果是無可取代的。

我拎起一件有著彼得潘小圓領的紅色上衣（領子底下還有一條紅白渦紋領巾）、按在胸前比試揣想，眼尖的銷售員立刻走過來，詢問是否需要試穿。「我看看就好。」我說。無聲出沒的銷售員經常嚇我一跳，所以我鮮少進出百貨公司。當然，阮囊羞澀也是原因之一。

「這件上衣很漂亮呢。」銷售員不死心。她穿著合身的墨黑窄裙配白襯衫，瀏海則有些失敗（剪得太短，蓋不住額頭）。「穿在您身上一定很好看。要不要試試看？」我還來不及反應，她便拿走我手裡的衣服，我只得跟著她走向試衣間。她把上衣掛上掛鉤。「尺寸不合再告訴我。」

脫衣試穿前，我先瞄一眼標價。我買不起，但我還是在試衣間待上好幾分鐘，讓她以為我試過了。我會告訴她紅色不適合我。然而就在拉開門的那一刻，我聽見自己說：「就這件吧。」

走進家門，媽媽開口就是一串提問：「你去哪兒了？跟泰迪約會去啦？他求婚了沒？」每次聽媽媽提起泰迪，我就渾身不自在。

「我去散步。」

「他跟你分手啦？我就知道會這樣。」

「媽！我只是想散散步好嗎。」

「散什麼步散這麼久！最近你常常這樣，我看只有上帝知道你在忙什麼。」

「你又不信上帝。」

「不管啦。總之你不該走這麼多路，你已經很瘦了，況且你哪有這麼多時間走路？我還需要你幫我縫完赫本小姐舞會禮服的珠子呢！這可是我打進美國年輕小姐市場的大好機會。只要赫本小姐穿我做的禮服，她其他朋友看到了，說不定也會想要一件，然後你就會發現，哪天說不定有人會穿著傾心為妳──美國手工訂製服登上《美國舞臺》，站在英俊瀟灑的李察．克拉克旁邊喲。」

「是迪克．克拉克吧？」

「誰？」

我走向廚房餐桌，在她身旁坐下來，不著痕跡地把手提包放在腳邊，以免被她看見探出拉鍊的一小段紅色布料。「讓我想一下。」我說。「我記得你說的那件禮服……黃色雪紡，對吧？」

「這個顏色其實不適合膚色太蒼白的女孩兒。但我是誰，哪有資格說話？」

「可我記得那件禮服的珠子不多呀，頂多繫帶上有一些吧。就那種程度，你大概不到一小時就能縫好吧？」媽媽未回應我的質疑，起身離開餐桌。「你還好嗎？」我問。

她轉頭看著我，眉頭深鎖。「我只是累了。」

隔天，我穿上新買的紅襯衫去上班，不過我在襯衫外套了一件過大的米黃色毛衣、掩護我出門。媽媽沒注意到新襯衫，倒是批評了那件毛衣：「你怎麼穿這一件？又醜又舊。」她作勢瞧瞧咱們這間半地下公寓的半截窗外，「敢情外頭下雪了嗎？你該不是要去滑雪吧？」

「你又來了。」

「我又怎麼了？」

我親親她的臉頰，趕緊出門。

我邊走邊流汗，一直走到公車站牌才敢脫下毛衣。我先脫掉外套、用大腿夾住，再扭動上身脫毛衣；一位女士牽著穿天主教學校制服的兩個孩子經過我面前，側頭看我一眼。直到上了公車，我才發現襯衫鈕扣扣錯，一部分的胸罩甚至還因此露出來。

電梯抵達樓層，我跨出電梯、走向前臺，外套搭在手臂上。我抬頭挺胸、直視前方（而不是盯著腳），試著擺出輕鬆自在的模樣，像滾珠體香膏廣告女主角那般自信煥發。我瞥瞥前臺、正想跟莎莉打招呼，下一秒卻失落地發現櫃檯坐的不是她。

「襯衫美喔！」櫃檯的女孩說。「你穿紅色好看欸。」

「謝啦。」我說。「趁打折買的。」我總是這麼說。要是有人表示喜歡我的新髮型，我會說我不確定這個長度適不適合我；如果有人說他們喜歡我提供的點子、或我講的某則笑話，我會說我是從別人那裡聽來的。

§

翌日，莎莉沒來。再隔天也一樣。每一次走出電梯，我都做好跟她打照面的準備，但次次沒見著她。不只我注意到這件事，打字組的夥伴直接把她的缺席視為她在局裡還有其他身分的證明。「兼職前臺個頭啦！」諾瑪說。我和其他人哄聲大笑，卻也禁不住好奇她們在我背後都怎麼說我。

一週過去，我發現自己還在想她。某種說不上來、跟莎莉．佛瑞斯特有關的感覺在我心頭徘徊不去。

又過了一週，我已然放棄再見到她的念頭，然而當我走出電梯，一抬頭便看見她端坐前臺，心不在焉地在黃色速記本上塗鴉。她揮手向我道早安，我輕咳一聲，掩飾我突然漲紅的臉。

我在位子上坐好，立刻開始工作，同時告誡自己別往她的方向瞄；不過即使不看她，整個早上我都能感覺到她的存在。當我起身走向化妝室，我敏銳地意識到我的身體如何移動、我抬高的下巴、還有我穿過分局辦公室的姿勢神態，彷彿我透過別人的眼睛注視自己似的。這時，她說話了。我以為她在跟別人說話，結果她喊的是我的名字。

「噢，我不知道你在跟我說話。」我沒先說哈囉，就這麼回她了。

「難不成蘇聯分局有好幾個人叫伊蓮娜？」

「應該沒有吧。大概沒有。也許吧？」

「我開玩笑啦。總之，既然我是新來的菜鳥，我在想，咱們一起吃午餐怎麼樣？請你幫我介紹環境什麼的。」

「可是我帶了午餐，」我說，「鮪魚三明治。」別說了，我告訴自己，閉上你的嘴巴。

「明天再吃不就得了？」她從毛絨絨的淡黃色毛衣前襟挑起一段線頭。「帶我瞧瞧這附近有什麼好地方！」

我們朝白宮的方向走，儘管開口要我帶路的人是她，這會兒卻是她走在前頭。「我知道這附近有一家好吃的小餐館。這在華盛頓可是相當稀有的地方，相信我。」她說。「他們把火腿片得像紙一樣薄、再堆個六吋高，只有本地人才知道那地方。但說正格的，華盛頓哪兒來的**本地人**？你知道我的意思吧？對了，你趕不趕時間？我們還要再走一小段路喔。」

「午餐時間是一小時，我們大概還剩四十五分鐘。或者只剩四十分鐘了。」

「你覺得局裡那些拿酒當午餐的人會邊喝邊看錶？」

「那倒不會，可是……」我猶豫的時間稍微長了些，於是莎莉腳跟一轉、作勢要朝辦公室的方向走。「沒關係，」我說，「咱們走吧。」

她伸手勾住我的手臂。「這才對嘛！」一路上，我頻頻察覺男士們熱烈的目光，甚至有幾名女子也轉頭看我們。我和她走在一起。我喜歡和她在一起。我感覺四周的景色漸漸模糊，彷彿此刻並非置身城市——不絕於耳的喇叭聲、猛衝急煞的公車、流竄在水泥大樓間的呼嘯風聲全都停了。在這個星期四正午時分，世界突然慢了下來。

我們經過一輛正在等紅燈的觀光巴士。導遊的聲音透過麥克風傳出來，喚請遊客注意前方著名的五角大廈。這時莎莉突然對車上的人揮手，害嚇我一跳，但觀光客也熱情揮手回應。有人舉起相機對她拍照，她亦搔首弄姿，配合對方擺姿勢。「我還是搞不懂這座城市。」她說。「一堆人跑來這裡追逐權勢，爭名奪利。」

「你住在這裡很久了嗎？」

「斷斷續續吧。」

我們從P街轉進一條我不曾注意到的小巷子，兩旁是窄窄的褐色沙石屋宅，煙囪爬滿常春藤。再過不久就是萬聖節了，居民用棉網做成蜘蛛網，裝飾籬笆，在窗裡掛上黑貓紙型和關節會動的骷顱架，門廊也擺上幾顆還沒刻好五官表情的南瓜。餐館在街底轉角，門上掛著一塊綠白磚牌「費藍提」。

推開門，鈴鐺叮叮響起來。店主人是一名又高又瘦的男子（就像從天花板垂下的那幾條乾香腸），他拍拍手邊的粗麵粉袋，揚起小團雲霧。「我一輩子沒見到你了，上哪兒去啦？」他喊道。

「等著看有沒有更好的工作囉！」莎莉說。男人往莎莉的左右臉頰送上又濕又大的響吻。

「這位是巴布羅。」

「這位精緻的小美人兒又是誰呀？」巴布羅問道，而我過了好一會兒才意識到他在說我。

莎莉打趣地拍掉我伸出的手。「如果我告訴你，我能得到什麼好處？」

巴布羅豎起一根指頭，接著消失在庫房裡。沒多久，他抓著兩把木椅再度現身，直接擺在前窗和貨架之間的狹窄空間。架上堆滿蕃茄罐頭、幾罐鮮綠橄欖、還有層層疊放的袋裝麵條。

「沒有桌子？」莎莉問。

「耐心點嘛！」他再次離開，然後帶著一張圓桌回來，兩人坐剛剛好。巴布羅像變戲法一樣，從背後抽出一條紅白方格桌巾。他把桌巾鋪上桌，招呼我們入座。

「怎麼著，不給蠟燭？」

巴布羅無奈地一攤手。「還要什麼？亞麻餐巾？沙拉叉？」他比比天花板，「或許我該投資一盞水晶燈？」

「水晶燈是個不錯的開始，不過我們是要外帶啦。這麼美好的燦爛秋日，坐在室內簡直不應該。」

巴布羅撩起圍裙一角，佯裝拭淚。「我好失望。不過我完全明白。」他推開一輪蠟封起司，好好瞧了一眼窗外。「可以的話，連我自己也想待在外頭。說真的，我搞不好會提早打烊、和兩位漂亮小姐一起享用三明治唷！倒影池怎麼樣？還是蓄潮湖？」

「抱歉呀，但我們有公事要談。」

「人生啊。」

於是我們點餐。莎莉替我要了一份黑麥麵包夾火雞肉、瑞士起司再配上幾片大桶醃漬的酸黃瓜，她自己選了長棍麵包佐橄欖醬，再加上一種我沒聽過的肉類。巴布羅把兩份三明治裝進紙袋、交給我們。三人互道再見。出門前，我轉身對他說：「我叫伊蓮娜。」

「伊蓮娜！莎莉食言了！好美的名字。我想我很快會再見到你和莎莉囉？」

「一言為定。」

我們又走了十五分鐘，完全不去想午休還剩多少時間。莎莉在十六街的一座雄偉建築物前停下來。我從來不曾留意這棟大樓，而它看起來就像某種古埃及建築：兩座獅身人面像戍守大理石梯兩側，石梯頂端通往宏偉的棕色大門。「博物館？」我問。

「聖殿堂。你知道吧，就是共濟會那一類的祕密組織。我敢說裡頭一定有一大堆授冠啊、吟誦啊、點蠟燭等等有趣儀式，只消問問和我們一起工作的那堆男人就行了。不過，對我來說，這兒的階梯是坐享午餐、看世界在腳下流動的完美地點。」

嘴裡嚼著三明治，儘管仍強烈意識到她的存在，但我覺得越來越放鬆自在。莎莉率先解決三明治，抹抹嘴角。她吃東西的速度是我的兩倍快。「你喜歡打字組嗎？」

「喜歡。我想我喜歡。」

她打開小提包，拿出粉盒和口紅，噘嘴補妝。「有沒有沾到牙齒？」

「噢，沒有。非常完美。」

「所以你喜歡？」

「你擦紅色很漂亮。」

「我是說打字組。」

「這裡不錯呀。」

「你比較喜歡打字還是另一份工作？」

一道熱流從喉頭直下肚腹。我自以為鎮定、裝出空洞眼神望向莎莉，但我看起來肯定很緊張。

「別擔心。」她按住我的手。她的手細嫩柔軟，指甲搽著和唇色相同的豔紅。「你跟我一樣。嗯，幾乎一樣。」

「你的意思是？」

「我加入後勤那天，安德森就告訴我了。他其實沒必要明講。從我們第一次見面那一刻起，我就感覺得出來你不一樣。」

我看看左右、回頭瞄了瞄。「所以你也送信？」

「我比較常是發信的一方。」她捏捏我的手。「我們女生一定要團結。畢竟咱們人數不多，是吧？」

「是的。」

§

聖殿堂午餐翌日，安德森通知我，以往我和泰迪的會面將改由莎莉接手，她會繼續訓練我。

「嚇一跳吧？」他問。

「是。」我咬住下唇，忍住笑意。

再隔天，莎莉在中情局黑色柵門外，對著一輛淺黃色斯蒂龐克照後鏡上唇彩。格子羊毛帽和小牛皮黑手套使她看來無懈可擊。她在鏡中看見我從後方走來，立刻轉身——唇膏只上了一半（下唇）。「這會兒看來只有你跟我兩個人囉，孩子。」她抿抿嘴唇，「咱們去走走吧。」

我們一路穿過喬治城，莎莉一一指出哪幢氣宇軒昂的宅邸住著哪一位中情局高官。「杜勒斯住那上頭。」她指向一棟紅磚排屋，屋前是整排楓樹；「還有對面那棟有黑色護窗板的大白屋？那是瘋狂比爾的老家，後來被葛蘭姆買下來。法蘭克住在威斯康辛大道另一頭。他們全都住得很近。」

「那你住哪兒？」

「那條街上。」

「就近注意男士們的動態？」

她大笑。「聰明女孩兒。」

我們左轉進入敦巴頓橡樹園，順著園內的蜿蜒小徑來到花園。走下石階，莎莉扯扯木棚垂下的枯紫藤。「春天時，這地方聞起來香得不可思議。我會打開窗子，期盼微風送來花香。」

我們一直走到游泳池邊。因為季節的關係，池水早已排乾。我們找了一張長椅坐下。對面有一位坐輪椅的老人，正在研究報上的文字方塊，身旁坐著看護，皮膚皙白。兩位年輕母親在游泳池遠端抽菸聊天，穿著幾乎完全一樣的收腰式紅色斗蓬大衣，而他們呀呀學語的孩子（一男一女）則不斷往池裡扔石子，並且在擊中池中央那一小窪水塘時開心尖叫。另外還有一個年輕人坐在泳前噴泉旁的黑色鐵椅上，聚精會神讀著一份《斧報》。

「看見那邊那個男人沒有？」莎莉直視前方，不動聲色地問我。

我點頭。

「你認為他是什麼背景？」

「大學生？」

「還有呢？」

「繫了夾式領帶的大學生？」

「好眼力。那你覺得夾式領帶代表什麼意思？」

「他不會打領帶？」

「所以？」

「沒人教他？」

「還有？」

「他沒有父親？也許他並非出身有錢人家，或是身邊肯定沒有女朋友或母親這類人物告訴他用夾式領帶很可笑。說不定他是外地來的？拿獎學金？」

「哪個學校的獎學金？」

「就地緣關係來說，也許是喬治城大學？不過從他手上那份報紙研判，我會猜喬治華盛頓大學。」

「主修什麼？」

我仔細打量那名男子：夾式領帶，頭髮亂翹，栗色毛背心，黯淡的棕色皮鞋，抽寶馬牌香菸，翹腿，右腳緩緩打圈。「說真的，什麼都有可能。」

「哲學。」

「你怎麼知道？」

莎莉指指他打開的皮背包，裡頭有本《齊克果》。

「我怎麼會漏掉這一項？」

「明顯的事物最難注意到。」莎莉伸展手臂、摘掉帽子，上衣鈕扣之間的空隙微敞，露出裡頭的黑色蕾絲。「想不想再試一次？」

我轉開視線。「當然好。」

我說，那兩位母親是童年好友，結婚生子讓她們的關係不若以往親暱。「從她們對彼此微笑的方式可以看出來，」我說，「好像兩人很努力想喚起過去的連結似的。」至於對面的老先生則是鰥夫，顯然愛上了看護，但後者對他沒有相同的感覺。這時園丁現身，開始仔細挑出噴泉裡的枯葉，因此我推測他以前是這座花園的所有人，布利斯家族的園丁，說不定還是唯一繼續留下來工作的家僕。「這解釋了他一絲不苟的態度。」我總結。莎莉讚許地點點頭。

這也是訓練的一部分？如果是，那麼莎莉到底要訓練我做什麼？橫豎我們又無法證實我為這些陌生人做的側寫是否屬實，那麼訓練意義何在？「我們要怎麼知道這些推測是否正確？」我把在場的每個人都描述一遍之後，我問她。

「重點不在對不對，而是充分了解你必須具備快速評估『哪個人是哪種人』的能力。人們在不經意間透露的資訊比他們意識到的還要多，遠勝過穿著打扮、外貌儀容。任誰都能換上漂亮的藍白圓點洋裝、手拿香奈兒包，可是這並不表示她就能變成另一個人。」她描述的是我在五月花飯店的衣著打扮，害我臉頰一陣燥熱。「改變必須發自內在，才能一一反映在舉手投足、步履儀態或神色表情之間。你必須相當程度地了解每一種人，才能判斷此人在不同狀況下可能出現哪些行為，」她直直望向我，「以及當你必須變成另一個人的時候，你可能會有哪些反應。你的每一個動作都必須改變──你怎麼拿菸、怎麼笑，還有在提到香奈兒包的時候可能會突然臉紅。」她戳戳我的肩膀。「你明白我在說什麼嗎？」

「改變出自內在。」我說。

「完全正確。」

訓練持續進行。每天，我們都會在下班後碰面，然後在特區兜圈子散步的過程中，莎莉會把她知道的一切傳授給我。她深知哪些特質使她醒目出眾，於是她以此教我如何避免受人注目。她告訴我哪些服飾最不易引起注意。「不能太新、也不要太舊，顏色不要太亮、但也不能太暗沉。」

至於哪種髮色較不吸引男士目光，「你可能以為金髮最受矚目，但其實是紅髮。只要不是那種淺到像白金一樣的顏色都沒問題。」關於站姿，「不要太挺，也別駝背。」吃法，「牛排，三分熟。」飲料，「湯姆可林斯，加冰、加檸檬。不小心灑了也不會弄髒衣服，此外也不會害你喝太醉。」

授課期間，她也和我分享她在戰情局的日子：剛開始她怎麼跟老男孩俱樂部的那群菁英打交道、如何生存。她告訴我她以前是哪種人（出身匹茲堡的窮小孩），以及後來她曾化身為哪些人（動物園長助理、奧斯塔公爵夫人的二表妹、中國唐代瓷器鑑定師、箭牌口香糖帝國繼承人、總機小姐等等）。「可惜角色越來越沒創意。」她說。

「他們希望我變成哪種人？」我問。

「這就不是我能決定的了，親愛的。」

§

莎莉要出門，但她沒告訴我要去哪裡。我問她，她只說：「出國。」

「我知道，但是去哪一國？」我又問。

「就是出國。」

她不能告訴我她要去哪兒，不過她答應一回來就給我打電話。那一週我度日如年，等她終於打來了，卻是媽媽接的。我一聽她說「莎莉？我不認識什麼莎莉呀？」便立刻要她把話筒交給我，趕她離開。

莎莉跳過寒喧，直接邀我去參加萬聖節派對。直到那天以前，我們所有的聯繫都只限工作，所以這項邀約令我不知該如何反應，況且萬聖節早就過了。「可是萬聖節上星期就過了。」我說。

「事實上，這是萬聖節追加派對。」

我告訴她我沒有變裝的衣服可穿，她說一切交給她就行了。我們約好在杜邦圓環二手書店碰頭、再一起過去。

書店很窄，架上的書籍並非依作者或文類擺放，而是主題：超自然及神祕學、植物與動物、老年問題、航海故事、神話與民間故事、佛洛伊德、火車與鐵道、西南地區攝影集。那晚我先到，於是便繞著書架找平裝書。「抱歉，請問小說在哪邊？」我詢問櫃檯那位波西米亞打扮、低頭看書的男子。他頭也不抬，往書店後方比了比。

「請問現在幾點？」

他一副我要求他闡述維根斯坦《邏輯哲學論》的表情。「我沒戴錶。」

我存心刁難，遂繼續問他能不能幫我開珍本書那一櫃。男子嘆了口氣。他闔上書本，捻熄香菸，滑下高腳椅。他一邊往口袋裡摸索鑰匙，一邊問我是否已經決定要買哪本書了。

「我還沒看過實體，怎麼知道要不要買？」

「你想看哪一本？」

我掃過書架，說出我看到的第一本書名：「《埃及之光》」。

「一還是二？」

「什麼？」

「卷數。卷一還是卷二？」

「卷二，」我答，「那還用說。」

「可不是嘛。」

我認定莎莉應該不會出現了，於是趁著店員戴上白手套取書的空檔，恣意閒晃，沉浸在我對考古、金字塔、象形文字的喜愛之中。

結果莎莉出現了，手上提著兩只購物袋。店員一把將白手套往腿上甩。「莎莉！」他喊，她則湊上臉頰讓對方親吻致意。「親愛的，你跑哪兒去啦？」

「這裡跑跑那裡逛逛囉！」她直視我，「看來，你已經見過我朋友了。」

「可不是嘛。」他的聲音多了一層暖意。「她品味非凡。」

「我的朋友品味會差嗎？」她舉起購物袋，「能否借一下你們的小巧化妝間？」

他伸手劃一大圈、停在胸前，彎身致意。我辛苦忍住才不致翻白眼。

「謝囉親愛的！」她說。我跟著她往後頭走。「拉菲特超煩的。」門一關，她立刻抱怨。這間化妝室頂多只有衣帽間的兩倍大。

「拉菲特？」

「不是他的真名啦。他來自克里夫蘭，不過他老愛讓人以為他是巴黎人。那種度個假就帶著口音回來的傢伙，你懂吧？」

我點頭裝懂。

「不過我還是很喜歡這地方，」莎莉邊說邊把一只購物袋遞給我，「在這個與藝術完全搭不上邊的城市裡，這裡是我最喜愛的地方之一。告訴你個祕密吧？」

「好呀？」

「我的夢想是開一間書店。」

我實在很難想像莎莉埋首書堆、坐在櫃臺裡的模樣。這個女人走上好萊塢紅毯完全不突兀，卻夢想經營書店，我想多了解她一點。我想深入探索這兩種角色之間的矛盾。

她把購物袋放上馬桶蓋，轉身背向我，「幫個忙吧？」她將頸背的紅色捲髮撩向一旁，我握住拉鍊、試著輕輕往下拉。拉不動。她深吸一口氣，「再試試。」拉鍊順利滑下，她一個動作跨出連身裙，鞋跟完全沒勾到布料。她還穿著黑色襯裙，而她的身材算是我的誇大版。以前在學校上體育課的時候，我會嫉妒其他女同學的身材：她們的身體像是某種可測量比較的物體，我們會扯下衣服，量量看誰的胸部最大、誰的小腹贅肉多、誰有O型腿。但我對莎莉沒有這種感覺，我不用那種方式看她，總之感覺完全不同。雖然我想多看一眼，但還是拉回注意力，準備更衣換裝。莎莉把購物袋拿給我。

裡頭是一團金屬色布料。「那是什麼？」

「穿上就知道了。」

我跨進這件連身服，拉上拉鍊。她把髮箍遞給我，上頭黏了兩片毛絨絨的棕色三角形。我看看鏡子，爆出大笑。

「等等！」她喊，探進紙袋摸索，「還缺最後一樣。」她小心翼翼把一小塊蘇聯的紅色心型布塊別在我心口。

「我本來想拿魚缸做頭盔，可是我想不出來該怎麼鑽洞，以免我倆悶死。」

「這些都是你做的？」

「我手很巧喔！」她擠過來、和我一起照鏡子，拿出皮包裡的粉盒往鼻尖撲了些亮粉。「你可以扮萊卡，我要當另一隻在眾星之間灰飛煙滅的無名狗狗。」

洛根圓環旁的四層樓維多利亞式排屋隱約傳出音樂聲。我路過這排特區豪宅至少上千次，卻從來不曾踏進一步：臺階兩側有鐵扶手，正面是寬闊的觀景窗，邊上還有頂著鼠尾草綠巫婆帽屋頂的紅磚角樓。大宅窗戶敞開，但窗帘全部放下，我看見正在跳舞的剪影。那些都是我不認識、也不認識我的人，他們可能會覺得我很無趣，或者壓根不會注意到我。我的掌心微微刺痛。莎莉肯定察覺到我的憂慮，她拉直我毛絨絨的耳朵、告訴我，等我走進派對現場，大夥兒一定樂不可支、開心大笑。

信心如漣漪漫過我。她的手指伸向門鈴，連按三下，暫停，再按三下。一名黑面具遮住半張臉的高瘦男人來應門，門只開了一半。

「不給糖就搗蛋！」莎莉說。

「你喜歡哪個？」

「都不喜歡，我要花椰菜！」

「誰不是呢？」男人拉開門，催促我們進去，門一關，他旋即消失在人群裡。

「那是密語嗎？所以我們是來工作的？」我問。

「正好相反。」

屋裡沒有南瓜燈、也沒人咬蘋果，這場派對反而佈置得像哥德化裝舞會：每一處顯露的平臺上都擺著點燃黑蠟燭的枝形大燭臺，嵌壁式書架則清一色罩著黑絨布。餐室大桌上高高疊著一落亮片面具，任人取用；戴著薰衣草色鴕鳥毛項圈的巨型暹羅貓在賓客腳邊流暢穿梭。一樓擠滿跳舞、抽菸、品嚐前菜、將麵包塊沾著起司火鍋吃的人兒。

「那盆綠綠的是什麼？」我問。

「酪梨醬。」

「什麼？」

她笑了。「黎奧納可是卯足了勁兒、用心準備，是吧？」

「應門的那位？」

「不是。」她指向一位身穿蕾絲領長禮服、巧扮初入社交舞會的南方名媛；「那邊，那位郝思嘉。」郝思嘉（或者該說是黎奧納）一看見莎莉，立刻揮手要她過去。

「還是一如往常艷冠群芳呀。」莎莉親吻黎奧納的手背。「你真是一次比一次出色。」

「我盡力囉。」黎奧納打量莎莉，「外星狐狸？」

「我們是笨尼克星人。多謝誇獎。」

「真時髦。」

「你知道我的。」她把我拉過去。「這是伊蓮娜。」

「迷人的小妞。」他吻我手背。「歡迎。現在我得去處理一下音樂。這音樂糟透了。」他走向唱機，提起唱針。賓客不滿低吼。「別急，孩子們！」他從封套滑出另一張唱片，片刻之後，〈浮生若夢〉前奏響起，眾人再度呻吟抱怨。黎奧納不為所動，領著一位扮成科學怪人的怪物（脖子插著兩根漆成黑色的空線軸）滑向舞池中央。幾對賓客陸續加入，沒多久，舞池又熱鬧起來。

莎莉迂迴鑽過人群，走向廚房，扮成神槍手安妮·奧克利的女子扣住她的手、兜著她轉了一圈。最後，莎莉終於端著兩杯萊姆雪酪紅潘趣酒回來。她的狗耳朵歪了。「出去呼吸點新鮮空氣吧？」她把杯子遞給我。

除了坐在門廊鞦韆上的兩名女子以外（一位扮成露西兒·鮑爾，另一位自然是德西·阿納茲），莎莉和我獨享寬闊後院。我們走上草坪，露水沾濕連身服，浸透腳踝。一棵棵高聳的橡樹掛著成串白色小燈泡，紅色紙燈籠則宛如熟透的水果，懸在低矮的樹枝上。天空略呈橘色，月亮皎潔如杏，遠方某處飄來燃燒枯葉的氣味。

「你覺得怎麼樣?」她問。

「我沒想過特區竟然有這種規模的院子。」

「我是說**那個**!」她指向大宅。「這應該不是你平常會參加的狂歡舞會吧。」

「我喜歡!」其實我想說的不只這些。我知道那個世界的確存在,但我對它毫無概念。百聞不如一見,而我就像踏進衣櫃、初訪納尼亞的小女孩。「我是說,我喜歡萬聖節。」

「我也是。雖然晚了一星期。」

「你想扮誰就扮誰。」

「沒錯,我很開心派對最後還是辦成了。這對黎奧納來說有點像傳統,而他可不是那種會買了漂亮服裝卻放著不穿的人。他原本要在萬聖節那天辦的,可惜取消了。」

「為什麼?」

「有人向警察通風報信。」

我心裡有好多疑問:關於這座祕密花園、這個祕密世界。我好想知道這一切,但我決定耐心等待。我們靜靜聆聽圍牆外的車聲、喇叭聲、逐漸遠去的嗚咽警笛聲。「露西」和「瑞奇」親暱環著彼此的腰,回屋裡去了。莎莉看著我注視兩人背影。「所以……你跟泰迪·荷姆斯?」她問。

「嗯。」憂傷襲來。我以前不曾有過這種感覺。

「多久了?」

「九個月。不對，八個月……將近九個月吧。」

「你愛他嗎？」

除了媽媽以外，從來沒有人這麼直接問我問題。「我不知道。」

「親愛的，如果你到現在還不知道……」

「我是真心喜歡他。我是說，我真的喜歡他。他很風趣，又聰明。太聰明了。心地也很善良。」

「你這話聽來好像是從訃聞上看到的。」

「不是，」我說，「我不是那個意──」

「我只是開玩笑啦。」她戳戳我的肋骨。

「他那個朋友呢？亨利．雷能？他這人怎麼樣？」

「我跟他其實不太熟。」我沒說出口的是，他似乎是個混蛋，我實在不曉得泰迪為什麼會跟他做朋友。「你對他有意思？」我想像四人約會的畫面：我和泰迪、莎莉和亨利。這個想法令我感覺胃不太舒服。

「親愛的，」她抓住我的手、捏了一下，「不是的。」她沒往下說。我的內在、某個難以明確描述的地方，好像有什麼東西綻放了。

第十三章 女特務

她不是雙面間諜，這點我很確定。幾個月前，法蘭克要我摸清伊蓮娜的底，確認她的天真不是裝出來的。她不是，我告訴他。「很好。」他說。「我們要把她放進運書計畫。好好訓練她，莎莉。你曉得該怎麼做。」

剛開始，和伊蓮娜做朋友或許是設計好的、也是訓練的一部分，不過後來漸漸變了，變成某種說不上來、而我也還沒準備釐清的感覺。

黎奧納派對過後的那個星期二（那次派對是我個人的某種試驗），我停在她辦公桌旁，問她晚上想不想去看《玻璃絲襪》。幾天前，我原想邀她去看週日下午場，可是我電話打到一半就沒了勇氣，掛掉電話。

下班後，我們步行前往喬治城戲院，中途在瑪格魯德買點心、打算偷渡進去。這是伊蓮娜的點子。除了巧克力，我鮮少吃糖果點心，不過誰管他？我挑了一盒彩色軟糖，伊蓮娜買了兩罐波士頓焗豆。我們排隊付帳，「幫我佔一下位子。」她說。

一分鐘後，她抓著一束甜菜回來。

「拿這個當點心挺有意思。」

「幫我媽買的。她每個月都會做一大鍋羅宋湯，總要我去東區市集替她帶一些回家。她堅信那些俄國老先生賣的甜菜品質比一般商店來得好。」她豎起一根指頭。「多花一分錢買品質，值得。」她以俄國腔說道。

我大笑。「她當真分得出來？」

「才怪！我都去喜互惠超市買，進家門前再抽掉袋子。」

我們付錢領走戲院禁帶的點心，伊蓮娜把甜菜塞進手提包、露出綠色菜莖。買好票，我們走進戲院。

看電影是我最愛的嗜好之一，而且我幾乎總是選擇一個人看電影。如果身上有閒錢，我大概一週會進電影院一到兩次，有時候，同一部片我會看個兩三遍。我大多選擇樓上包廂第一排，手墊下巴倚在金色欄杆上。

我愛這一切：劇院燦亮的紅色霓虹燈，排隊等待小玻璃房裡的人遞出戲票，爆米花的香氣，黏答答的地板，帶位員比劃小手電筒引導入座，我甚至還會在沖澡時高唱開場曲〈一塊兒上大廳！〉[4]；但我最鍾愛的部分是燈光漸暗、影片閃現前的空檔——在那短暫的一刻，整個世界彷彿即將落入、或瀕於某種狀態。

我想和伊蓮娜分享這一切。我想知道她是否也有這種處於某種狀態邊緣的感覺。燈光漸暗，米高梅獅吼，她瞪大眼睛轉頭看我——我知道她也感覺到了。

我不太記得電影內容，但我清楚記得片子演到四分之一的時候，伊蓮娜打開手提包，順著甜菜戳找、摸出波士頓焗豆。焗豆嘎噠作響，甜菜滑出掉在地上，她低聲咒罵。這場小騷動令前排抽雪茄的男子回過頭來噓我們。我覺得這實在可愛極了。

當佛雷．亞斯坦在短曲〈炫耀搖滾〉結束時一掌拍扁他的高帽子，伊蓮娜倒抽口氣、按住我的手。雖然她很快移開，但她掌心的觸感卻未消失，一直延續到燈光亮起。

離開劇院時，外頭正在下雨。我倆站在遮棚底下，望著大雨滂沱、宛如簾幕。

「要不要等雨停？」我問她。「或者我們也可以衝到對街、來杯熱甜酒。」

「我想我還是回家好了。」她拍拍手提包。「媽媽在等著她的甜菜呢。」

我笑了，但心底一陣刺痛、微微哀傷。「那麼留待下次囉？」

「一言為定。」

伊蓮娜衝向停在街角、車廂漆成藍綠滾白邊的街車。她上了車，而我繼續望著街車轉過街角、消失不見。閃電落下，天空劈開一道裂口。我靠在《監獄搖滾》的海報上。海報漸漸濕了。

電影之約後的數週內，我帶伊蓮娜走訪我最愛的幾家書店，細數優缺點、以及假若我是書店主人，我會有哪些不同做法。我們去國家劇院看《西城故事》華盛頓首演，並且在回家路上，一

---

4 譯註：一九五七年美國電影院播放的動畫音樂廣告。

路卯足肺活量、高唱〈我好漂亮〉。我們也去過動物園，不過當伊蓮娜看見一頭母獅不斷來回踱步、在籠舍欄杆前踩出一條窄徑，我們就離開了。「這根本是犯罪。」她說。

那段期間，我們頂多只是讓擁抱稍微延長了一秒，但這無關緊要。我好久沒有這種感覺了，因此一開始並未意識到事實真相。自離開康堤以來，我不曾讓任何人靠得這麼近、且速度如此之快：自從珍妮（一位明眸皓齒、有著雪莉・鄧波兒捲髮的海軍醫務護士）令我心碎以來，我便高高豎起心牆。

說真的，當時我不只心碎而已。當珍妮告訴我，我們的「特殊友誼」將在踏上美國本土後立刻結束，並且認為這段感情只是戰時的逢場作戲，我心如刀割，而這把刀甚至劃過我的手腳、腦門，連牙齒都感覺劇痛。我發誓再也不讓任何人這樣傷害我。這段時間以來，我做得挺成功的。

此外，我深知這條路不管怎麼走都會是死胡同：我有朋友在拉法葉廣場深夜散步時被抓走、關起來，名字登上報紙；也有在政府部門工作的朋友因此遭開除，名聲掃地、令家族蒙羞；還有朋友說服自己，認為把頭伸進繩索、踢翻椅子是脫離困境的唯一辦法。儘管「紅色恐慌」已逐漸式微，另一種恐懼正取而代之。

但我還是繼續。我繼續約她去費藍提吃午餐，去國家畫廊看新設的韓國藝術展，或者拖她去里奇克試試新進的帽子等時髦玩意兒。

我繼續觀望，看看在我不得不後退以前，還能走多遠。

所以當法蘭克找上我、請我再次幫忙，我告訴自己，這項任務可以暫時讓我分心。我必須分心。

§

出發前一晚，我放上一張「胖子．多明諾」的唱片來聽。每拿起一樣物品放進薄荷綠「巴爾的摩淑女」行李箱，我的心就快樂地一陣怦跳。這些年來，我有過不少臨時定案的短程旅行，也學會輕裝簡行的藝術：一件黑色鉛筆裙、一件白上衣、一套膚色內衣、一件機上保暖用的喀什米爾披肩、一雙黑絲襪、我的第凡內煙盒、牙刷牙膏、卡玫玫瑰香皂、西蒙面霜、體香劑、除毛刀、金色菸草香水、筆記本、筆，以及我最愛的愛馬仕絲巾和露華濃經典紅唇膏。至於我在新書發表會要穿的禮服，則會先我一步送到目的地。事隔多年，再次回歸的感覺真好：再一次加入賽局、掌握祕密，感覺自己是個有用的人。

翌日傍晚，我抵達米蘭的歐陸大飯店。發表會再過一個鐘頭就要開始了。我剛進入套房不久，服務生輕敲房門、送來晚禮服。我指示他將禮服擱在床上，他猶如捧著情人、輕輕攤放。我慷慨打點小費，讓他走人；只要有人埋單，我一向出手大方。我一聽到「米蘭」、「派對」這兩個關鍵字，立刻訂了一套普契紅黑主色曳地禮服。我輕輕撫過絲料，很開心我用局裡給的費用搞定服裝。沐浴後，我在頸間、手腕及乳房下方滴了幾滴金色菸草，再讓剪裁服貼的晚禮服順著身子滑下。

最棒的部分來了：在這一刻，你徹底變成另一個人——名字、職業、身家背景、學歷、兄弟姊妹、愛人、信仰，全部變成她。這對我來說易如反掌。我不曾露出破綻，即使是最枝微末節的小地方我也都注意到了：譬如早餐吃不吃吐司、吃不吃蛋，喝黑咖啡還是加牛奶，走在街上會不會停下來看看過馬路的鴿子、或是厭惡地揮手驅趕，喜歡裸睡或是穿睡衣上床。這是我與生俱來的天賦，也是我的求生策略。在一次又一次偽裝臥底之後，我發現我越來越難回歸正常生活。我常想像自己徹底消失、變成另一個人是何景況？然而，要想變成另一個人，首先你得願意失去自我才行。

我算好時間，在發表會開始後準二十五分鐘進入會場。一走進富麗堂皇的廳堂，服務生立刻遞上香檳，我亦同時看見今晚最重要的貴賓：不是作者本人，因為他不可能參加（但今晚的宴會確實是為了慶祝小說發表），而是這本小說的發行人吉安賈可蒙·費爾特內里。一群衣著高雅的知識份子、編輯、記者、作家及攀權附貴的男男女女簇擁環繞著他，後者則掛著黑色粗框眼鏡，頭髮後梳、露出高高的美人尖，至於身材則略嫌削瘦（相對於他的身高）；會場所有女士、以及不只一位男士皆無法將視線從他身上移開。費爾特內里綽號「獵豹」，而他自信、優雅的移動方式確實有如叢林巨貓。會場的男賓客幾乎清一色穿黑色正裝，但費爾特內里卻是白長褲配海軍藍毛衣，而且毛衣底下的條紋襯衫也沒紮進褲腰，露出一角。要想找出在場最有錢、帳戶數字最可觀的男士，竅門並不在誰的禮服最高檔、做工最精緻，而是誰壓根沒考慮引人注目。費爾特內里掏出一根菸，身旁那圈人立刻有人上前點菸。

志向遠大的人可分為兩種：一種是從小養成、被告知「世界只待他們伸手掌握」的人，另一種是自己創造傳奇的人。費爾特內里兩者兼具。多數繼承人一出生即坐擁鉅額財富，肩負傳承家業的重責大任；但費爾特內里並非為了拓展家族帝國而成立出版社，他是真心相信文學能改變世界。

會場後方有張大桌，桌上有一座書磚堆成的金字塔。義大利人辦到了：他們成功發行義大利文版的《齊瓦哥醫生》。在未來不到一週內，這本書將佔據義大利境內所有書店櫥窗，書名亦將橫掃每一份報紙頭條。我奉命前來取走一本、親自帶回中情局，讓他們翻譯並研判它能否成為局裡認定的文宣武器。法蘭克．威斯納亦交付我另一項任務：接近費爾特內里，看看能不能從他身上套出什麼消息，譬如這本書的發行分銷細節，還有出版社與巴斯特納克的關係。

我拿起一本印著義文書名「*Il dottor Živago*」的新書，撫過它光亮的封面：灰白、粉紅、藍色的塗鴉線條懸在空中，左下角的小雪橇看似正朝覆雪的小屋奔去。

「看得懂義大利文的美國人？」站在金字塔另一側的男士開口。「多麼迷人。」他身穿象牙白燕尾服，胸前點綴一方黑口袋；相對於他略寬的臉型，那副玳瑁鏡框稍嫌小了點。

「不是的。」其實我看得懂義大利文，也能流利對話。小時候（在我把姓氏從佛雷利改成佛瑞斯特以前），祖母一直和我們住在一起。姥姥是第一代義裔美國人，她懂的英文單字沒幾個，頂多會講「是」、「不是」、「別做了」以及「別管我」，而我則是透過幾種比大小、贏墩數的傳統牌戲學會與她交談。

「那麼為何要拿一本看不懂的書？」他的口音難辨。義大利腔，不過是悉心練過的義大利腔。他要嘛不是義大利人、要嘛就是嘗試模仿佛羅倫斯口音，讓自己聽來出身上流。

「我愛初版書。」我說。「還有好派對。」

「這樣的話，如果你需要找人幫你讀懂這本書……」他輕輕點了點鏡框，我注意到他鼻樑上有顆小紅痣。

「我說不定會當真唷。」

他揮手召喚服務生，遞給我一杯普羅賽克氣泡酒。但他只拿了這一杯。

「不一塊兒喝？」

「恐怕我得走了。」他輕碰我的手臂。「如果這件漂亮禮服不小心沾上酒漬，回頭去華盛頓找我。我做乾洗生意，什麼污漬都清得掉。我向你保證，不論是墨水印、酒漬、血漬，統統清得一乾二淨。」他夾著一本《*Il dottor Živago*》轉身離去。

格別烏（KGB）？軍情六處（MI6）？還是我們的人？我環顧會場，看看有沒有人注意到這段奇特的交談；這時費爾特內里拿起湯匙，敲敲酒杯。這位出版商站上一座倒放的板條箱，狀似要發表一場競選演講。不論這個木板箱是他自己帶來製造效果的、還是飯店提供的，這個橋段很適合他。

「我想借用各位一點時間，感謝大家今晚蒞臨盛會。」他從口袋抽出小抄，唸了起來：「一年多前，命運之神吹起一陣風，將鮑里斯．巴斯特納克的巨作送來給我。我真希望命運之神今晚也能在場，和我們共襄盛舉，只是呢，各位也曉得祂們分身乏術。」他促狹地眨眼，不少賓客笑了起來。「剛拿到這部小說時，我一個字也看不懂。我唯一懂的俄文字是紅牌伏特加『Stolichnaya』。」更多笑聲加入。「但我親愛的朋友皮埃羅・安東尼奧・茨威特米希告訴我，」他指向一位穿毛背心、叼菸斗、面向屋內後方賓客的男士，「不出版這本小說，就如同犯下反文明的重罪。但是即使他還沒開始讀，我光憑手上的感覺就知道，這書非常特別。」他扔下小抄，任其翩然落地。「所以我決定放手一博。皮埃羅花了好幾個月才完成翻譯，而我終於能讀懂書裡寫什麼了。」他舉起一本《*Il dottor Živago*》。「但是當我全部讀完，這位俄國大師的字字句句更是直接烙在我心上，難以磨滅。我確定各位也會擁有和我一樣的感受。」

「好！說得太好了！」某人喊道。

「我從沒想過要成為第一個向讀者引介這本巨著的人。」費爾特內里繼續。「我原本只是想等這本書在它自己的國度出版之後，拿下海外版權。但計畫總是趕不上變化。」

站在費爾特內里腳邊的女子高舉酒杯，「為此乾一杯！」

「有人告訴我，出版這本書形同犯罪。有人告訴我，出版這本書可能會是我人生的終點。」他環視眾人。「但我只記得皮埃羅剛讀完這本書時對我說的話：不出版這本書，罪孽更深。當然，鮑里斯・巴斯特納克本人也曾要求我延後出版。我告訴他，我們不該浪費時間，我必須盡快將他的文字帶到世人面前。我做到了。」眾人爆出喝采。「請各位舉杯向鮑里斯・巴斯特納克致敬，敬這位我還無緣見面、卻已感覺命運相繫的男人。敬這位以蘇維埃經驗創造這份改變生命——不對，是肯定生命的藝術作品的男人。這本書將會通過時間考驗，讓他與托爾斯泰、杜斯托也夫斯基齊名並列，實至名歸。敬這位比我勇敢無數倍的男人。乾杯！」

眾人舉杯，一飲而盡。費爾特內里走下板條箱，再度被拉回祝賀人群中。片刻之後，他託辭離開，走向洗手間。我刻意站在大廳電話機旁，待會兒他返回會場時，一定會從這裡經過。

他確實走過我身邊。我算準時間掛上話筒，他注意到我了。「今晚還愉快嗎？」他問。

「好極了。非常美好的夜晚。」

「不得不說，確實如此。」他後退一步，彷彿想換個角度欣賞藝術品。「我們是否見過？」

「我想宇宙似乎並未如此安排。」

「確實如此。不過我很高興宇宙終於有機會修正這個嚴重錯誤。」他執起我的手，吻了一下。

「你就是出版這本書的幕後推手？」

他伸手按胸，「我樂意獨自承擔這份重責大任。」

「作者無權置喙？」

「沒有，不完全有。以他的處境來說幾乎不可能。」

我還來不及問他巴斯特納克是否有危險，費爾特內里的妻子——一身無袖黑緞禮服、搭配相稱的貼頸項鍊的深色秀髮美女，緩步朝我們走來。她穩穩勾住丈夫的胳膊，示意他返回會場。她回頭看我一眼，確認我明白她的意思。

派對逐漸進入尾聲，穿紅背心的服務生開始清理成堆沒動過的填料淡菜、義式生牛肉和蒜蝦吐司，還有散置各處的普羅賽克空酒瓶。稍早，費爾特內里的夫人已乘坐豪華禮車離去，而費爾特內里則號召漸散的賓客與他一同轉戰巴索酒吧。眾人簇擁他朝門口移動。臨行前，他突然轉向我；「你也會一起來吧？」他問道。不過他並未停步等我回答，因為他已經知道答案了。

一輛銀色雪鐵龍和幾輛黑色飛雅特組成的車隊等在飯店門口。費爾特內里和一名金髮女郎（她在他妻子離開幾分鐘後抵達）坐上雪鐵龍，其他人則疊進飛雅特。費爾特內里方向盤一轉，加速駛離，我們卻被兩台偉士牌機車擋住去路——觀光客。從他們車速緩慢、穩定前進，不像本地人在車陣裡鑽進鑽出的行車方式研判，肯定是觀光客沒錯。

我們這群人陸續下車，朝酒吧推進，對著穿白夾克的酒保吆喝點酒。我在鏡牆邊找到空位，掃視吧台搜尋費爾特內里的身影。沒看到人。一名矮個兒、領結扯開、嘴唇有紅酒漬的男子，端著一大杯雞尾酒經過我身邊。我認出他是派對的攝影師之一。「要不要來一杯？」他遞出酒杯，「喝我的！」

我克制地將雙手緊貼身側。「咱們的榮譽貴賓呢？」

「現在已經在床上了吧，我猜。」

「我還以為他會一起過來呢？」

「你們美國人是怎麼說的？計畫是用來……什麼的？」

「計畫是用來改變的？」

「就是這個！我認為他大概決定要用更隱密的方式慶祝吧。」攝影師一把環上我的腰，指尖直直往我後腰下方滑去。我一陣哆嗦，抓開他的手，轉身離開酒吧。

我成功拿到書，在退房前先暫放房裡的小保險箱，卻沒能從費爾特內里口中套出更多消息。他似乎在保護巴斯特納克，但是，為什麼？難道作者的處境比我們以為的還要危險？費爾特內里帶走的金髮女伴至少比我年輕十五歲，害我禁不住想：如果我跟她差不多年紀，今天被他拉上跑車、傾吐祕密的對象就會是我了。

計程車一輛輛駛過，但我決定走路。我想享受一下新鮮空氣，況且我也餓了。我的第一站是由老騾子拖著的義式冰淇淋車。做生意的年輕男孩告訴我，這頭騾子叫「雄偉文森」。我聽了大笑。男孩說我的笑容和我的紅髮、紅禮服一樣漂亮。我謝過他。他把檸檬冰淇淋遞給我，「*offerto dalla casa*，本店招待。」

免費冰淇淋雖有助於撫慰我受傷的自尊，卻無法阻止我反覆思索自己是不是年紀太大、不適合這份工作了。以前這一切對我來說易如反掌，現在，我必須抹上昂貴的乳液才能使皮膚發亮（而且這類產品總是言過其實），頭髮的亮麗光澤則來自我於巴黎採購的小瓶護髮油（同樣所費不貲）。還有，每晚當我脫去胸罩躺上床，我的乳房會往兩側腋下坍倒。

剛滿十三歲那年，男孩、男人們開始注意我，我其貌不揚的青春前期經過一個夏天便徹底改觀。第一個發現的是我母親。有一回，她逮到我對著商店櫥窗玻璃偷瞄側影，她旋即停步告誡我，美麗的女人必須培養內涵作為後盾，以免哪天美貌不再、落得一無所有。「而且美貌總有一天會消逝。」她這麼說。所以我有沒有可依靠的後盾？在被迫開始尋找自己的其他特質之前，我還剩下多少時間？

我跟費爾特內里不一樣。我的野心並非來自我的皮夾，我的企圖心根植於某種名為「我很特別」的幻象，而且，或許是因為我生於窮苦人家，從小一無所有吧，我認為這個世界虧欠於我。又或許，我們在某個年紀都曾懷抱某些幻想，但絕大多數的人都在成年後幻滅長大。可是我從來不曾放手。這個幻想使我堅信自己無所不能，至少在某一段時期是如此。但這份野心的主要問題在於，它需要來自外在或他人的持續肯定，當這種肯定消失或不如預期，你會開始動搖、退縮，開始索求其他低懸好摘的果子——讓你感覺被需要、讓你感覺有力量的人。然而這種安心感就跟酒精帶來的短暫興奮沒兩樣：你需要它才能繼續跳舞，但它只會讓你隔天頭痛想吐。

檸檬冰淇淋嚐起來像夏天，我告訴自己別再數落自己了。我原本打算直接回飯店，但這會兒我改變心意，決定去史卡拉廣場看看達文西紀念碑。

廣場燈火通明。廣場中央的紀念碑外圍了一圈聖誕樹，一群男人正忙著掛聖誕燈。一名穿棕色連身工作服的男人一手穩住梯子、一手拿香菸，梯頂上的男人則試著解開纏結的電線，還有一人站在梯子側面，和夥伴們爭論解開這個惱人纏結的最佳辦法。

達文西腳邊的水泥長凳上坐著一對中年男女。他們的臉靠得很近，神色緊繃，我看不出他倆究竟是即將分手抑或熱吻。

我想起伊蓮娜。我想著我倆永遠不可能像那對情侶一樣，像他們一樣在公開場合、在眾人面前接吻，或甚至爭吵。這個念頭像某人猝逝的消息一樣猛然襲來，我這才明白我必須中止我們之間正在發生的一切，同時為我們原本可能擁有的關係感到無盡哀傷。

我走向廣場外圍，招了一輛計程車。

「*Signora, si sente bene?*（義語：女士，您還好嗎？）」車停飯店門口，司機問我。我睡著了。司機溫柔地問候並叫醒我，我驚訝地發現自己瞬間紅了眼眶。他看起來好擔心我，伸手扶我下車，「*Starai bene*（沒事的），」他安慰我，「*Starai bene*。」

我想著要不要邀他上樓進房陪我——這個還不到年紀便禿了頭、渾身薄荷香的年輕男子。我不想與他同床共寢，但是假如他願意一遍又一遍地說著「*Starai bene*」、告訴我「沒事的」，直到我安然入睡，那麼我願意睡在他身邊。不過最後我仍獨自上樓回房，直接躺上床罩、穿著發皺的禮服沉沉睡去。

隔天一早，吞了兩顆阿斯匹靈、叫了客房服務之後，我從保險箱取出義文版《齊瓦哥醫生》。收進行李箱前，我打開書本，隨意翻過書頁，這時突然掉出一張名片。沒有名字，沒有電話號碼，只有一行地址：**薩拉乾洗店　華盛頓特區　東北P街二〇一〇號**。我知道那個地方：一棟低矮的黃色磚樓，掛著一塊寶藍色的手寫門牌，緊鄰杜勒斯家。我把名片對折、塞進銀菸盒。

第十四章　公司職員

我要坐十一個小時的飛機去倫敦找朋友處理一本書的事。登機後，我請空姐幫我掛好大衣；雖然還不到中午，我仍順口要了一杯威士忌加冰塊。一身泛美航空經典藍白制服、戴著小帽與白手套的空姐（她們個個都是能在中西部選美拿到第二、第三名的美人）說：「弗烈德瑞克先生，您的飲料來了。」她巧笑倩兮，眨了眨眼。

我有過許多名字，別人取的名字、自己取的名字。爸媽為我命名「希奧多・荷姆斯三世」，但一進小學就變成「泰迪」；來到高中，我自稱「泰德」，上大學後又變回「泰迪」。

對空服員、或任何一位在未來兩天內問我姓啥名誰的人來說，我叫「哈里森・弗烈德瑞克」，或是朋友口中的「哈利」。哈里森・弗烈德瑞克，二十七歲，來自紐約州谷溪鎮，現任格拉曼航太公司分析師，而且他討厭搭飛機。他總是拉上窗簾，並且要求鄰座不能有人；若有機會翻翻他的口袋，你會發現一張德士古加油站收據（離他家五哩路左右）、半包黃箭口香糖、以及繡著他英文姓名縮寫「HEF」的手帕。

我把公事包置於身旁空座。這個包是我父親在佛羅倫斯訂做的：細緻的栗色皮革配上黃銅搭扣。當年我從喬治城大學畢業時、也是父親從喬治城大學畢業整整二十二年後，他把它送給我。那晚，我和雙親在俱樂部靜靜享用晚餐，父親親手把這只公事包交給我，沒有任何包裝。他說他已經能想見我有朝一日拎著它走進參議院、或最高法院、或是以我們家族姓氏為名的法律事務所。在那個當下，父親其實不知道我大三就換了主修科系：我從法律預科轉讀斯拉夫語。

我在大二那年暑假確認：我不想進家族事務所。但我還不知道我想做什麼。我哥的死加重了這份失落感，那種鬱悶感就像烏雲突然遮住太陽。我開始足不出戶，也不太吃東西，體重掉到跟高一時差不多，膚色也變得像水泥人行道般灰白。這時候，把我拉出沮喪深淵的不是爸媽、也不是只會叫我「把心裡的話說出來」的心理醫師，而是《卡拉馬助夫兄弟們》，然後是《罪與罰》，再來是《白癡》以及杜斯妥也夫斯基的所有著作。他在迷霧中扔下一條繩索給我，用力往上拉，當我讀到「人類存在的奧祕不只是活著，還要找到活下去的理由」這一句時，我在腦中大喊**沒錯！就是這樣！**在我年輕的心靈深處，我相信也堅信自己擁有俄國人的靈魂。

我全心投入、鑽研俄國名著。杜斯托也夫斯基之後是托爾斯泰，然後是果戈里、普希金、契訶夫。讀完古典巨著，我轉向奧希普．曼德爾施塔姆、瑪琳娜．茨維塔耶娃等等遭「紅色巨獸」擋下的先鋒派地下作品。秋天時，我重返校園，雖迷霧仍在、卻已不再沉重。我在那學期退了法律預科，申請主修俄國文學。

六年後，這只公事包裡裝的不是法律文件或備忘錄，而是我焦慮的根本來源：我未完成的小說書稿。

我小啜一口威士忌，伸手探進公事包，飛機離地時，我從公事包裡撈出的並非我自己的小說，而是凱魯亞克的《在路上》。謠傳他在三週內完成這部作品：挾著興奮劑誘發的衝勁，寫在一卷連續不斷頁的紙上。所以說不定是我方法錯了。說不定我需要的是藥物和紙卷。我打開第一頁，讀了最初幾行旋即放棄。我三兩口喝掉威士忌，低頭打盹兒。

再醒來時，飛機已來到大西洋上空，我認為我終於有辦法好好讀一讀我的草稿。昨晚，我和伊蓮娜早早吃了晚餐，餐後，我從修改後的情節大綱著手，將一張張小卡釘在臥室牆上，看看能不能從中瞧出端倪、理出頭緒。我幾乎認為自己可以、也覺得我或許已經走在成為真正作家的道路上了。但也許正好相反。

我不曾向任何人提起我在寫小說、或是我渴望成為作家。我父母不知道，伊蓮娜不知道，就連亨利．雷能也不知道。亨利是我從格羅頓中學至今最親密的朋友。有些人覺得亨利是個超級馬屁精，還有些人覺得他純粹就是個混蛋；他們說的或許都沒錯，然而在我哥過世時，是亨利陪在我身邊。朱利安過世以後的那幾個月，我的生活宛如俄國大地般灰暗看不見邊際，是他陪我坐在公寓裡喝威士忌，個把個把鐘頭地陪我說話談心。

我原本的計畫是在畢業一年內發表出道作品，給大家一個驚喜。儘管我的父母始終不曾說過一句話，不過我感覺得出來，對於我選擇不進入家族企業，他們其實非常失望。所以，這本小說或許能成為他們可以向俱樂部朋友炫耀說嘴的實際成就。

但是這一天始終未曾到來。畢業後的那個夏天，我已經寫過上百部小說開頭，但沒有一本撐過最初二十頁。不過，我倒是憑藉我對文學書籍的熱愛（好吧，還有我流利的俄語）闖出一番事業、以及人脈：我在喬治城大學的老師亨佛利斯教授找我進中情局。亨佛利斯是法蘭克・威斯納在戰情局的老戰友。戰後，他重回學校教斯拉夫語，並成為中情局最頂尖的招募人員之一。我不是亨佛利斯找進去的第一個人，也不是最後一個。高層管我們叫「亨佛利斯男孩」，這個暱稱使我們聽來像一群組成純人聲合唱團的小傢伙，而非間諜。

中情局想利用知識份子提升情報工作等級。知識份子相信，透過長時間影響可以改變人們的意識形態。他們認為「書籍」有此影響力。我也這麼認為。所以這就是我正在做的事：選定有助於開發諜報工作、協助祕密傳播的書籍。我的工作是找出能讓蘇維埃政府看起來很差勁的書：被蘇聯禁止出版的書、批評蘇聯體制的書、讓美國像一座發光燈塔的書。我想讓蘇聯人民睜大眼睛，看清這個只要不合意便恣意壓制寫作者、扼殺知識分子的政府（老天，他們連氣象學家也不放過）。沒錯，史達林已經死了，遺體甚至做了防腐處理、封入玻璃棺，然而「大整肅」時期的記憶卻也一併保存下來了。

我就像出版商或編輯一樣，經常思索下一本重要著作不知會是什麼題材、或該以何種方式盡快把書送到更多人手裡；唯一不同的是，我不想留下經手痕跡。

我這次短暫停留倫敦不只是為了隨便一本書，而是為了**那本書**。我們追蹤《齊瓦哥醫生》好幾個月了。取得義文版初版之後，局裡認定這書確實是我們夢寐以求的武器，故當務之急是即刻取得俄文書稿，「以免翻譯版無法精確傳遞原作的力量」。這項決定究竟是基於確保《齊瓦哥醫生》能對蘇聯民眾造成最大衝擊、抑或保留原作精神和筆觸，我不知道，但我偏好後者，或至少兩邊都佔了一部分。

我的任務是說服英國盟友把他們手上的俄文副本交給我們，或至少借用一陣子。先前雙方已暫時講定，但對方仍多所拖延，大概想再爭取一些時間、思索他們能不能先一步利用書稿做點什麼。於是我受派前往霧都，讓這樁交易拍板定案。

我並不反對出任務。說真的，我需要離開特區這塊沼澤地、讓腦子清醒一下。我以為我們即將攜手步上紅毯，但伊蓮娜最近感覺很疏離。我甚至跟我媽討來祖母的傳家戒指，在耶誕節假期向她求婚；不過，經過幾次約會取消、感覺我倆似乎不太對勁之後，我開始懷疑這一步是否並非明智之舉。我問伊蓮娜怎麼回事，不問還好，問了更糟。我從來不曾遇見像她一樣的女孩兒。在她之前，所有和我交往的女性心心念念的就只是我祖母的戒指，但伊蓮娜想要的跟我一樣：她想往上爬，想在局裡得到應有的尊重，想把工作做好、讓上頭拍拍、誇獎她。她和我平起平坐，也是有能力挑戰我的人。假如我娶的是我在大學時期交往的任何一位女孩兒，那麼我很清楚，我在第一個孩子出世前就會變得乏味無趣了。我也不想變成那種老套的中情局男人，在外頭還有一兩個別的女人。

況且，她還是俄國人！我好愛她的俄國氣質，雖然她宣稱自己比我更像美國人。她會在自家公寓煮家裡做的俄式餃子，而媽媽（從我見到她的第一天起，她就堅持要我這麼喊）則是一逮到機會就取笑我的俄國貴族腔。我愛極了這一切。

當伊蓮娜開始刻意拉開距離——雖羞於承認，但我的確跟蹤她回家一兩次，看看她是否在跟其他男人約會。她沒有，可是她冷淡依舊。

所以，暫時離開確實有好處，而且我很高興此行的目的地是倫敦。我愛這個城市：我愛諾爾·寇威爾在巴黎咖啡館演出的作品，我愛雨衣、雨帽、雨靴，我愛泰迪男孩、泰迪女孩[5]。不用說，我也愛英國文學。真希望我能待上一個星期，參觀H.G.威爾斯的故居或C.S.路易斯與托爾金暢飲啤酒的酒吧。不過，如果一切都能按計劃進行，我大概一個晚上就能把工作搞定，然後搭隔天早上的飛機返回美國。

跟我碰面的朋友化名「喬叟」，但他其實算不上朋友。沒錯，我是認識他，而我們倆確實也因為書的關係有過數次交集。他身高中等、身材中等，擁有我們這些間諜密探衷心想擁有的「不起眼」特質；他身上唯一的例外是牙齒——又白又亮，讓你誤以為他在紐約史卡岱爾長大，而非利物浦。他還能依工作需要轉換口音：出入上流社會時，他談吐高雅、口音純正；置身工人階級則操著流利的藍領口音，或以一口愛爾蘭腔英語和紅髮男女暢聊閒談。大家都覺得他迷人，但我頂多只能忍受他一小時的陪伴。

我們在喬治客棧碰面，喬叟遲到二十分鐘。我很確定他是刻意讓我等，這是軍情六處的老掉牙心理戰術。就算被我知道他提早到，隔著一段距離暗中觀察我、看著我走進酒吧，然後看著手錶（精確一點地說是「懷錶」）等待二十分鐘再現身，我也不會訝異。這群英國人總喜歡玩這種老哏，只要逮到機會就一定會提醒我們這些低等美國人，英國佬比我們多花幾百年時間精進這項技藝。就如同喬叟常說的：他進這行的時候，我還在包尿布呢。

據聞，費爾特內里的私人座機難堪迫降馬爾他時，軍情六處成功取得《齊瓦哥醫生》原文書稿。消息指出，情報人員假扮機場職員護送費爾特內里下機，好讓另一名探員則趁機照相拍下書稿。我不知道傳言是真是假，不過這無疑是好事一樁。

我挑了鑲著玻璃眼珠的鹿頭下的雙層圓凳，一口氣喝掉兩杯愛爾蘭威士忌（這大概是我自己發明的心理戰術）。酒保把炸魚薯條和豌豆泥重重往我面前一放，喬叟剛好冒雨走進來；黑大衣翻領豎直、遮住耳朵。他摘掉帽子甩了甩，不慎濺濕門邊法國遊客的衣服。他躬身致歉，然後緩緩朝我這桌走來。我發現，他似乎比我上次見到他的時候添了些重量。

他意識到我上下打量的目光。「你看起來瘦巴巴的。」

「感謝誇獎。」

他亮出左手。「現在我是有老婆的人了。」

「難怪。」

「惡名昭彰的美國冷笑話，真令人懷念！」他拉開椅子坐下。「聽說你也定下來了？」

5 譯註：Teddy boys、Teddy girls。英國二十世紀五〇、六〇年代的次文化世代。特徵是緊身褲、寬上衣和厚底鞋。與後來的搖滾文化關係密切。

「不完全是，但也差不多。」我舉起酒杯，一飲而盡。

「想再來一杯那愛爾蘭鬼玩意兒嗎？」他沒等我回答，逕自起身走向吧台，再端著兩只杯子回來，遞了其中一杯給我。「現在他們不賣布什米爾威士忌了。」他說。「你知道吧，狄更斯以前常常來這裡。」他從我的盤子裡撿起一片濕軟薯片，指指酒吧另一頭，「他都坐那邊。甚至還會在這裡寫書，寫那本《荒涼山莊》。」

「我好像在哪兒讀過這件事。」

「你當然讀過。你們美國人最愛掛在嘴邊的那句是什麼？隨時做好準備？」

「那是童軍銘言。然後狄更斯在這裡寫的是《小杜麗》。」

「對啦！」他猛地倒向椅背。「聰明的孩子。我真懷念我們的機智問答。」他嘆了口氣。「現在你瞧瞧這地方，只有我們這些觀光客、過度發泡的酒精和濕濕軟軟的薯片。」他又伸手拿一片。「說到文學名著，你自己有何進展呀？」

對於他曉得我不見起色的志向一事，坦白說我並不驚訝，畢竟我也知道不少他的私事：譬如他的確新婚不久，卻也繼續和他的長期僱員薇歐蕾上床（在百慕達度蜜月那兩週除外）。只是我最大的弱點竟然被他摸得一清二楚，心裡頗不是滋味。「非常順利，謝謝。」我說。

「真他媽的好極了。等不及想拜讀您的大作。」

「我一定會準備一本簽名書給您。」

他一手按著心臟，「我會好好珍惜的。」

「說到書，」我逮住機會延續這個話題，「最近有什麼值得一讀的好書？」

「《金剛鑽》？你看了嗎？真他媽的精彩。」

「沒有。」我說。「我對這類型沒興趣。」

「你偏好費茲傑羅那一掛吧，我猜。」

「比起佛萊明？」

「那個黛西！好個女孩兒，連我都要愛上她了。」

「我認為男性讀者其實更愛蓋茨比，只是他們不願意承認罷了。」

「不是『愛』，但我們都想變成蓋茨比。而且所有男人、女人其實都暗自渴望能經歷一次那種大悲劇。因為那種經驗能讓人生更刻骨銘心，讓人更有故事、更有趣。你不覺得嗎？」

「有餘裕的人才會把悲劇想得這麼浪漫。」

他用力一拍粗壯的大腿。「我就知道我們合得來！」

盤中的炸魚排逐漸變冷，麵衣油膩濕軟，我仍慢條斯理切下一片、放進嘴裡。「是說，我正想挑一本書打發回程時間，你知道這附近有什麼不錯的書店嗎？」

他起身、一口喝光威士忌，再用袖口擦去沾在鬍子上的泡沫。「玩一局吧？」我們朝酒吧後頭走。雖然我很不會射飛鏢，卻還是輕鬆打敗他——我當這是暗示，暗示他同意這筆交易。

「好吧，看來是我生疏了。」我再度打敗他，他如此說道。然後他掏出懷錶——猜中他的選擇，我忍不住笑了。「得走囉。我要帶老婆去加里克看《萬尼亞舅舅》。」

「我愛俄羅斯好劇。」我說。

「誰不愛呢？」

「劇評如何？」

「倫敦這邊快結束了，應該明年就會去美國演出。你也曉得程序。我們英國人就是喜歡先試試味道，再把東西交出去。」

終於。這事兒算是有點成果了。「什麼時候開演？」

「一月初吧。」他穿上大衣、戴上帽子。「不過還沒公佈確切日期。」

「若是十二月就完美了。我喜歡在過節的時候看好劇。」

「可惜行程不是我排的。」他說。

「好吧，我會密切關注消息。」

「我知道你會。」

他出了門，匆匆穿過細雨、跑向怠速停在店門口的汽車。我折回酒吧，又點了一杯布什米爾威士忌、然後結帳。不用說，喬叟把他的帳單留給我了。

換我踏出店門時，外頭下起傾盆大雨。我回到飯店，渾身濕透，交代前臺不管是誰的電話都不要轉到我房間。「告訴他們我有時差，需要補眠。」這是給局裡的暗號——通知他們齊瓦哥這位俄國佬已經是我們的人了。

第十五章　女特務

十二月，特區覆上一層薄薄新雪。從米蘭回來以後，我把義大利文版《齊瓦哥醫生》留在指定地點（聖派翠克教堂的某間告解室），然後隔天再去臨時辦公室作簡報。我鉅細靡遺向法蘭克報告，包括與會者有哪誰、媒體如何報導、我偷聽到哪些對話或零碎消息、以及最重要的——與費爾特內里的對話內容。除了遇上那位把名片偷偷夾進我書裡的人這事之外，其餘我全部詳細交代。回到家，我把名片從菸盒裡拿出來，放在浴室某塊鬆動的磁磚底下。在華盛頓，祕密等於保險，而我們女孩子肯定得多準備幾份保險，以備不時之需。

伊蓮娜和我約好在倒影池碰面。先去滑冰、然後回我公寓吃晚餐。戴著滑雪面罩的男子從旅行車後車廂拿出租用溜冰鞋、交給我們，我們舉步維艱地走向溜冰場，只不過最後未能順利站上結冰池面。我們先坐在林肯紀念堂階梯上換溜冰鞋，這時伊蓮娜脫口道：泰迪要她嫁給他。她沒告訴我她是否答應了，不過她不需要說。說話的時候，她始終盯著華盛頓紀念碑，一次也不曾轉頭看我。

我知道這事不是不可能。我知道有些人之所以訂婚、結婚、甚至生養孩子，都是為了掩飾身分、以免被捕，或是為了過「正常」生活。老天，連我都曾經考慮過一兩次。從義大利回來以後，我試著結束和她的關係，我試過不下十數次，但每一次都陷得更深。我知道這一天終究會來臨，但我還是無法放手。當我聽見那幾個字從她口中說出來，我發現自己倉皇無措，毫無準備，就像有人忽然抽走我腳下的基石，而我不太確定自己何時會崩潰垮下。然而在那一刻，我還是設法維持鎮定，一如我多年來所受的訓練，無論面對任何情況都必須處變不驚。我恭喜她，表示我非常樂意為這對幸福愛侶辦一場訂婚派對。她嚇了一跳，以極小的聲音囁嚅道「太麻煩你了，真的不用」。我告訴伊蓮娜我突然不想溜冰了，我頭痛，想回家休息。她起身離去，留我一個人坐在冰冷階梯上。我看著她的紅帽子越來越遠、越來越小，直到變成雪白大地上的一點殷紅。

那晚，伊蓮娜突然來到我的公寓，身上還穿著白天溜冰的服裝。她鼻子發紅、渾身發抖，彷彿自離開我的那一刻起就一直走路，直到現在。她推開我，逕自走進公寓，踢掉靴子，摘掉帽子圍巾和外套。我告訴她我已經睡了，並且懷疑我可能感冒了、要她別靠我太近。她用她冰冷的雙手裹著我的臉頰。「聽我說。」她說，但她什麼也沒說。她吻我。她的唇貼著我試探調整，直到彼此嵌合。這個吻使我想哭。她抽開唇瓣，我立刻感到失落。「聽我說。」她又說。她的話語使我想別過頭，但她不讓我逃避；她貼得更近，用她穿著襪子的腳趾踩著我。即使沒穿鞋，她還是比我高出半個頭；她抬起我的臉，彷彿在檢查什麼。

她再度吻我。接著，她冰冷的手滑進我睡袍。她自信的舉動嚇了我一跳：難道她假裝自己是別人？又或者她早就變了一個人，只是我先前沒注意到？

我雙腿一陣顫抖，膝蓋一軟、跪倒在粉紅地毯上。她跟著欺上來。於是我睡袍大敞，她吻上我的肚子；我逸出一聲輕喊，聽起來好糗。她笑了，於是我也笑了。「你是誰？」我問。她並未回答，而是專注於描繪我恥骨的線條。也許情況正好相反，也許我才是那個認不清自己的人：一直以來，我在性事方面都是主動的一方，我會依據伴侶的反應移動、調整姿勢，適時呻吟。但這次不同。她對我沒有期待。我毫無力量。

我不斷想著我們終究會停下來，想著她會恢復理智、想著我會恢復理智，想著她會收手。我說出我的想法。她說，太遲了，「回不去了。」

她說的對。這就像第一次看彩色電影：以前我們只用一種方式看世界，然後，世界變了。

我們在地毯上睡著了。我們把睡袍當被毯，我的胸口是她的枕頭。我聽見某種聲響，動了動，聞到樓下麵包店飄來的香氣。我起身走進浴室，潑水洗臉、梳整頭髮。淋浴間上方小窗灑落的晨光好刺眼，我看不清自己鏡中的形像。我想到伊蓮娜和泰迪，想著他們婚禮的情景、想著她走上紅毯的模樣。我嶄新的彩色畫面再度變回黑白影像。

我走出浴室，伊蓮娜正在廚房檢視我的冰箱。她拿出半盒雞蛋，問我想怎麼吃。

「泰迪都怎麼吃？」

她沒回答。我又問了一次，她抓住我的手，告訴我我們得好好想一想。她說她愛我。而我，我沒說實話，沒告訴她我也愛她。我把手抽開，說我不餓，說她最好還是走吧。於是她就走了。

§

這年的最後一晚下起凍雨。我站在廚房，拆開一只像天鵝的鋁箔包，把沒吃完的菲力牛排送進烤箱加熱。我打開通往逃生梯的窗子，取來法蘭克送我的四九年份香檳王。那是我幾乎完美達成米蘭任務的獎賞。

我站在打開的烤箱前吃晚餐，讓熱氣溫暖背脊，而香檳也確實如法蘭克所保證的那般美味。那天稍早，我獨自去看了下午場的《桂河大橋》。但我發現我很難專心看片，於是便早早離場。外頭天色已暗，漸漸下起雨來，等我回到家的時候，原本的白色聖誕已褪為一片棕色泥濘。幾個小孩在對街公園堆的雪人已成堅冰，胡蘿蔔鼻子被換成一根菸，圍巾也不見了。我討厭新年。

好像老天嫌我的處境還不夠糟糕似的——公寓裡冷得要命。冷空氣使我呼出的氣息變成白霧，輻射般的寒冷彷彿伸手可及。我喃喃咒罵房東。這個擁有這條街一半公寓大樓的男人小氣得不得了，捨不得花錢僱請大樓管理人。

我放了一缸熱水，小心滑入，以免弄濕頭髮。待水溫降低，我用腳趾扭開水龍頭放熱水（離開浴缸前，我又添了兩次熱水）。冷空氣無情攻擊，我趕緊套上過大的毛圈浴袍裹住身體。我好想就這麼滑進被子，聆聽電臺播放蓋伊·倫巴多的跨年演奏沉沉睡到一九五八。但是不行。我得著裝打扮、吃點東西，坐上派來接我的黑色禮車參加一小時後的慶祝派對。我得工作。

從米蘭回來後，我向法蘭克簡報；他雖高興，但似乎有事分神，好像他早就知道某些細節了（這不無可能）。他似乎不介意我未成功接近費爾特內里。起初，我以為他說不定和我有相同的想法，認為我應該回去繼續退休生活，認為我已不再擁有執行任務的天賦條件；結果他並未禮貌地請我離開，反而表示可能有事需要我幫忙。

「能再跟你討個人情嗎？」

「當然。」

黑色禮車抵達時，雨勢暫歇。我捨下皮草，從衣櫃取出白色安哥拉羊毛寬擺大衣，密密裹住自己。從伊蓮娜表示皮草令她起雞皮疙瘩的那天起，我就不穿皮草了。「可憐的兔子。」她撫過我的袖子，輕聲低喃。

司機一手扣著漆皮鴨舌帽、一手為我扶住車門。「像你這樣的漂亮小妞新年沒約會？」

我滑入禮車後座。

特區街景迅速流過，銀月在大樓間隙短暫閃現。不知伊蓮娜此刻是否也能看見月亮。今晚，伊蓮娜會和泰迪及他的有錢家人在綠山小木屋過除夕夜，而她甚至不會滑雪。我希望天空陰沉多雲，凍雨一路下到佛蒙特去。

這場除夕派對辦在市中心的殖民地餐廳。一般人認為這裡是特區最好的法國餐廳，除此之外沒什麼特別的。主辦人是巴拿馬大使，而派對本身基本上是一場地點不在辦公室的辦公室派對，一場限定核心人物的閉門宴會。中情局那幫老男孩都會出席：法蘭克、莫里、梅爾、杜勒斯兄弟檔、葛蘭姆家族、艾爾索普兄弟之一……整個喬治城幫全員到齊。但我不是來跟他們社交閒聊的，我有其他工作要處理。

晚餐室牆上的神話人物半浮雕一個個都戴上派對尖帽，酒吧間則掛滿銀色飾帶與金箔飾物。擁擠的舞廳上方懸著一張網、裝滿白色氣球，為指針來到十二點的那一刻做好準備。至於主吧台則掛了一面大布條，寫著「奔向一九五八！」。一支銅管樂隊和身著緞面禮服的歌手在大座鐘前表演，座鐘指針顯示現在是晚上十點。我把大衣交給負責衣帽間的女孩，另一名打扮成「火箭女郎」、頭上別著迷你禮帽的女侍旋即呈上一整盤音效道具和派對帽。我挑了一只鑲著紫色穗帶的迷你號角，沒拿帽子。

「你怎麼沒半點過節精神呀，孩子？」安德森出現在我身後。他頭上戴了兩頂尖帽，活像兩支惡魔角，鬆緊帶則陷進雙下巴。他已經把西裝外套脫掉了，汗濕的晚禮服襯衫半透明貼在背上。

「今晚是否有幸見到『新年寶寶』？」我問他，暗指他某年在康堤除夕派對的打扮——全身剝個精光、只有胯間纏著一塊白布，嘴裡叼著巨型奶嘴，手裡還揣著一奶瓶蘭姆酒。

「時間還早呢！等著唄！」

「說到過節精神，咱們女孩子得上哪兒找飲料呀？」雖然出門前那三杯香檳王已使我的身子暖和起來，但我想維持這種感覺、不希望熱度消散。我想把跟伊蓮娜有關的思緒全擱在一邊，至少暫時不要想起她。

安德森將他只剩半杯的潘趣酒遞給我。「女士優先。」我一飲而盡，拿起號角對他吹兩聲，然後招手要服務生再端一盤飲料過來。安德森問我想不想跳舞，我說或許晚一點吧。我已經在舞池對面看見法蘭克要我「深入了解」的那個人了。

我看著安德森走回圍滿賓客的桌子（眾人舉杯歡迎他歸來），然後把注意力轉向我的目標：亨利・雷能站在舞臺對角的角落，望著扮成厄莎・姬特的女子演唱〈聖誕寶貝〉。我走過安德森那桌、繞過舞池，隔著舞臺找了一個亨利對面的位置，然後開始等待。樂團結束這首曲子，歌手裝腔作勢走向座鐘，將時針分針扳向十點半的位置。眾人歡呼。亨利抿嘴一笑，仍舉杯慶賀一九五七年的最後一個半鐘頭。這時，他看向我。

我對亨利・雷能的了解如下：耶魯男孩，在紐約長島長大（若被問起通常會說「**那座城**」）。中情局資歷僅五年三個月，雖然在蘇聯分局如彗星迅速竄升，卻引人疑竇。他獨居於阿靈頓橋對面的無電梯單房公寓，房租是爸媽出的。他能說多種語言，俄、德、法語皆十分流利。今年主要忙於耶魯和中情局遍佈歐洲各地的「背包活動」（其實也就是在五星級飯店之間換來換去，但都是花父母的錢）。髮色深橘，有雀斑，頸部厚實，對女性出乎意料地有那麼兩下子。他「約過」（一般人能想到最不精確的詞彙）打字組兩名成員，但彼此都不知道對方也在跟他約會。最好的朋友是泰迪・荷姆斯，伊蓮娜至今無法理解背後緣由，但我明白。這群常春藤盟校的男孩就是喜歡黏在一起。

還有一件事、也是我今晚之所以參加這場派對的理由，是法蘭克認為亨利．雷能可能是雙面間諜。法蘭克在數個月前初次向我提起他的懷疑（那時他才剛把我納入運書計畫不久），而我也打探到不少消息；待我從義大利回來，他要求我必須更深入探知亨利的底細。

是說，每個中情局男人都愛面子，不過這一面通常只有圈內人才看得到，可是亨利的驕傲自負已經到了可能惹上麻煩的地步。大家認為他愛吹噓自誇，再加上眾所周知的飲酒問題，這些都足以對他打上好幾個問號。

另外我還聽到一些傳聞，但我沒向任何人提起、也希望謠言都不是真的：最近，有人開始質疑法蘭克的心理狀態。有人說，匈牙利任務失敗之後，法蘭克就變了一個人。有人將他執著於挖出蘇聯雙面間諜的作為，歸咎於他越來越無法勝任職務。

我們先是在舞臺邊閒聊、然後進舞池跳了幾支舞，喝完兩杯潘趣酒，亨利提議找個不受打擾的地方再好好聊。歌手已將座鐘指針移至十一點四十五分的位置，眾人也開始備好拉炮、彩帶，補滿酒杯，準備在午夜到來的那一刻乾杯慶賀。我們偷偷溜走，途中他還從冰桶抽出一支香檳。

「為我倆準備的。」他像舉起獎盃一樣高舉酒瓶。

「我們要去哪兒？」

亨利沒回答，走在我兩步之前。以往都是我主導，然而當我加快腳步跟上時，卻不慎被突起的地毯絆倒，跪在地上。亨利轉身扶我起來。直起身子，我臉都脹紅了。

「別告訴我像你這樣的女孩兒竟會不勝酒力？」

「我酒量很好，謝謝你。」

他再度揚起酒瓶。「很好。」亨利低頭看錶。「再過七分鐘就十二點了。」他一把攬住我，拇指按進我後腰，引導我倆走向出口。

「我沒穿外套。」我說。

「噢，我們不會出門。」

我們經過垂頭坐在椅凳上的門房，他看來似乎偷喝了幾口。亨利牽起我的手，拉開舞步划向角落。他呼出的氣息聞起來像酒吧地板，我想他大概已經醉到管不住舌頭了。我整平他又窄又難看的領帶，望向門房，後者假裝沒注意我們。「我還以為，我們要找個安靜地方聊天？」

他把手探向我身後，而我以為的牆面原來是一扇門。「哦？你又知道了？」他讓我退進一處未使用的衣帽間，除了鐵架掛著幾件白制服、一張壞掉的椅子、一台老舊吸塵器之外，這個小房間什麼都沒有。

「跟我想像的不太一樣欸。我以為會是比較舒服的地方。」

「我知道，像你這樣的女孩兒大概習慣——」他用香檳瓶指向那張破椅子，「更有氣氛之類的地方。不過這裡很安靜呀，是吧？」他頂開軟木塞，木塞彈進儲帽櫃；他直接以口就瓶，灌了一口。「又很隱密。」

他把酒瓶遞給我，我拒絕，我感覺自己若再多喝一口就會屈居下風。「我等十二點再喝吧。」

他又看了看錶，敲敲錶面。「再三分鐘。」

「你有什麼新年計畫？」我問。

「只有這個。」他汗濕的手扶著我的臉頰，湊上來想吻我；我向後退一步，後腦杓擦過掛衣桿。

「先告訴我一件事。」我說。

「你很漂亮。」他再度欺近。

我用食指推他。「你不只這個水準吧？」

他笑了笑，但他笑的方式令我害怕。「我喜歡。我喜歡挑戰。」

「跟我說點……說點有意思的事。」我對上他的視線。這是我逼人開口的老技倆。

「我嗎？我就像一本打開的書呀。」他望向天花板，吁了口氣。「我覺得你才是那個有祕密的人。」

「每個女人都有祕密。」

「沒錯，但我碰巧知道你的祕密。」

我的嘴巴突然變乾，舌頭像沙袋一樣沉重。「那你知道什麼？」

「你要我說出來？」

「你說。」

「你該不會以為，我不知道你為什麼搭上我吧？」他說。「難道就這麼巧，你會突然對我感興趣？而且還是比你年輕至少十歲的人？你以為我不曉得你搞什麼鬼？我知道你一直在打探我的事。打探我的忠誠度。」

我瞄向房門。

「你不知道的是，在這裡，我的朋友比你還多。」

我根本自投羅網。但是我太分神、喝得太醉，以致完全看不清局勢。我移動身體想離開，但他擋住我。「我會大叫。」

「好啊，反正他們大概只會覺得你做得很爽。」

我推他，他推回來。我的後腦勺再度撞上金屬掛桿，勁道驚人。我還來不及反應，他立刻上前用身體壓制我、狠狠強吻我，待他終於移開嘴唇，我嚐到血的味道。我想推走他，但他再次強吻我，還把舌頭伸進我嘴裡。我試著用膝蓋頂他，他直接掃開我的腿。我跌坐在地，他跟著壓上來。我掙扎想起身，但他把我的雙手強拉過頭、再以單手固定。我尖叫，但我的聲音被門外賓客倒數新年的聲浪壓過（三十！）。我聽見禮服側邊撕裂的聲音。「你都這樣搞，對吧？他們都怎麼操你？」（二三！）我對他吐口水，但他一邊抹去臉上的唾液、一邊獰笑。我真想拿磚頭砸他的笑臉。他用額頭抵住我的額頭。（十四！）「所以謠言是真的，嗯？」他的氣息又酸又燙。「你搞同性戀？傳出去不丟人啊？」（三！二！一！）

眾人齊喊「新年快樂！」，樂團奏起《驪歌》。我緊閉雙眼，想起以前在康堤，我們的救生包裡都有一顆白色橢圓形藥錠。藥錠裝在細細的小玻璃瓶裡，瓶蓋是棕色塑膠。我們會在必要時直接咬碎玻璃瓶、釋放毒素，毒素一旦釋出，不出幾分鐘就能讓心跳停止，迅速斃命，想必也沒什麼痛苦。我壓根沒想過，早已遠離戰場的我竟然有可能被逮個正著。

他扔下我一人留在衣帽間。我沒想著要起來，沒想著要爬出去，沒想著要找人幫忙。我什麼都不願意想。我只想睡覺。

他拿著我的大衣回來，扶我站好。我們走出衣帽間（亨利在前，我隔著好幾步蹣跚在後），安德森和他的妻子正要離開，但是安德森並未走上前來。他並未對我高喊「新年快樂」，他什麼也沒說。他看著我糊亂的妝容、看著我扯破的衣裳，而他一句話也沒說。

亨利說的對。在他們眼裡，我什麼都不是，就連安德森也不會正眼看我。我不是他們的同袍，不是他們的夥伴，肯定也不是他們的朋友。他們全都在利用我。自始至終，他們只是一直在利用我：法蘭克、安德森、亨利，全部都是。我敢說，他們還會繼續利用我，直到甜頭被榨乾為止。

亨利送我上車，像紳士一樣吻我的臉頰，然後囑咐司機小心開車。司機護送我到公寓樓下大門口。我扣緊欄杆、一步一步上樓。我還感覺得到他的身體，聞得到他的氣味。

屋裡寒冷依舊。半瓶香檳王還在咖啡桌上，一旁是已經見底的錫箔紙包。原本打算拿來搭配晚禮服、之後仍決定不穿的那雙高跟鞋也還扔在穿衣鏡底下。伊蓮娜寄給我的聖誕卡孤伶伶靠在壁爐臺上。

我脫鞋，卸妝，褪去禮服，站在浴缸裡任灼燙的熱水流過身體。然後我上床睡覺。睡到翌日白天，再沉沉睡到晚上。

醒來之後，我走進浴室，跪在地上。從牆壁數來第六塊。我用指甲摳起鬆動的地磚，搽了蔻丹的指甲裂開，我一口咬斷、吐在地上。移開地磚，我摳出名片：**薩拉乾洗店 華盛頓特區 東北P街二〇一〇號**。

翻過名片，我想起伊蓮娜。我想記住每一件事。我想將往事分門別類，將和她有關的記憶悉數歸檔，讓我在未來能隨時取用、或保護它們不受其他因素影響——譬如殘酷扭曲的時間、譬如我知道自己即將變成的那個人。

這通電話一旦打出去，我就再也無法回頭了。「雙面」這個詞其實取得不好。一個人怎會同時有兩張臉？更確切地說，應該是一個人必須割捨自己的一部分、才得以立足於兩個世界。兩者不會同時存在，永遠不可能。

我想起在拉夫點心舖看見伊蓮娜的第一眼：她優雅坐在包廂邊、長腿一半在走道上，第一次轉頭看我。我想起她在利斯堡加油站買的粉紅色泡泡糖（我們原本要去酒莊，結果酒莊關門了）。我想起我們在初雪降下的那一晚，直奔特區地勢最高的里諾堡滑雪橇：我和她約在騰利鎮碰頭，她高舉兩塊碗豆湯色、從員工餐廳摸來的托盤；我猶豫遲疑，指指腳下的高跟鞋表示今天不太方便。我想起她求我好歹試一次，我心不甘情不願地答應。我想起滑下覆冰山丘的那一刻，冷空氣如何猛撲臉頰。

還有我們在打烊前十分鐘衝進喜互惠找生日蛋糕那次。那天不是我生日，也不是她生日，但伊蓮娜堅持我們一定要買到生日蛋糕。當時烘焙師傅已經脫圍裙、準備下班了，但她拜託他用藍色糖霜在蛋糕寫上我的名字和一個驚嘆號。

我想起我們在機場公園看飛機降落國家機場。每當遠方閃現光亮，裹著毛毯的我們立刻縮在一起，然後引擎聲越來越大、震耳欲聾，最後從我們頭頂掠過。飛機看起來好近好近，彷彿伸直手臂就能觸及機腹。

我甚至還想牢牢記住那個早晨——在這間屋子，在我們做愛之後，一切就像綻線的毛衣逐漸崩解。她離去後，我打開衣櫥。我藏了一份買給她的禮物：一張艾菲爾鐵塔的珍本複製畫。看完《甜姐兒》，她說我倆將來一定要一起去巴黎。畫上的鐵塔好小，只有我掌心這麼點兒大，繪者以沾水筆蘸墨水畫出精細線條。我把畫裱框、包上油紙、再以紅線繫好。我原本打算把這幅畫當作聖誕禮物送給她，但此刻它仍躺在我的衣櫥裡。

我把名片握在手裡，背下地址，然後劃下火柴，看著紙片在火焰中燃燒殆盡。

第十六章　信差

主教花園空冷寂寥，側門沒鎖。光禿禿的樹木襯著發光的國家大教堂，化為層層黑影。覆著天使浮雕的噴泉因冬季關閉，但仍徐徐滴水，防止管路結冰。花園有名的玫瑰叢此刻只剩一片荊棘。

小徑旁，貼著石牆安置的腳燈有三顆燒壞了（跟他們說的一樣），然明月皎潔，發光的大教堂亦赫然俯瞰花園，讓我毫無困難循著小徑、穿過石拱門找到園裡最高那棵松樹，以及樹下的長凳。

我抹去木凳上的薄雪和枯松針，然後坐下。後方倏地一陣騷動，害我頸背寒毛根根警戒豎立。我左右張望，何事也無。我被跟蹤了嗎？一抬頭，只見兩盞黃燈籠高掛在聳立的松樹上，一隻貓頭鷹穩據於一根相對牠而言似乎太細、無法承負其重的樹枝。牠徐徐轉頭，搜尋園內倒楣的老鼠或花栗鼠。這隻威嚴如帝王的鳥兒孤踞枝頭，泰然自若熬過審判、獨守苦窯；我一介平民，牠連瞧都不瞧我一眼，兀自耐心等候晚餐上門。動物完全依天賦異秉的直覺行動，如果人類也按本能行動，生活肯定簡單許多。貓頭鷹變換重心，樹枝啞啞作響，接著振翅一撲、輕鬆飛起，越過石牆去了。直到牠消失，我才發現自己始終憋著氣。

我稍稍拉下紅色皮手套，看看手錶。七點五十六分。喬叟再四分鐘就出現。假如他遲到，我會立刻走人，搭十號公車至杜邦圓環；如果他準時出現，我會從他手上拿到一個小包裹（裡頭是兩卷微膠片，內容是俄文版《齊瓦哥醫生》），然後搭二十號公車到亞伯馬爾街，把膠卷送進祕密中轉站。

下雪了。我望著雪花在凝照大教堂的聚光燈束中飛舞。我的大腿越來越癢（每次覺得冷，我的腿就會癢），遂拉緊駱毛長大衣腰帶。這件大衣是莎莉看見我冬季大衣上的香菸烙印後堅持買給我的，烙印則是某男士在公車上不小心撞上我而留下的小禮物。我脫掉手套、蜷起雙手，朝掌中吐幾口熱氣。才鬆開手，我的訂婚戒指便鬆脫滑落、叮地一聲撞上卵石地。這個戒指整整大了兩號，我還找不到時間送去改；不過，老天，這戒指可真漂亮。泰迪的祖母在他小時候就把戒指給他，告訴他，將來有一天，他餘生所愛的女人將會戴上這枚戒指。他還記得他對祖母說，他一輩子不結婚，因為他像美國隊長一樣，正忙著對抗納粹呢。祖母摸摸他的頭，「等著瞧唄。」她這麼告訴他。

在我剛過二十五歲生日的第一天，在他爸媽家，泰迪趁著草莓奶油蛋糕還沒送上的空檔重述這段往事，然後單膝跪下。我並未凝望泰迪，而是直覺轉向母親：她滿臉驕傲、彷彿在發光，我不曾見她有過這種表情。我再望向他父母，他們隔著桌子、笑得彷彿正在看寶貝兒子跨出第一步。最後，我把視線轉回泰迪身上，點點頭。

戒指非常漂亮，但我討厭戴它。戴著這枚戒指就好像披著偽裝一樣。

我知道，我永遠不可能得到我真心想要的。但我還是想要。我想要刺激，想要一個家，我想冒險，想要企盼和驚喜。我想體驗每一種禁忌衝突與對立扞格，而且我想一舉拿下、全部擁有。我急躁焦慮，等不及現實跟上渴望──這份需求經常與我為伴，這份潛藏的不安總是令我過度分析每一次交流、質疑每一項決定。腦中對話持續不斷、永無止息，每每教我徹夜難眠，只能聽媽媽在薄薄牆壁的另一邊輕聲打鼾。

我知道一般人會怎麼說我們：噁心，變態，不正常，違反道德，墮落。罪惡。但我不知道我該怎麼描述這種感覺，我不知道我們這樣算什麼。

莎莉向我展現另一個世界，一個確實存在於一道道緊閉門扉之後，和我所在、所知、所感不太相像的真實世界。我只知道，自從兩星期又三天以前，我在她的住處過夜之後，我就沒再見到她了。而在這兩星期又三天裡，我清醒時的每分每秒都在想她。

我拾起戒指、戴回手上。大教堂鐘聲響了八響。待最後一聲落下，喬叟一如計畫忽地現身。我沒聽見半點聲響，沒有開啟柵門的聲音，沒有腳步聲。他身穿黑色長大衣、頭戴遮耳花格帽，如雪花飄落般無聲無息。他滑稽的帽子和臉上的怪表情使我想起巴吉度獵犬。「哈囉，艾略特。」他說。

「哈囉，喬叟。」

「真是個適合散步的好夜晚。」他的口音明顯帶著上流倫敦腔。

「確實如此。」

他仍未落坐。沉默如鞭。他並未把書交給我，卻轉頭望向大教堂。「好一座雄偉建築。你們美國人就喜歡蓋一些看起來有歷史的新建物。」

「或許是吧。」

「從各處古城舊鎮這裡學一點、那邊抄一點，東拼西湊，再蓋上老式美國戳記就大功告成了。是吧？」

我不想爭辯，也不明白他何以刻意找碴。說不定，這是男士們在如此情況下相遇時會討論的話題，但我沒時間陪他鬥嘴鬥智。眼前還有工作要做呢。

我的毫無反應似乎令他有點受傷。他探進大衣，掏出包著報紙的小包裹，遞給我。

我把包裹收進香奈兒皮包。

「下回聊！」他掂掂帽緣，看著我離開。自始至終沒坐下來。

任務完成的顫慄感絲毫未減，就像雲霄飛車暫歇頂巔、待重力一把拉下的那一刻。我步行來到威斯康辛與麻薩諸塞大道交叉口。照理說，我應該按計畫跳上三十號公車，但我決定花二十分鐘走路前往亞伯馬爾街三八一二號的都鐸大宅。若不能事事依隨我心，那麼我至少還擁有這一刻、擁有這份感覺——而我想盡可能延長它，細細回味。

將包裹塞進中轉站郵箱後，我繼續行至康迺迪克街，搭公車進中國城。

走進喜樂麵食館，暖牆似的熱空氣和炒飯香氣迎面撲來。店主指指後方一張小桌，莎莉正提起茶燈上的小鐵壺，為自己斟一杯熱茶。她沒注意到我走進來。我倆四目相對的那一刻，我再度感受到那股熟悉的鬱痛。

自上次見到她以來，已經過了兩個星期又三天——那天，我告訴她我和泰迪訂婚了；那晚，我們做愛。那天晚上，我感覺自己從裡到外徹底改變了：我變成一個對自己的言行舉止充滿自信的人，不再質疑自己的每一個動作、每一個念頭。然而，此刻見她坐在那裡，我突然好想躲進洗手間、穩定緊張情緒。我脫下大衣、掛上椅背。莎莉亮出她的招牌笑容；那一刻，我放鬆了。

她還是那麼明豔動人，但我仍看得見她試圖用化妝品遮掩眼袋的痕跡。她包著金線織錦絲頭巾，然而幾縷掙脫束縛的糾結瀏海似乎多日未洗。她拿起茶杯，我發現她的手在顫抖。

「累嗎？餓不餓？」她以我倆的密語問道。

「餓。」我說。「而且我需要喝一杯。」

我們從不討論任務細節，不過累表示事情不太順利，餓代表順利，需要喝一杯代表非常順利。

她示意服務生送兩杯邁泰雞尾酒過來。「我先點了腰果雞丁和鳳梨炒飯。」

「太棒了。」我脫掉手套，放在桌上。莎莉的視線短暫溜向我左手，接著迅速轉開。她任沉默延續，而她肯定忘了自己教過我這套把戲。戰時，她常用這招逼人開口說話。**絕大多數的人會想盡辦法填補這種令人不安的沉默**，當時她說。我輕啜邁泰，想起莎莉找我吃這頓稍晚的晚餐時，她的說法是「我們必須談一談」。那時我沒多想，此刻卻滿腦子都是這句話。「你要跟我說什麼？」我撈出杯裡的藍色紙傘，再拿小西洋劍戳起櫻桃、送進嘴裡。

「沒什麼要緊事，」她小心翼翼含著藍色吸管喝飲料，避免唇膏脫色，「只是想知道你新年夜過得怎麼樣。」

「我在初學者雪道滑兩趟就不行了。那晚我大多時候都一個人窩在小屋喝熱可可。」

「我想泰迪應該滑得很棒，天生好手那一型的。」她鮮少提起泰迪，自然也不曾讚美過他。

「大概吧。」

「嗯，至於我的新年夜則是一如往常愉快。」她再次含住吸管，長長吸了一口。「參加派對、徹夜跳舞、喝得稍微過頭。反正你知道是怎麼回事。」

她在懲罰我。「聽起來很有趣呀。」

服務生端來我們的腰果雞丁，我再次慶幸暫時不必開口說話。莎莉像職業選手般靈活使用筷子。我直接拿起餐叉，戳起一片鳳梨。

餐盤收走後，莎莉深深吸一口氣，然後飛快說了一串話：她說我倆不該再見面了。對於這份友誼、對於我倆共處的時光，她非常感激，但是分開各走各的對我倆都好，因為她即將忙於工作，不會再有多餘時間社交往來。

她這些話猶如連番重踹，一次又一次踢中我肚腹，以致在她說完的當下，我幾乎無法呼吸。「友誼」二字最是刺耳。「當然，」她總結，「我們還是會繼續保持工作上的關係。」她似乎還想多說什麼，但終究沒再說下去。

「工作上的關係。」我重複。

「很高興你也同意了。」她的冷淡何其殘酷，我想告訴她我不同意。不對，我想對她大喊大叫。想到我再也不能跟和她一塊兒打發時間、想到我以後只能待她如同事而非朋友、想到我必須假裝我倆之間什麼也不曾發生過……我好想吐。我想告訴她，我寧願赤腳走過帶刺鐵絲網，也不願在電梯裡與她客套說話。我想問她，她怎麼可以、怎麼能這樣輕輕鬆鬆就關掉感情開關？

但我一句話也沒說。只是，一直要到我起身、膝蓋撞上桌板並將邁泰的粉紅色酒液灑在桌布上，直到我轉身離開，直到我聽見她告訴服務生我不太舒服，直到我衝出飯館，直到我越走越快然後開始跑起來——一直要到這個時候，我才意識到：我的沉默其實也是一種回答。

第十七章　打字員

從伊蓮娜到職第一天起，我們就懷疑她不只是打字員，而我們的懷疑在史普尼克發射後不久獲得證實：蓋兒在一份與「齊瓦哥」任務有關的備忘錄上看見她的名字。伊蓮娜從未提起下班後的工作，我們也不問。伊蓮娜就像稱職的信差，絕口不提自己傳遞哪些祕密。儘管如此，我們終究還是逐步湊出全貌。

伊蓮娜之所以在打字組鶴立雞群，恰恰是因為伊蓮娜在打字組一點也不引人注目。雖然她天生麗質、外在條件出眾，但她就是有本事讓人很難注意到她。即使她進中情局已經一年，她還是經常能低空飛過我們的雷達：有時我們在洗手間補妝、上唇膏，她會突然從後方出現、表示「這種粉紅色很適合春天」，嚇我們一跳。又或者，我們趁特價時段前往馬汀酒館小酌，大夥兒舉杯——這時伊蓮娜會突然輕輕碰上她的酒杯，但我們全都誤以為剛剛已經和每個人都碰過杯子了。去員工餐廳午餐時，她偶爾會突然起身表示得先一步回去工作，但是竟然沒有一個人記得她從一開始就和我們一道用餐。

局裡注意到這份「不引人注目」的天賦，再加上她父親死於紅色巨獸之手，伊蓮娜因此具備諜報人員的完美條件。經過一連串訓練，指揮鏈終於下達意見，派伊蓮娜正式上場。她的表現好極了。剛開始，伊蓮娜負責在城內各處傳遞內部訊息，她屢次證明自己勝任愉快，因此她負責傳遞的訊息也越來越重要。一月在主教花園的那個寒冷冬夜，則是她首度參與「齊瓦哥任務」。

那晚，她從總部離開，搭上十五號公車來到康迺迪克和麻薩諸塞大道轉角，繞過聖奧斯本中學來到大教堂廣場後方入口，從側門溜進主教公園。

伊蓮娜很可能穿著新買的棕領駱毛長大衣、戴著泰迪送她的紅色皮手套。收到禮物次日，伊蓮娜張開手指，秀給大家看：「很漂亮吧？」當時我們正排隊等著檢查帽子、大衣、口袋書，準備進總部。「雖然有點小，不過還是擠得進去。」大夥兒都同意這手套優雅又時髦，稱讚泰迪品味極佳——除了莎莉．佛瑞斯特。她瞄了一眼，說那是仿冒品。

皮手套底下想必有顆鑽石戒指。戒指是泰迪在伊蓮娜二十五歲生日隔天給她的，整體設計為裝飾風格、品味非凡，鑽石大得嚇大夥兒一跳。我們知道泰迪來自富裕人家，卻不曉得原來他家那麼有錢。這漂亮玩意兒的戒圍比她無名指大上許多，她還沒空送去調整。上班時，她會把戒指放進辦公桌抽屜，以免在打字時掉下來；下班時偶爾會忘記戴回去。若是我們其他任何人得到這枚戒指，肯定會在收到第一天就去調整戒圍了。但伊蓮娜不是喜歡炫耀的人。

在打字組，「婚禮」總會引來大量討論，只是伊蓮娜似乎沒興趣討論自己的婚事。

「你婚後會繼續工作嗎？」蓋兒問她。

「為什麼不繼續？」

「你喜歡塔夫綢禮服嗎？」凱西問道。

「不排斥吧，我想。」

我們得知伊蓮娜的母親正著手籌劃這個大日子。她打算辦一場最美國式的婚禮，藉此清除她身上殘存的俄國特質。「她想在桌子中央擺上紅、白、藍三種顏色的康乃馨，」伊蓮娜說，「甚至打算自己處理藍色那幾朵，自己噴漆。」

為了祝賀她訂婚，我們一人貢獻一塊錢美金，前往赫克特百貨買了一件黑色蕾絲薄晨褸。我們用銀色包裝紙包好，趁她進辦公室前放在她桌上。那天伊蓮娜到班坐定後，她拿起桌上的包裹，左右瞧瞧，我們其他人假裝專心工作。她撕開包裝紙一角，一段絲質繫帶掉出來；她想把繫帶塞回去，紙洞卻因此越弄越大。她哭了起來。我們嚇呆了，不知道該怎麼辦——打字組的鐵律之一是絕不能讓其他人看見你哭。當然，我們每個人都哭過，但都是躲進相對隱密的洗手間去哭，再不然也會選擇樓梯間。直接坐在位子上哭？怎麼可能。

我們好想知道，那晚伊蓮娜坐在主教花園等候喬叟現身時，那件黑色晨褸是否曾經閃過她腦海。這是不是她打退堂鼓的開端？還是在這之前——在收到黑色晨褸以前、在泰迪開口求婚以前，在泰迪還沒告訴她，那年蓄潮池畔最後一片櫻花花瓣還未落下前、他就愛上她了，伊蓮娜就已經有了別的想法？

這事很難說。我們不可能什麼都知道。

不過我們的確知道，那晚喬叟準時出現、伊蓮娜也順利取得兩捲《齊瓦哥醫生》微膠片。我們也知道，後來她搭上二十號公車前往滕利鎮，將包裹送進亞伯馬爾街的中轉站。

多虧伊蓮娜，第一階段任務順利完成。男士們搭肩拍背，彼此恭維竟覓得如此良材；然而開發伊蓮娜天賦的不是這群男人，而是莎莉·佛瑞斯特。

莎莉檯面上是兼職接待員，但就算不是天才也看得出她的能耐肯定不只這樣。安德森引介她進總部後不久，我們發現，核心圈無人不知莎莉從前是隻「燕子」，自戰情局時代活躍至今。不坐在接待櫃檯的日子裡（大多時候她都不在），莎莉遨遊世界，運用她的「天賦」獲取情報。莎莉跟伊蓮娜截然不同，不可能沒有人注意到她。她無時無刻散發某種**看我！看我！你們就該盯著我瞧！**的特質：義式美女的俏麗短髮（紅色捲髮圍著心型臉蛋），曼妙的曲線似乎永遠都在挑戰緊身毛裙和開襟羊毛衫的職業操守。而且她總是盛裝打扮：出自名設計師之手的紫紅色高腰寬洋裝、白色緞面寬襬斗篷、或謠傳是杜勒斯本人送她的兔毛皮草。

照理說，教伊蓮娜學會在人潮擁擠的K街上，從擦身而過的另一人手中取得包裹、同時頭也不回繼續前進，或是把一本挖空的書放在子午線山丘公園長凳底下、不驚動任何人靜靜離開（不會有人跳起來大叫「嘿！小姐！你的書掉了！」），或是在朗尚餐廳把紙條塞進身旁男士的口袋裡，這些應該都是局裡某位男士的功勞，但完成最後訓練的是莎莉。我們不曉得詳細訓練內容，但我們清楚看見伊蓮娜的變化：她似乎更為堅定，變成一位不可小覷的女人。簡言之——她變得更像莎莉了。

不管怎麼說，伊蓮娜都讓她的導師深感驕傲，沒多久，她們的關係就不再只是同事、而是朋友。在員工餐廳，她倆漸漸開始單獨坐一桌；她們不再去馬汀酒館享受特價時段，而是去「非公開」酒吧喝酒。每週一，她倆會一邊聊《玻璃絲襪》、《甜姐兒》、《金玉盟》等電影對白、一邊進辦公室。每次莎莉出遠門回來，她總會放一兩件小東西在伊蓮娜桌上：泛美航空的睡眠眼罩，麗池飯店的薰衣草香乳液，大西洋城觀光步道紀念幣（機器製作的壓扁鎳幣），從義大利帶回來的雪球擺飾。

為了慶祝伊蓮娜二十五歲生日，莎莉辦了一場晚餐派對。我們誰也沒去過莎莉家（單房無電梯公寓，在喬治城區某法式麵包店樓上），所以當她把海軍藍請柬放在我們桌上時，大夥兒說什麼也要抓住機會、一睹廬山真面目。請柬上有一排銀色手寫字：誠摯邀請您參加我們親愛的朋友——伊蓮娜的生日派對。

我們問莎莉能否攜伴參加，莎莉說這派對是專為我們女孩子辦的。「這樣比較文明、也更愜意。」莎莉笑著說。

我們換上最時髦的晚宴服，有人還特地走一趟加芬克爾百貨添衣治裝。「這可是莎莉．佛瑞斯特的晚餐派對欸！你會穿迪奧去年款的仿冒品出席嗎？」茱迪說。「更何況，我們還可以穿去參加接下來的新年派對呀。」

為了保持妝容完美，我們捨街車公車，改搭計程車前往，以免唇膏脫落或睫毛膏化為泥濘黑雪。我們登上兩層樓，一踏進樓梯間就聽見走廊底的某扇門內傳出歌聲。「山姆．庫克？」蓋兒猜問。

我們還沒敲門，莎莉先一步敞開大門：一身金緞貼身禮服配流蘇腰帶的她看起來豔麗動人，容光煥發。「哎呀！別光是站在那兒啊！」我們尾隨莎莉走進公寓，她的黑色細跟高跟鞋踩在粉紅絨毛地毯上，搖曳生姿。

伊蓮娜穿著祖母綠長裙和相稱的無釦短外套，相當漂亮。我們把各自準備的小禮物按進她手裡，祝她生日快樂。

莎莉消失在廚房裡，伊蓮娜指指白色組合皮沙發、要我們找位子坐。為了打破尷尬的沉默，我們問起公寓裝潢細節，既然莎莉在廚房忙碌，伊蓮娜便代她回答。

「她是怎麼找到這地方的？」諾瑪問，「美死了。」

「她在郵報的分類廣告看到的。」

「你們看那些燭臺！她從哪兒找來的呀？」琳達問。

「那是她家裡的東西。好像是她祖母的遺物。」

「那幅是畢卡索真跡嗎?!」茱迪問。

「只是在國家畫廊買的複製品。」

「泰迪送你什麼生日禮物？」蓋兒問。

「他叫我去里奇克挑樣好東西。」她拉拉身上的短外套，「莎莉今天陪我去買的。」

莎莉從廚房冒出來，捧著一只水晶潘趣酒盆，冒著泡泡的粉紅酒液與地毯顏色相得益彰。

「她穿這件外套是不是很漂亮?」

全員一致點頭。

兩杯潘趣下肚，眾人移至用餐區；長桌佈置精美，除了一張張手寫名牌、白色馬蹄蓮、還有折成扇形的白餐巾。

「太完美了吧!」諾瑪低喊。

晚餐後是巧克力蛋糕，接著拆禮物，最後我們又喝了好幾杯潘趣酒，這才帶著「以生日派對而言好像太豪華了」和「莎莉真的很會辦派對」的心情，告辭離開。

時至今日，有人可能會抱持不同意見，但當時我們真的沒注意到莎莉有任何異常之處。當然，異性對她的高度關注偶爾會招來些許惡意批評，不過我們都很尊敬她。她從來不說「抱歉」、「麻煩你」或「我只是提醒一下」，她以男性的方式說話，而他們也樂意聽從；不僅如此，她的氣勢甚至壓過好些男人。這份自覺與力量或許來自她的緊身裙，但她真正的力量是她從來不接受男人指派的角色：他們或許希望她打扮得漂漂亮亮、閉上嘴巴，但她自有盤算。

後來，當局逐步將莎莉的名字從所有備忘錄、電話會議記錄和報告裡刪掉，我們才試著回想思索，懷疑他們到底知不知道、清不清楚她的真實模樣。不過，一直要到過了好長一段時間以後，我們才完整拼出事件的全貌。

第十八章　信差

一週過去。然後是一個月，兩個月。婚禮計畫照常進行，泰迪和我十月會在聖斯德望教堂結婚，接著在雪維蔡斯鄉村俱樂部辦一場小小婚宴。我的偽裝即將變成我的人生。

婚禮費用全數由泰迪雙親支付，但媽媽堅持鮮花、蛋糕和我的禮服由她負責。早在訂婚以前，她甚至就先買好象牙白蕾絲和緞布，準備做禮服了。

泰迪求婚隔天，我站在烤箱前準備早餐，媽媽趁機幫我量尺寸。到了二月，我的禮服（媽媽說這是她最棒的作品）差不多已完成一半。可是，到了三月，她停下縫製作業，喃喃抱怨我要是不趕快把一月至今少掉的十五磅肉長回來，她就得重做一件禮服了。我說她太誇張，說我頂多只掉五磅、不是十五磅，而且還是因為得了腸胃型流感才變瘦的（這是我給自己找的藉口。那天和莎莉吃完晚餐後，我整整一個星期下不了床）。

我什麼事都逃不過媽媽的法眼。儘管我多塞好幾件毛衣、選擇厚織羊毛褲襪，媽媽還是一眼看出我的身材持續縮水。我的裙子得加上安全別針才不會滑下來，我得穿厚高領毛衣遮掩突出的鎖骨。

媽媽的對策是在每一道食物都加上培根肉：白菜魚湯加培根，羅宋湯加培根，餃子加培根，酸奶牛肉加培根，就連布林薄餅和蛋餅也照加不誤。我甚至逮到她端著炸鍋、往我什麼都不加的早餐燕麥片裡倒油汁。她堅持我每一餐都要吃兩碗，而且從頭到尾在旁邊盯著我吃完——像小時候一樣。

每到周末，她會烤好幾個蛋糕，說她想試試哪個最適合當結婚蛋糕：她烤蜂蜜蛋糕、酒釀櫻桃蛋糕、拿坡里三色海綿蛋糕、棉花布丁蛋糕，甚至還烤過雙層瓦茨拉夫塔。她堅持要我每一種都吃好幾片，還常常在蛋糕上多加一匙鮮奶油。

媽媽不是唯一注意到我變瘦的人。泰迪多次問起我的身體狀況，問到我回答「假如他再問下去，我就真的要出狀況了」。於是他說他不會再問，但他希望我不是在嘗試某種瘋狂減肥法。他說我原本的樣子已經很完美，可是他的真誠反倒令我一肚子火，卻又無從解釋。

打字組也注意到了。茱迪問我有什麼瘦身訣竅，說我的腰就跟薇拉．艾倫在《銀色聖誕》裡一樣纖細。組裡的其他成員則像我媽媽一樣，三不五時就放幾塊拉夫點心鋪的甜甜圈在我桌上。

我不是不想吃東西，我只是沒胃口：不只對食物沒胃口，我什麼事都提不起勁。要我坐著看完一場電影委實折磨，身處人群更令我極度痛苦；我開始走路而非搭公車上班，純粹只為了獨處。在派對上，我連禮貌的社交寒暄都懶得裝，即使是局裡的週日核心聚會（以往我十分享受各種機智的唇槍舌戰，為自己能獲知內情資訊而開心不已），我也選擇不跟在泰迪身邊，而是和夫人太太們待在一起，如此一來，除了「五彩糖粒沾醬還不賴」這類閒談以外，其他什麼都不必說。

泰迪想拉我一把，把我拉出不知名的情緒深淵；他試了又試，我幾乎要為他的努力而愛上他了。我試著愛他，我真的試過了。他愛我勝過世上其他任何人，但為何這還是不夠？

那段時間，我只見過莎莉兩次。她是否故意避開我？她是否曾經想到我，即使只有一分鐘也好？第一次是我要離開辦公室的時候。她站在大廳等電梯，門一開、我跨出去，我倆幾乎撞在一起。我先微微向右跨，然後往左閃。她也是。於是我們只好僵硬地重新調整位置。她說哈囉，淡淡微笑，但我瞥見她上下打量我；從她的表情看來，我的模樣鐵定糟透了。

第二次，莎莉沒注意到我。我看見她坐在拉夫酒館窗邊的包廂座，對面是亨利・雷能——他們就這麼大剌剌地在星期二中午，選擇窗邊前側包廂、讓全世界都看得到的位子。而全世界也都看到了。回到辦公室，打字組開口閉口都在討論這件事。

「他們在約會？」凱西問。

「朗妮說，她覺得他們從新年夜就在一起了。有人看見他倆一同出席好幾場派對。應該要有人去警告她一下，他實在是個渾球哪。」

「我自願。」諾瑪一馬當先。

「是真的嗎，伊蓮娜？」琳達問我。

「我不知道。」

「對了，檔案室的芙蘿倫絲說，她看見他們在樓梯間講悄悄話。」蓋兒說。

「什麼時候？」

「不清楚。幾星期前吧？」

原來如此。她自始至終只對亨利感興趣，而我充其量不過是她心血來潮的玩伴而已。這個想法令我反感至極：我可以接受不能跟她在一起，但我無法忍受看著他們倆在一起。

那天，我在泰迪和媽媽都不知情的情況下，向安德森問起外派的可能性。「你不是要結婚了？」他瞄瞄我的無名指。

「我只是假設地問一下。」

「就假設而言，雖然這不歸我管，不過我很確定我們一定能找到位子給你。」

「這事你知我知？」

他閉起嘴巴，佯作拉上拉鍊。

那天傍晚，望著沐浴E街向晚光輝的橘紅夕陽，我心想：明年此時，我或許已經走在布宜諾艾宜諾斯或開羅的街道上了。想到我可以擺脫原本的身分、拋開一切變成另一個人，我滿心歡喜。這感覺實在美好。於是，經過這麼長一段時間以來，我頭一次笑了。

回到家，一開門，培根的香氣並未即刻迎接我。媽媽坐在縫紉機旁，但就只是坐著。她面前擺著滿滿一杯茶。由於茶包仍泡在杯裡，茶色又濃又深。「怎麼啦？媽媽？」

「我沒辦法把線軸退回去。」

「就這樣？」

「我已經試了好幾個小時。」

「線軸又壞了？」

「不是，是我的眼睛壞了。」

「什麼意思？」

「我的左眼看不見。」

我來到她身旁，仔細端詳她的眼睛，但我瞧不出半點端倪。「怎麼會這樣？什麼時候開始的？」

「早上起床就這樣了。」

「你怎麼都沒說？」

「我以為我可以找到法子解決。」

「什麼法子？」

「大蒜。」

「我們明天一早就去看醫生。」我牽起她的手，她的手微微發抖。「我相信不會有事的。」我說，試著說服自己。

隔天，我帶媽媽去看眼科。媽媽抱怨這位醫師不是俄國人、對俄國人有偏見。「哪來的偏見？」我問，「墨菲醫師是愛爾蘭人。」

「等會兒你就知道了！」

護士叫到她的名字。我一如往常準備陪她進診間，以免她需要翻譯。但她拒絕，她想自己進去。我說好，於是回頭坐下，有一搭沒一搭地翻看《時代》雜誌。

約莫一小時後，媽媽走出診間，揉著醫師在她手臂上抽血的位置。我問她醫師怎麼說，她說他什麼都不知道。「我就跟你說，他對俄國人有偏見。」

「他什麼都沒說？」

「他們給我抽血、叫我拍X光片，說他們有了答案就會打電話給我。」

「什麼答案？」

「我不知道。」

兩天後，沒有戲劇場面，沒有人急赴醫院，沒有人昏倒，沒叫救護車也沒送急診室——只有一通來自墨菲醫師的電話。他告訴媽媽他第一次用小手電筒檢查媽媽眼睛時即萌生的疑慮：腫瘤，他說。我接過電話、想問清楚，他說她必須盡快回院做更多檢查，討論治療方式。

「方式？」掛上電話，媽媽問我。「什麼方式？」

「治療方式，媽媽。」

「我不需要治療。我必須回去工作。」

她像個沒事人一樣繼續當天的日常。我告訴她我們必須約診看病，她說她很好，叫我別擔心。但我除了擔心，什麼事也做不了。

過了幾星期，泰迪決定採取行動，像執行平日工作計畫一樣有技巧、持續不懈、平穩冷靜地執行媽媽的康復任務：他先在華盛頓為媽媽找最好的醫生，然後是巴爾的摩，再來是紐約。

只不過，在換過一家又一家醫院、看過一位又一位專科醫生之後（甚至包括一名中醫師。他仔細端詳媽媽的舌頭，給了和其他醫師一樣的診斷結果），媽媽說她不想再接受治療了。「該來的總是會來。」有天晚上，我把鄰居送來的砂鍋鮪魚端給她吃，她這樣對我說。

儘管我知道她食慾差，頂多吃個幾口，我還是舀了三杓給她。「你說『該來的總是會來』是什麼意思？」

「就是那個意思。我好不了了。」

「你好不了了？」

「我好不了了。」

我重重放下煲湯碗，力道大得將玻璃湯碗敲出裂縫。

媽媽想握住我的手，但我不讓她碰我，奪門而出。

那晚我回到家，泰迪已經走了，媽媽坐在廚房餐桌旁。我直接進房，沒跟她說一句話。我好氣她，氣這個世界，氣每一件事。

現在說這些都太晚了。我只希望那晚我進了廚房、緊握她的手，告訴她我很抱歉。我以為我還有時間——有時間和好，有時間讓她知道我支持她的所有決定，有時間告訴她我有多愛她，有時間抱抱她。我不再是小女孩以後，我就沒抱過她了。但是我錯了。時間永遠不夠。

§

施洗者聖約翰大教堂擠滿媽媽的朋友舊識，我不知道她竟然認識這麼多人。人們一個接一個上前致哀，告訴我媽媽的各種故事。我好希望我在她生前就知道她是這樣的人。

我們只會把自願讓他人知道的局部片段展現出來，即使對方是自己最親近的人也一樣。每個人都有祕密，而媽媽的祕密是她太慷慨了：直到那天，我才知道她幾乎幫整個街區的鄰居免費縫過衣服。她幫街坊一位退伍老兵車縫二手西裝，讓他能去應徵大眾藥局的收銀工作；她為一名只能在慈善舊衣店買嫁衣的女子（肩帶斷了一邊、上身還有一塊紅酒漬）重製結婚禮服；她幫裝瓶廠工人補工作服，替只是想要有人陪伴的老寡婦補了好多好多襪子。

至於一年前、我幫媽媽縫上珠子的黃色雪紡禮服，竟然是一份禮物、而非人情。赫本太太正值青春年華的女兒穿著那件禮服來參加葬禮。看著她轉圈圈展示禮服，我激動眩暈，深深感謝並讚嘆母親的為人。

媽媽則是一身黑禮服，細緻珠花沿著剪裁俐落的衣袖蜿蜒而下。這件禮服是另一個祕密。我不知道她花了多久時間縫製，但是那天早上，當媽媽並未如常醒來、當我第一眼看見它（禮服平整攤在房裡的搖椅上，等著我發現），我立刻知道，這衣裳是她為自己的葬禮所準備的。

教堂裡，東正教教士繞著媽媽的靈柩擺動焚香，滾滾白煙圍繞金色法袍、緩緩升起，徐徐消散。

我短暫別過頭，於是我看見她。莎莉也來了。她站在教堂後方，頭戴黑色短面紗。我連忙轉回來看神父，神父仍在薰香，但我的思緒已從媽媽轉移至莎莉身上。我好希望她能走過來，取代泰迪站在我身邊、握著我的手。但泰迪依然在我身邊，而她依然在遠方。

儀式結束，我跟著媽媽的靈柩走出教堂；經過莎莉面前時，她輕觸我的手臂。她的面紗微偏，眼眶泛淚。我繼續前行。送葬隊伍來到橡樹丘墓園，泰迪在這兒幫媽媽找了一塊能俯瞰岩溪公園的墓地，視野很好。站在媽媽的墓地旁，我望向人群、搜尋莎莉的身影，但她不在這裡。

葬禮之後，泰迪想盡辦法安慰我，但一切終究徒勞。日子一天天、一週週地過了。有天晚上，我睡不著，決定打電話給莎莉。撥號時，我的手抖個不停，但電話響了又響、響了又響，就是沒人接聽。

東線

一九五八・五月

第十九章　母親

我從無夢的沉睡中醒來，發現米提亞站在床畔低頭看我。「外面有人。」他低語。

「是鮑亞嗎？他鑰匙又不見了？」

「不是他。」

我抬腿下床、以趾尖尋找拖鞋。「你回房間去。」

我摸索睡袍，米提亞站著不走。

「米提亞，我說回房間睡覺。還有，別吵醒你姊。」

「是她先聽到的。」

我還來不及問他們聽見什麼，外頭便響起某種碎裂聲。「應該只是樹枝斷了。」我盡可能讓聲音保持低沉穩定。「那棵白楊去年冬天就枯了。我跟鮑亞說過我們得找時間修剪……」另一記聲響使我噤聲。這一聲比剛才那聲更深沉靜默。絕對不是樹枝。

一聽見有人打開前門，米提亞和我立刻衝向走道——伊拉站在門口，光著兩隻腳，白睡衣襯著銀月，散發藍光。她的模樣嚇壞我了：她宛如鬼天使，是個成熟的女子。「伊拉！」我輕聲喊她。「把門關上。」

伊拉不理我，踏出門外。「出來！」她大吼。米提亞擠過我身邊、加入姊姊。我抓住他睡衣，但他一把甩開我。「站出來！」他吼道，聲音嘶啞猛烈。門邊的柴堆後方突然有了動靜，兩個孩子嚇得踉蹌退回屋裡。我關門落鎖、轉動門把，確認鎖好了。

「是他們。」伊拉說。「一定是他們沒錯。」她環住自己、靠在牆上，看起來不再像是美麗的幽靈幻影。她又變回我的小女孩了。

「誰？」我問。

「昨天從火車站一路跟蹤我回家的人。」

「你確定？他長什麼模樣？」

「他們都一個樣。就像當年帶走你的那些人。」

「我也見過他們。」米提亞說。「他們站在學校圍牆外面監視我。有兩個人，有時候是三個。不過我才不怕呢。」

「你們想太多了。」但是就連我也不相信自己說的話。米提亞有誇大的傾向（鮑亞稱之為**健康的想像力**），也常常編故事，譬如他說他曾經在林子裡發現史普尼克的碎片，或是從野狼口中救下班上的女孩（那頭野狼晃進學校操場），還說他吃過一種神奇植物，讓他能跳得比無軌電車的車頂還高。

但我相信他剛才說的每一句話。

六個月前，《齊瓦哥醫生》首度在義大利出版，然後是法國、瑞典、挪威、西班牙、西德；隨著發行的國家越來越多，我感覺到有越來越多雙眼睛在監視我們。每一次有外文版發行上市，「這本書何以還未在俄國出版」的問題就會重提一遍。政府目前尚未公開評論這部小說。國家機器雙手依然穩定，但已開始顫抖。我知道他們遲早會採取行動，一切只是時間問題。

我不曾對孩子們提過車道盡頭黑色轎車裡的男人，或是每一回我進莫斯科就有人跟蹤我。相反地，我等待：等待命定終局，等著他們來找我。

我已盡力避免驚擾孩子們。我抱怨頭痛、拉上窗帘，我說鄰居家遭青少年闖入，因而鎖上屋門。我造訪犬舍，告訴店主我想養一隻高加索犬，託辭我兒子應該能從照顧狗狗學會負責。

但我的孩子自始至終沒被我騙過。他們長大了，不吃這一套了。他們曉得我臉上的笑容、我說出的話語只是偽裝，必須從我顫抖的雙手、浮腫的眼袋尋找真相。

我倒是跟鮑亞提過我與日俱增的恐懼，但他的心思都在其他事物上：大量的祝賀信件、從國外偷渡進來的書評剪報、各種訪談邀約。他大受歡迎，所以我現在不只得跟他太太、還得跟全世界共享他和他的時間。我們最近一次聊到這件事，是在伊茲馬爾科沃湖畔散步的時候。當時，鮑亞正為了恰當的英譯本人選而分心出神；我問他我是否該養條狗來看家，他卻回問我英文版卷末該不該納入他的詩作。「這幾首詩要表達的是遷就韻腳而減損寓意的事。」他說。

鮑亞開口閉口都是那本書，其他一切都不重要——不論是國際版帶來的名聲、政府隱約進逼的脅迫，或是他的家人、抑或是我，他都不在乎。他甚至把這本書看得比他自己的性命還重要。

他最先考量的都是這本書，這本書永遠排在第一位。我覺得自己像傻瓜，竟然沒有早一點看出這個道理。

伊拉強忍淚水，米提亞假裝堅強，而我則是陷入完完全全只能靠自己的巨大衝擊。我勉強振作精神、往窗外偷瞄，只見白楊輕曳，樹枝黑影在卵石小徑上徐徐舞動。

某處忽地有了動靜。

孩子們嚇得往後跳，我仍強自鎮定，然後一把拉開窗帘。

「媽媽！」米提亞大叫。

「來，」我說，「你們看。」

孩子們從我肩後窺望：兩隻紅狐撞倒柴堆中的幾根木頭，此刻正站在木頭上；兩隊金色眼眸對上我們，接著一溜煙消失在樹林裡。

我們大笑，笑到流淚肚子痛，笑到不再覺得好笑為止。

「你確定外頭沒有別的東西？」米提亞問我。

「我確定。」我拉上窗帘，親親他倆的臉頰，就像他倆小時候我常做的那樣。「回去睡吧。」

孩子們關上房門，但我曉得今晚我是睡不著了。我來到黑漆漆的廚房，放上壺子煮水。我不想吵醒孩子，遂點了蠟燭、拿起報紙來讀。

儘管報導沒附上照片，我依然毫無困難就能想像那幅畫面：刺眼的白光、燒焦的皮毛、混亂的蹄印、斷裂的鹿角，最後是毛絨絨但了無生氣的身軀。「兩百頭馴鹿於普托拉納高原遭雷擊身亡」。我拿起報紙湊近燭光，想確認我是否看錯數字。我沒看錯，兩百頭，瞬間斃命。天空劈開一道裂——

熱水壺的低鳴轉為嗚嚎，我把水壺從爐上移開，繼續讀報。馴鹿通常群聚以求保護，因此才會造成這麼大的死傷。一名來自諾里爾斯的牧羊人最先發現這場意外。他說，這群馴鹿看起來活像一顆顆雙陸棋骰子，先是狠狠地被上下搖甩、再灑落在覆雪的山頂上——這幅景象讓牧羊人也起了詩意。

牠們的屍體骨骸得花多少年才能腐爛分解、化為白骨？村民是否會撿拾鹿角，當成意外獲得的獎盃掛在牆上展示？鹿群何以未分開行動、前往海拔較低的荒原？又或者牠們只是依循數千年來的習慣遷徙移動？畢竟天空何時會再度劈開，誰也說不準。

如果門外當真是他們派來的人，那麼我是不是把自己和孩子們困在屋裡了？還是我應該開門，主動配合？我會不會大喊鮑亞的名字，即使我知道他根本聽不見我的呼喊？

「還有東西吃嗎？」米提亞在我背後問。

「吵醒你啦？」

「反正我也睡不著。」他走向食品櫃。去年一整年，米提亞似乎總是吃個不停，半年內就拉高五公分；以前他得站上凳子才搆得著櫥櫃頂層，現在凳子已成了花架。他抓出一包開封已久的小脆麵包，我倒了一杯茶給他。他拿麵包蘸茶，兩口吞下。

「你真的在學校外面看見那些人？」我輕聲問他。

「我覺得我們應該去弄把手槍。」他答道。

「一把手槍不能改變什麼，對我們沒有任何好處。」

「那就兩把。」伊拉邊說邊走進廚房，在餐桌旁坐下。她端起米提亞的茶，喝了一口。

「兩把也好、十把也罷，有槍還是幫不了我們。」

「我會學會怎麼用它。」米提亞說。他以手比槍，瞄準他姊姊。

我蓋住他的手、彎起他的指頭。「我們不用槍。」

「為什麼不用？沒有人會保護我們。我總得做點什麼吧？我是這個家的男人啊！」

伊拉笑起來，但我胸口一緊。我的男孩。

「對了，你快要出發去露營了，開心嗎？」我一心想改變話題。下星期，米提亞的「少年先鋒夏令營」就要開始了。過去四年來，米提亞一直很享受這段林中時光。我從波季馬歸來那年夏天，起初他很不想去，深怕他一不在我身邊、我又會被帶走了。我為他套上白襯衫、繫紅領巾、送他上巴士，他一路啜泣；我和其他家長站在一塊兒，目送巴士離開，他甚至拒絕向我揮手道別。不過等他回家時，他滔滔不絕說著新朋友的故事、玩大地遊戲、舉紅旗、每天做晨操和午間體操、還有行軍——他竟然喜歡行軍走路。他一連好幾個星期都哼哼唱唱先鋒營教的歌曲，引述他在營隊學到的玉米配額現況。

米提亞抬起頭，「大概吧。」

「今年你不想去？」

「那些歌我都聽到想吐了。」他說。「我原本希望你會幫我報名少年科技營，我寧可蓋東西而不是一直行軍走路。」

「我不知道你想——」

「那個營隊比較貴。」他打斷我的話。

「我相信我們會找到解決辦法。」

米提亞伸手再拿一塊小麵包。「你會找他要嗎？」

「我會想辦法。」

「他為什麼不娶你？」

「米提亞！」伊拉打他手臂。

「你自己也問過差不多的問題，」米提亞說，「只是你沒直接問媽媽。況且他們在學校都會討論這件事，你也知道。」

「他們說什麼？」我問。

米提亞不說話。

「我結過兩次婚，不想再結第三次。」我說，但我知道他們能看穿我的意圖。現在什麼事都逃不過他們的眼睛。

「可是你愛他呀，」伊拉說，「不是嗎？」

「有時候，光有愛還不夠。」我說。

「那其他不夠的是什麼？」伊拉問我。

「我不知道。」

米提亞和伊拉對看一眼。他們的無聲贊同使我心碎。

屋裡再度回復寧靜。我送孩子們上床，看著兩人睡去。我穿上雨衣出門。我不能去找他，他應該還在睡。我沿著大路兩旁的植栽前進，邊走邊想起米提亞小時候的模樣：當年他直到上車去營隊前都不願放開我的手，現在他卻說我們需要手槍、說他是一家之主。我又想到伊拉，想到從我被帶走那天起，她是如何辛苦長大。我想著我的孩子們年紀輕輕就知曉「愛不是唯一」的道理。遠方出現貨車車頭燈。萬一貨車突然偏離方向，萬一我走避不及，不曉得會發生什麼事？天空突然劈下一道白光，接著——

西線

一九五八・八～九月

第二十章　打字員

行動迅速推展。伊蓮娜那晚在主教花園成功取得俄文書稿後，中情局分秒必爭，不浪費丁點時間：在冬雪春融、櫻花盛開凋落、籠罩華盛頓的濕氣逐漸消散的這段時間裡，《齊瓦哥醫生》先在紐約完成俄文校樣、再於荷蘭印刷、最後送進海牙中轉站的某貨車木板箱。本次行動總計印製三百六十五本，每一本皆覆上藍色亞麻書封，剛好在最後一刻趕上世界博覽會：我們打算利用博覽會，將禁書發送給來自蘇聯的參觀民眾。

然而中情局卻是歷經一連串波折才走到這一步。

局裡最初的計畫是和一位關係密切的紐約出版商菲力・莫洛簽約，讓他代為安排書稿排版、設計並準備校樣，使敵方無法追蹤發現中情局涉入其中。接著再把校樣送至歐洲某出版社（當時尚未決定花落誰家），安排印製，而這又是另一項抹去「公司」（中情局代號）涉入痕跡的預防措施。任務備忘錄甚至明確規定，這批書籍不得使用美國生產的紙張或墨水印製。

泰迪・荷姆斯與亨利・雷能搭乘泛美航空班機飛往紐約，再轉火車至大頸區，將俄文書稿親手交給莫洛先生（再加上一瓶上等威士忌、一盒莫洛先生最喜愛的巧克力），敲定合作事宜。

結果菲力・莫洛竟然是個大麻煩：他原本是共產黨員，後來成為托派份子[6]，現在則如他本人所言，是個道道地地「美國派」。紐約的知識份子性喜夸談，莫洛更是當仁不讓——合約上的墨水尚未乾透，他已到處向人說起自個兒囊中的偉大著作。

諾瑪從她紐約文學線舊識口中得知，莫洛甚至主動聯繫幾位俄國學者，協助他審閱書稿。因此沒過多久，「俄文版《齊瓦哥醫生》正在美國境內作業處理」的消息便迅速傳開。諾瑪即刻向安德森示警，後者表示他們會看著辦。「哪有什麼拍拍你肩膀、說一句『幹得好』這種的？」她告訴我們，「就連一句『謝謝』也沒有。」

更糟糕的是，莫洛還找了他在密西根大學出版社的朋友，探詢在美國印製發行的可能性。莫洛壓根不管國際版權還握在義大利出版商吉安賈可蒙・費爾特內里手裡，而且對方極可能因此索取高額授權費。「我高興在哪兒出版就在哪兒出版。」泰迪質問莫洛時，他竟如此回答。

泰迪和亨利只好再次出發前往紐約。這一回他們得送上更好的威士忌和更大一盒巧克力才能讓莫洛閉上嘴巴，並且中止他和密西根大學的交易。莫洛先是不依，後來同意放手，理由並非威士忌和巧克力，而是局裡答應給他比最初談好更豐厚的報酬。

順利安撫莫洛之後，泰迪和亨利馬不停蹄趕往安娜堡，阻止密西根大學進一步動作。他們懇求密大校長中止出版計畫。他們告訴校長，為了對蘇聯讀者造成最大衝擊，並且避免讓蘇聯讀者

6 譯註：馬克思列寧主義的流派之一。

認為這是美國政府的宣傳技倆、因而置之不理，他們必須讓世人以為《齊瓦哥醫生》俄文初版來自歐洲。此外他們也強調，假如美國跟這書的出版扯上任何關係，極可能置作者、也就是鮑里斯．巴斯特納克於危險之境。數度來回攻防後，密西根大學同意延後計畫，待中情局版本於歐洲發行後再作定奪。

最後，中情局攜手荷蘭情報局，完成最後一步：敲定由穆彤出版社協助中情局小量印製俄文版《齊瓦哥醫生》。其實穆彤早先已和費爾特內里簽約，負責印製工作。

歷經重重磨難，《齊瓦哥醫生》終於啟程送往布魯塞爾的世界博覽會會場。如果一切照計畫進行，這書約莫在萬聖節左右就會交到蘇聯民眾手上了。

為慶祝大功告成，泰迪和亨利及時回到華盛頓，趕上雪莉．霍恩在叢林客棧的第二場演出。他們選了離舞臺最遠的紅絲絨包廂座。

泰迪喝威士忌加冰塊，亨利選琴馬丁尼，兩人聚精會神欣賞霍恩演奏。正因為聽得太入迷，他倆壓根沒發現凱西和諾瑪就坐在隔壁包廂。又或者，他們的確注意到隔壁有兩位女士，但是少了打字機和速記本，他們沒認出她倆是誰。

「彈得真好，是吧？」為了蓋過俱樂部的喧囂嘈雜，亨利大聲喊道。「我是怎麼跟你說的？她不是開玩笑的。」

「非常厲害。」泰迪邊說邊揮手叫服務生。

「毫無疑問，她絕對有兩下子。你應該很高興今晚來這一趟吧？」

「服務生怎麼還不來？」泰迪問，順手鬆開領帶。「我們應該先回家換衣服再來。咱倆看起來活像聯邦調查局的人。」

「聽你胡說八道。」亨利反駁，拍掉海軍藍外套上看不見的灰塵。「而且你該死地非常清楚，假如我們先回家，你肯定就不會再出門了。你最近到底怎麼回事，泰迪小子？」

泰迪沒答腔，逕自起身討飲料。一會兒他端著兩杯馬丁尼回來，自己那杯多加了一顆橄欖。

「敬一杯？」亨利問。

「敬什麼？」

「當然是那本書呀！預祝我們的大規模毀滅性文學武器能讓紅色巨獸抱頭慘叫。」

泰迪半舉杯，說了句「*Za zdorovye*（俄語：祝健康）。」

仍未被二人發現的凱西與諾瑪同樣舉杯，慶賀她們的小小勝利。

兩位男士看著霍恩的腦袋緩緩垂向琴鍵、再仰望天花板，然後瞥向前排小圓桌一名頭戴史泰松紳士帽、邊上插著一根孔雀羽毛的男子。

「你說那傢伙跟她什麼關係？」亨利偏頭點了點小圓桌旁的男士。

「我沒心情玩這個。」

「別這樣嘛！看在老朋友份上。」

「她丈夫。」泰迪回答。「他總是到場聆聽她的每一場演奏。或是……情人？」

「不對。」亨利說。「前夫。看表演是她能容忍他離她最近的距離。」

「這個說法不錯。相當不賴。」

「有復合的可能嗎？」

「沒有。」

兩位朋友靜靜坐了幾分鐘。

「你確定你沒事，泰德？」

泰迪兩大口喝光飲料。

「伊蓮娜好嗎？」

「她很好。」

「臨陣退卻很正常。老天，我現在就一整個龜縮，連找人約會都懶。」

「不是這樣。她只是……她變得好安靜。」

「誰沒有話少的時候呢。」

「唉，這不一樣。可是我一問她為什麼不說話，她就生氣。」泰迪左右張望。「該死的服務生到哪兒去了？」

「好吧，那換個話題──」

「多謝。」

「想不想聽八卦？」亨利問。

凱西和諾瑪抵向椅背，盡可能聽得再清楚一點。

「不想聽的話，我又怎麼會跟你坐在這裡？」

「聽說那個紅髮姑娘的事了嗎？」

「莎莉．佛瑞斯特？」

諾瑪和凱西對看一眼。

「答對啦。」亨利說。

「她怎麼了？」

「快要被扔掉囉，而且也夠丟臉的。看她進局裡我是很開心，但是看她離開我更開心。」

「為什麼？」

「我偏好美臀哪！」

諾瑪大翻白眼。

「不是。我是說她為什麼被打包？」

「這就是最精采的部分，你絕對猜不到。」

「你說就是了。」

亨利往後一倒。「同─性─戀。」

「什麼？」諾瑪一時失控大叫。男士們沒注意到她，但諾瑪和凱西連忙壓低身子、降下幾公分。

「什麼？」泰迪也開口。

「哎，泰迪，意思是她比較喜歡女性陪伴。」

「我是說，這是什麼時候的事？我還以為你們倆有一腿什麼的。」

亨利小啜雞尾酒。「也許是某個傢伙甩了她，讓她從此不再回頭了吧。」

「我的老天爺。」泰迪壓低音量。「我問你，你什麼時候發現的？」

「你應該知道最好別問消息來源。」

「她是伊蓮娜最好的朋友。」泰迪說。「我是說，以前她們常常一起行動，但是——」

「也許這就是原因。說不定伊蓮娜也發現莎莉的小祕密了。」

「她什麼都沒跟我說。」

「小疏漏是所有關係的共同基礎。」

彈完〈如果失去你〉，霍恩轉頭對觀眾說：「你們都給我待著。再點一杯酒暖暖身子和靈魂，我幾分鐘就回來。」她起身離開琴椅，往那位史泰松帽男士身邊一坐。他吻她，她推開他卻抓住他手腕、輕輕一轉，吻他手腕內側。

「絕對是情人。」泰迪說。

§

八月底某日，華盛頓下起大雷雨，近半個特區陷入昏暗。早上通勤一團亂，公車街車不是誤點就是停開。伊蓮娜通常搭公車上班，不過那天泰迪肯定去她家接她了，因為我們在休息室享受早上第一杯咖啡時，發現他倆還坐在他的藍白色道奇菱帥裡。我們盡可能不偷看，但這實在困難，畢竟休息室的窗子正好對著東側停車場呀。

當時已過九點半，但這對情侶看不出匆忙趕上班的跡象；相反地，他倆就這麼端坐車內，害我們只得貼著玻璃瞧（玻璃都起霧了）。九點四十五，我們決定把窗戶拉開一小縫，看看能不能聽見什麼；無奈狂風暴雨直接打在臉上，逼得我們不得不關窗。

我們看見泰迪猛捶方向盤，似乎在咆哮；伊蓮娜則是側頭望向副駕駛座窗外。十點左右，伊蓮娜下車、衝進辦公室，高跟鞋還在積水的人行道上滑了一下。

幾分鐘後，泰迪駕車離去，車尾搖搖擺擺上了E街，我們也回辦公室坐好。

伊蓮娜走進來，脫掉雨衣坐下。她揉揉紅腫的眼睛，抱怨天氣不好。

「你沒事吧？」凱西問她。

「我沒事啊。」伊蓮娜說。

「看起來心情不太好？」蓋兒說。

伊蓮娜舔舔指尖，翻開速記本至前一天的進度。「我只是早上起床覺得有點累。大概是天氣的關係吧。」

「別擔心，」蓋兒說，「我們跟安德森說你去洗手間了。」

「安德森找我？他有說找我什麼事嗎？」

「他沒說。」

「好。」她打開皮包，掏出刻了她姓名縮寫的金屬小菸盒（莎莉送她的生日禮物），抽出一根送上嘴唇、順手點菸。她的手依舊紅通通的，還在發抖。我們不曾見過伊蓮娜抽菸，但我們首先注意到的不是這件事——我們一眼就看見她的訂婚戒指不見了。「嗯，我的意思是說，我討厭遲到，」伊蓮娜繼續，「多謝你們掩護我。」

我們想問她泰迪和車裡的事、想問她戒指為什麼不見了，我們還想問她是否聽說莎莉的八卦；但我們啥都沒問。我們認為應該先給她一點時間，隔天再問個詳細。

隔天，伊蓮娜一早就被叫進安德森的辦公室。

我們知道安德森叫她進辦公室。我們知道她出來以後直奔洗手間，在裡頭待了好一段時間。我們知道，她離開洗手間後旋即以胃痛為藉口，提早下班。

安德森的祕書海倫．歐布萊恩替我們補上未盡細節。

「他告訴她，中情局的名聲必須維持在最高標準，她答『是的，當然』，不論於公於私都應該注意端莊穩重，這時她好像是說『是，我同意』。他繼續，表示局裡最近有些關於個人行為不檢點的傳聞，於是兩個人就沉默了好一會兒。後來她問這些傳聞是否與她有關，還說就她所知，她始終按照局裡的最高標準處事待人。結果他說『給我聽好——有人說你好像怪怪的，你知道，就是那方面的事。假如這是真的，那你對我們來說就是個麻煩。』她矢口否認。然後我想她應該是哭了，但隔著門，我無法確定。他說他很高興聽到她的答案，也希望謠言不會傳回他的辦公室、讓他不得不像幾天前那樣，開除那位女同事。她問是誰被開除了，他有好幾秒鐘沒說話，然後才回答：『莎莉。』」

後來那一整個星期，伊蓮娜沒再踏進辦公室，我們也沒機會問她是怎麼回事。星期六，她搭上飛往布魯塞爾的班機，前往世界博覽會。

接下來的星期一，泰迪沒進辦公室。然後整個星期也都沒進來。

「說不定他去布魯塞爾求伊蓮娜回心轉意？」凱西猜測。

諾瑪挑了一顆比其他顆大上兩倍的牡蠣，仔細檢查又扔回去。「你太浪漫了。」她說。「我聽說他把自己鎖在公寓裡，拒絕出門也不應門。」

「你從哪兒聽來的？」茱迪問。

「可靠的消息來源。」

「我非常確定他應該就只是出任務去了。」琳達用牡蠣叉戳戳馬丁尼杯裡的橄欖。

「你這人真無趣。」諾瑪啐道。她揮手招來女服務生，又討了一杯馬丁尼。「她也要一杯。」她指指琳達。

琳達沒拒絕。「又或者他離開中情局了。說不定，伊蓮娜不只令他心碎，還敲碎了一些別的東西。」

「講到重點了！」諾瑪說。

「搞不好他跟莎莉走了。」琳達加油添醋。

「但她不是……？」凱西壓低音量，「那個嗎？」

「可是就時間點來說，挺合理的呀。莎莉先離開，然後伊蓮娜也走了。」女服務生出現，將追加的馬丁尼放在我們面前。「說不定莎莉根本不是和亨利有一腿，而是從頭到尾都在跟泰迪搞不倫，後來不巧被伊蓮娜發現了……」

諾瑪挪開琳達面前的酒杯。「我認為你喝多了。」

我們始終不曾查出泰迪沒到班的那個星期，他都幹了些什麼；不過他進辦公室那天發生的事，我們倒是非常清楚。當時，亨利正在員工餐廳排隊準備吃午餐，等著拿炸雞柳和馬鈴薯泥。泰迪從後方接近，輕拍亨利肩膀，待其轉身後即二話不說、直接往朋友臉上就是一拳。亨利踉蹌數秒，然後倒下——手上的綠餐盤先落地，剛舀進盤裡的黃色玉米粒四散飛濺，接著是他的身體，面朝下倒在玉米粒和黑白方磚地板上。

泰迪跨過亨利，一腳踹開餐盤，走向製冰機抓了一把冰塊，離開餐廳。

茱迪端著一碗雞湯離開排隊人龍時，碰巧聽見亨利正面撞上地板的聲音——像一塊生肉甩在大理石料理臺上。她好一會兒才意識到，那兩顆蹦跳彈過地面、最後停在她漆皮低跟鞋數吋之外的小白方塊，原來是亨利的門牙。茱迪身旁的女子放聲尖叫，但茱迪只是理智地彎下腰、撿起那兩顆牙，放進羊毛衫口袋。「萬一他們想把牙齒裝回去，搞不好還用得上。」她重述事發經過時，如此說道。

那些沒看到或沒聽到泰迪與亨利「重量級接觸」的人，全都以為是亨利昏倒了。「快叫醫生！」有人大喊。亨利坐起來，恍惚發懵，這時透納醫生（其實他不是醫生，只是員工餐廳的老員工，嘴角總是叼著一根抽了一半的香菸）拿著一塊冷凍牛肉從廚房冒出來。「拿去，老兄。」他把牛肉遞給亨利。

亨利口中冒出的鮮血滴滴落在白襯衫前襟。他用冰牛肉按著一隻眼睛、然後換一邊，接著摁鼻子。直到他嚐到某種金屬味，這才發現兩顆門牙都沒了。他用舌頭探了探新開的洞口。

透納醫生扶亨利站起來。「你肯定把誰給惹毛了，是唄？」

「那傢伙是誰？」亨利問。他看著站成半圓形的圍觀群眾。

「我只看到你倒在地上。」醫生說。

「泰迪．荷姆斯。」茱迪說。「是泰迪。」

亨利抹掉嘴角沾血的玉米粒，穿過人群、走出餐廳。

那天中午，諾瑪去看醫生，她說她回來時正好看見亨利離開總部大樓。「亨利眼睛底下甚至還看得見戒指印子——泰迪手上的喬治城學年紀念戒。」她竊笑不已。「幹得漂亮！」

隔天，我們全都提早好幾分鐘進辦公室，觀察前日午餐插曲的後續發展。「你們覺得他會不會被開除？」凱西問。

「才不會，這裡的男生都是這樣處理事情的。就算背後是杜勒斯搧風點火，我也不意外。他們很快就會恢復正常啦。」琳達說。

眾人轉而思索泰迪何以硬要把他最好的朋友送去看牙醫。「我們退幾步想，」某天早上，諾瑪在拉夫點心鋪說：「泰迪揍了亨利。伊蓮娜離開泰迪。莎莉被開除。」

「這幾件事有關連嗎？」琳達說。

「問倒我了。」諾瑪回答。

事發翌日，泰迪照常進總部上班，只是指關節多了兩條OK繃，但亨利從此不曾回來。關於亨利的去向，諾瑪設法弄到一點情報；至於是怎麼問到的，我們都曉得最好別深究。不過她倒是把他的落腳處告訴我們其中幾個人，或許她認為將來有一天能派上用場吧。

兩星期後的某一天，茱迪把手探進毛衣口袋，結果嚇了一跳——她以為會摸到面紙，卻摸出亨利的牙齒。

三星期後，我們把原本要送給泰迪與伊蓮娜的結婚禮物拿去退貨，高高興興省下一筆錢。

一個月後，安德森帶來一名新的打字員，這時我們才明白伊蓮娜不會回來了。

第二十一章　修女

濕漉漉的髮絲猶如簾幕，我望著黑水形成漩渦、流入排水孔。化學藥劑的氣味令我頭暈。我揚起還在滴水的腦袋，前來幫忙改造我的女子打開窗戶。

她以白毛巾包住我的頭髮，指示我坐在充作咖啡桌的舊箱子上，再砰地一聲打開蝦紅色化妝箱，露出一把插在紫絨格子裡的剪刀、好幾種染劑、兩捲布尺、泡綿墊、蜜粉刷、黑白織樣及黃色橡膠手套。

她先挑出我打結的髮絲，耐心梳開至平順再往後拉。接著，她拿起剪刀俐落地喀嚓一剪，交給我一把斷頭馬尾。我手握馬尾，她則拿起方才染髮的黑色染劑、搖了搖，以小刷悉心染黑我的眉毛。她保證染眉只會微微刺痛，我卻感覺有如火燒。

抹去多餘染劑後，她叫我站起來、脫掉衣服。我猶豫了一下。「別擔心，親愛的，」她說，「我看多了。」我很努力想補回與莎莉結束之後、我失掉的體重，但進步有限。她把泡綿塞進我胸前，臀部也塞了一些。「我們得幫你加點料。」

她一邊為我量尺寸、一邊閒聊。她告訴我，以前她在華納兄弟影業的服裝部工作，曾經幫情緒喜怒無常的瓊・克勞馥黏過假睫毛，替亨弗萊・鮑嘉在鞋裡塞增高墊，甚至走遍好萊塢每一家美容院、只為幫桃樂絲・黛找到最適合她的金髮染劑。她說個不停，又提起某次走進化妝間，撞見法蘭克・辛那屈正巧把腦袋塞在某「不能說」的女星的兩腿之間——頭上還戴著帽子！「他頭也不抬，」她說，「只是趁著女人嗯啊嬌喘的空檔，含糊吩咐我二十分鐘後再過來。我就知道咱們的藍眼小子不簡單。」

女人滔滔不絕說故事，我一句未應。我通常會覺得這種人挺有意思，但此刻我沒這個心情；而且她應該是那種能連續說上四、五十分鐘，渾然不覺聽眾早已睡著的人。

我在八小時前搭機抵達，精疲力竭。這是我頭一次坐飛機。在我踏上停機坪柏油碎石地面的那一刻、尚未改頭換面以前，我已不僅僅是一名信差：我成了另一個人。

這是我自己要求的，現在我得到了。我得到的不只是一項任務、一張單程機票，我還有機會變成別人，從零開始。所以我抓住這個機會。破碎的心從此重獲自由：除去心頭重擔，沒有人會繼續傷害別人或被傷害。至少，我是這麼告訴自己的。

女人把剪刀、染劑、手套一樣樣收拾打包，將我身上的頭髮掃落地面、裝進小塑膠袋，收入工作箱。臨行前，她告訴我稍後會有花店店員把修女罩袍裝在長莖玫瑰的盒子裡送來給我。她打開門，回過身看看我：「很高興遇見你，親愛的。」

「我也是。」我說，即使我們自始至終不曾說出自己的名字。

她離開後，我鎖上門，然後走向掛在浴室洗手台上方的破鏡子，細細端詳鏡中的陌生人。我伸手耙過短得不能再短的頭髮，舔濕指尖，搓掉太陽穴上的一點黑色染劑。我告訴自己，從今以後我可以是任何人。

穿上衣服，刺激感逐漸褪去。莎莉會如何看待我這番大改造？媽媽可能會怎麼想？我摀住頸背，心想媽媽肯定不會喜歡我的模樣。莎莉會說這是一種態度。泰迪會說他喜歡，即使他不喜歡也會這麼說。

辦完媽媽的葬禮，我不想一個人住，所以泰迪搬過來陪我（他睡沙發）。晚上睡不著的時候，泰迪會唸文章給我聽，譬如E. B.懷特和約瑟夫．米契爾在《紐約客》發表的隨筆，或是一些短篇故事（誰寫的我忘了）。有一次，也就是我告訴他我不能嫁給他的那天晚上，他從公事包拿出一疊紙，把紙上的文章給我聽。唸完以後，他才告訴我這是他寫的。他說他在寫小說，這是第一章，而這本小說他已經拖拖拉拉寫了好些年了。我告訴他我喜歡這篇故事，叫他一定要寫完。

「你說真的？」他問我，我說我不會騙他，他同樣問我這是不是真話。

我很難直視他的雙眼，但我還是逼自己看他。「我不能嫁給你。」

「我們可以再等等，看你需要多少時間都沒關係。畢竟你還在服喪。」

「不是，跟這個沒關係。」

「那跟什麼有關係？」

「我不知道。」

我感覺他欲言又止。未說出口的話語就這麼懸在兩人之間。「我認為你是知道的。」

「我不知道。」

「是不是因為莎莉？」

「什麼？不是……我不容易交朋友，真正的朋友。總之，對我來說她一直是很好的朋友。」

「你不需要做任何改變。我知道——」

「你覺得你很了解我，但我不這麼認為。」

「問題就在這裡：我的確了解你。」

「你在說什麼啊？」我詫問。

「我說，不論你怎麼解讀這句話，我就只是想跟你在一起。」

但我不明白，我也不想明白。「那你怎麼解讀這句話？你到底要什麼？」

「妻子。」他說。「朋友。」他用力眨去淚水。「你。」

「你認為我是怎麼樣的人？」

他垂下頭。「不會對我說謊的人。」

我告訴他我是。他問我今晚能不能先上床休息，不要急著做決定，我答應了，主要還是因為不忍心看見他這副模樣。於是我們各自回房——他爬上沙發，我回我床上，而我整夜聽著他在隔壁翻來覆去，輾轉難眠。

翌日，半個華盛頓特區的電力系統因暴風雨停擺。泰迪開車載我去上班，我們沒聽廣播也沒說話，只看著雨刷和窗外的狂風暴雨奮力拚搏。待車子駛入停車場，我摘下他祖母的戒指，放在儀錶板上。他肩膀一垮、向前癱倒，但我沒碰他。我已無話可說，也怕若再多說什麼，只會更傷害他、或是讓我自己不忍心下車離去。雖然結束這一切的人是我，感覺卻像是我讓自己心碎了。這跟莎莉造成的心碎不一樣，但頓失所依的感覺卻更強烈，好似我親手斬斷仍牢牢抓住我、將我繫於踏實地面的繩索。

後來泰迪沒進辦公室，我下班前也沒見著他。在我到家之前，他已經整理好行李離開了。隔天，我被安德森叫進辦公室，他質問我和莎莉的關係。安德森告訴我，莎莉已遭開除，局裡懷疑我和她的關係不正常。我堅決否認，態度足以說服安德森相信我。說到底，是他們教我如何變成別人、教我撒謊掩飾自己的身分。運用這份嶄新力量、以其人之道還治其人之身的感覺真好。

這一切紛亂令我難以承受、無法思考。此時此刻，我人在布魯塞爾、在半個地球外望著鏡中的自己，卻仍無法將這一團混亂逐出腦海。可是我非這麼做不可。眼前已無回頭路，任務已然展開。

S

我以絲巾包頭，前往會面點。布魯塞爾熱鬧歡騰，半輪明月高掛空中，街上擠滿來自世界各地、一睹世博盛會的參觀者。我路過一家擁擠的咖啡店，聽見人們以法、英、西、義及荷蘭語交談；穿過大廣場時，我在廣場中央遇上一群中國男女，他們一邊傳著一盒巧克力分食共享、一邊仰望市政廳的高聳尖塔。兩名俄國男人近距離走過我身邊，其中一位甚至擦過我的肩膀；頭戴毛帽那位是否看我看得稍微久了些？但我並未轉身、也沒有加快腳步，我定住視線、直視前方，繼續向前走。

我抵達傳訊員在蘭佛瑞街交付的地址，就在伊克賽勒池塘不遠處。站在這幢五層樓高、雄偉莊嚴的新藝術建築前，樓身精緻的鑲嵌木雕、如長春藤攀附門面的薄荷綠渦形鑄鐵，再再令我驚愕讚嘆。這屋子非常適合作為美術館。登上弧形水泥階梯、來到雙扇大門前，我告訴自己我屬於這裡——又或者，我化身的那個人屬於這裡。我摁一下黃銅門鈴，從一數到十六，然後再摁一次。我感覺頸背覆了一層薄汗，一位作神職人員打扮的男士拉開大門。「皮耶神父？」我以俄語詢問。

「亞莉歐娜修女，歡迎。」聽見我的新名字，胸口頓時寬舒不少。

我迎向對方伸出的手，堅定一握，如同莎莉教我的那樣。「幸會。」

「我們沒等你，先開始了。」我不知道他的真名，甚至不知道皮耶神父是不是天主教徒。他戴著神父的白領圈，肩上卻披著米白色喀什米爾毛衣，彷彿才剛打完高爾夫球回來似的。皮耶神父約莫三十出頭，相貌帥氣溫和，有著天藍色眼眸和棕紅色鬍子。他敦促我進門，我隨他登梯上樓。

屋裡的家具雖奢華貴氣，但風格兼容並蓄，屋主應該是個花錢請人打點裝潢品味的新貴份子：充滿現代感的丹麥家具、十七世紀壁毯配上民俗陶器，無不予人奇妙感受，彷彿意外踏進雪花球裡的博物館。

我分秒不差、準時抵達，卻是最晚到的組員。腎形沙發上已坐著一男一女，兩人對著火光黯淡的壁爐輕啜干邑酒。男人化名大衛神父，是本次行動負責人；女士名喚伊凡娜（這是她的真名），她父親是流亡海外的俄國東正教神學家，而她自己則在比利時經營一家專營宗教書籍的出版社。伊凡娜也是地下組織「與神同在」的創立者，透過走私將遭禁的書籍送進鐵幕。自世博會開幕以來，伊凡娜的團隊持續和梵蒂岡合作，而我們也將依循她的指引，以最有效率的方式發送《齊瓦哥醫生》。

我倆走進房間，伊凡娜和大衛神父抬頭看一眼，並未微笑亦未起身致意。我們無需彼此介紹，橫豎他們已經曉得我是誰，正如同我也知道他們的身分。我選了白亞麻安樂椅的邊邊坐下。討論繼續。

在他們面前的黑色光面咖啡桌上，有一座比例精確的「世博五八」會場模型，做工完美：藍玻璃代表噴泉和池塘，就連迷你樹木、雕像、各國旗幟、還有屋頂宛如滑雪道的「上帝之城」教廷館（本次任務地點）亦維妙維肖，栩栩如生。

利用世博會宣教原本是伊凡娜的主意，但大衛神父借用這個構想、重組為中情局自己的計畫。他認為「世博五八」是一個把《齊瓦哥醫生》送回蘇聯的完美地點，繼而可煽動國際輿論、聲討此書何以遭禁。

大衛神父說話輕聲細語，但會讓人專注聆聽，聲調沉穩自信有如晚間新聞主播切特・亨特利。他童子軍式的髮型、粉嫩嘴唇和修長手指（不難想像他輕持聖體的畫面），使他也比皮耶神父看起來更像神職人員。

大衛神父指著模型，說明我們每天進出博覽會的不同路線。若懷疑遭人跟蹤，我們必須立刻躲進「原子球塔」藏身（「原子球塔」是本次博覽會主建築，高約一百公尺，呈現放大一六五〇億倍的鐵晶格結構），再搭電梯至塔頂。塔頂有間能俯瞰布魯塞爾市區全景的空中餐廳，那兒有內應的服務生可協助我們脫逃避難。

從空中視角完成解說後，大衛神父將模型移至地面，然後攤開「上帝之城」平面圖。他先指向羅丹「沉思者」的所在位置。「皮耶神父的據點在這兒，負責注意和評估往來群眾之中、有沒有可能成為投遞目標的蘇聯民眾。」他說。「一旦找出目標，他會用左手搔下巴、向伊凡娜打暗號。」他從「沉思者」順著一條路徑移動至「靜默禮拜堂」，稍長的指甲劃過紙張；「伊凡娜接著引導目標進入靜默禮拜堂，測試投遞目標對文宣品的興趣意向。若目標傾向接受，」他的手指繞過禮拜堂祭壇、轉向一處無標示的正方形小房間，「她再陪目標走進圖書室，我和亞莉歐娜修女會在這裡等候。」他看看我，然後繼續，「完成最後評估以後，我們再執行遞交作業。」他抽回按在平面圖上的雙手。「噢，還有一件事，從現在開始，我們一律管《齊瓦哥醫生》叫『好書』。」他坐回椅子、雙腿交疊，「有問題嗎？」見無人提問，大衛神父遂帶著大家從頭把計畫流程走一遍。一遍說完，再複習一遍。

最後，待整套計畫已銘刻成員心頭，大夥兒這才好好坐下來抽菸聊天，拿茶杯喝紅酒。我直到這一刻才敢發問：「那個『好書』……送到了嗎？」伊凡娜看看大衛神父，後者點點頭。「今天稍早已經直接送進會場了。不過我們這兒還有一本。」她走向門廊櫥櫃，拿出一只用舊毯子蓋住的小木匣。伊凡娜掀開布毯，拿出一本書。「喏。」她把書遞給我。

我以為會感覺到某種挑戰禁忌異議的刺激感，但我什麼感覺也沒有。這本禁書看起來、摸起來就跟其他書籍沒兩樣。我翻開書頁，以俄語朗聲唸出第一段：「他們彼此相愛。他們並非為了需要而愛，亦非受到『熾熱激情』這種經常誤以描述愛情的情感所驅使。他們之所以相愛，是因為身旁周遭的一切——樹木、雲朵，頭上的天空、腳下的大地，無不決心要他倆相愛。」我倏地闔上書本。我不願想起她。我不能想。

「你們讀過了嗎？」我問。

「還沒。」伊凡娜說。大衛神父和皮耶神父搖搖頭。

我再一次打開書封，翻至標題頁，發現一處錯誤。「名字不對。」

「什麼名字？」大衛神父問道。

「作者的名字：鮑里斯．列昂尼多維奇．巴斯特納克——這裡不該打上全名。俄國人不放父系姓氏，應該只寫鮑里斯．巴斯特納克才對。」

皮耶神父抽一口他的古巴雪茄。「來不及了。」他舉手祈禱。

隔天早上，我仔細穿好加了襯墊的胸罩和內褲，再套上黑色修女袍、以及能框住額頭的硬質白頭巾。上頭不准我化妝，什麼都不能擦，不過那位好萊塢化妝師建議我多少在嘴唇和顴骨上抹點凡士林，增添光彩。但我連這個也省了。看著鏡子，我喜歡自己的模樣：自然、蒼白，或許還有點年紀。我後退一步、打量全身，我覺得我彷彿沒有性別，而且充滿力量。

準六點半，我離開公寓、出發前往會場。這是我上工第一天。如果工作順利，我們會在第三天結束時發完三百六十五本《齊瓦哥醫生》。

我坐上特別為世博訪客建造、連接市中心和海澤爾高地的輕軌電車，途中瞥見「原子球塔」。這座建築比昨日說明用的模型大太多太多了。原子球塔是本次博覽會的官方符號，每一張海報、每一本冊子，還有幾乎所有明信片和紀念品都印著它：這座由九個球體組成的巨塔應是「原子時代」這個新時代的象徵。不過，看在我眼裡，這座塔反倒還比較像電影《當地球停止轉動》遺留的佈景。

會場至少還要再過一小時才開放，但蜂擁而至的人群已在鐵柵大門外排起一道道人龍：耐不住性子的小孩猛扯母親皮包，美國高中生拚命把頭手鑽進鐵柵（其中一人甚至不小心卡住了），一對年輕法國愛侶不顧旁人眼光、當眾熱吻，年長的德國婦人則替她丈夫和一身黑裙、黑外套、黑領帶外加黑帽子的展場導覽員拍下合照。有這麼多人圍繞身邊，我卻依然有種隱形的感覺，實在刺激。畢竟誰會去注意一名修女呢。

我隨其他工作人員排進「公園大門」入口的隊伍，這道門直通國際區。輪到我的時候，我深呼吸、掏出「世博五八」識別證供警衛檢查；他幾乎連看也沒看我一眼，便揮手放我進去。

世博展場無與倫比。我們的小模型壓根無法描繪它的浩瀚巨大。這是戰後的第一場世界博覽會，預估將有四千萬訪客從全球各個角落前來參觀。

除了匆忙趕往展場崗位的工作人員，以及一大隊手持掃帚、忙著清理路面的婦女，整條主街全歸我一人所有。我經過泰國館，它的複式多層屋頂猶如矗立於白亮大理石梯上的莊嚴寺廟。英國館驚人神似三頂教宗白帽，法國館則是由鋼鐵與玻璃織成的摩登巨籃。西德館簡單時髦，頗似建築大師萊特構思想像的作品。義大利館蓋得像一幢美麗的托斯卡尼鄉居。

我迅速找到美國館，一時無法確定這棟環繞州旗的建築究竟比較像橫擺的馬車車輪、還是幽浮？美國館左側緊連龐大的蘇聯館。這是國際區內目前所見規模最大的建築，彷彿能一口吞掉美國館。館內有我期待一睹真面目的史普尼克一號及二號複製模型，雖然我從未親口承認，但是史普尼克成功發射那天，我禁不住感到微微地驕傲。我不曾踏上祖國大地，然而在人造衛星送上太空的那晚，我仰望夜空，心裡突然和父母的出生地產生某種連結。這是我以前不曾有過的感受。特區那晚天空多雲，而且我知道光憑肉眼大概也不可能看見史普尼克，但我仍認真凝望天際，希冀能看見一道銀色閃光劃過天空。因此，此刻，我站在這裡、離史普尼克（至少是複製品）如此之近，使我好想好想走進俄國館去看看它、摸摸它。

但我不能擅自悖離大衛神父的計畫。

我的目的地在美國館另一側：上帝之城。教廷的白色建築形制簡單、線條流暢，小巧得足以放進俄國館大廳。我走進靜悄悄的館內，廉價皮鞋發出的嘎嘎聲在大理石地板上清晰迴盪。梵蒂岡工作人員匆忙疾走，準備開館；有人拖地，有人放置導覽手冊，有人填滿聖水盆裡的聖水。經過他們身邊時，有人對我說「早安，修女」，我一路做出我自認是「修女的微笑」，嘴角微微上揚。

皮耶神父已就定位。他站在「沉思者」旁邊，雙手揹在身後、以腳跟支地前後搖擺。我走過他面前，他仍盯著這座名聞遐邇的雕像，看也沒看我一眼。

順著拱頂廊道走進靜默禮拜堂，兩位修女正在長木椅對面的小祭壇擺置鮮花。她們打量我一眼，然後回頭繼續點蠟燭。我通過試驗了？就算沒有，修女們也未表現出來。即使在我繞過祭壇、分開並穿過祭壇後方沉甸甸的藍色布幔時，她們依舊毫無反應。

「你來了。」我才走進祕密圖書室，大衛神父旋即開口問候。他看看手錶。「幾個主要入口已經開了。準備好了嗎？」

我立刻走向書架前的小木凳：書架擺滿一本本「好書」，每一本都包著漿挺的藍色亞麻書封。我比我預期的還要沉著冷靜，然而大衛神父卻在小房間來回踱步，向右走四步、往回走四步，全身散發強烈的緊張感。後來我才知道，大衛神父已經兩年沒出任務了，最近一次是在匈牙利，他負責鼓動武裝份子對抗蘇聯佔領軍。

第一批模糊的腳步聲響起。參觀者輕聲低語走進上帝之城。我放慢呼吸，試著聽辨對方說哪一國語言。是俄國人嗎？大衛神父似乎也凝神聆聽，腦袋微微偏向布幔開口。

我們心神不寧地等待第一批目標抵達。我甚至感覺肩胛骨下方已開始微微揪緊。

伊凡娜掀開布幔，身後跟著一對俄國男女，兩人滿臉「從期待轉為失落」的表情，彷彿以為能在布幔後見到奧茲國巫師，卻只見神父、修女和櫃子上的幾本書。我遲疑了，但大衛神父可不——他以流暢的莫斯科腔俄語熱絡上前迎接，一掃方才的緊張情緒，完美變身神職人員。他極富魅力、隱約流露權威與力量，像是教區上流階級爭相邀請的週日晚餐對象。

大衛神父連番提問，話題圍繞世博會參觀細節：兩位喜不喜歡這次博覽會？看了哪些展館？兩位是特地來看羅丹的作品嗎？看過原子破冰船模型嗎？那可真是科學發展的一大傑作，雖然排隊隊伍很長，但值得等待。對了，兩位是否嚐過園區販賣的鬆餅？

不一會兒工夫，大衛神父已迅速掌握這對男女的基本資料：女士名叫葉卡捷琳娜，波修瓦芭蕾舞團舞者，每晚都在蘇聯館表演；男士埃杜爾德年紀稍長，僅自稱「藝術贊助人」。埃杜爾德盛讚女子前晚的演出：「她讓整場觀眾屏息注目，就連舞團其他人也看得目不轉睛。」

大衛神父逮住這個機會，向這兩位俄國人表示他日前曾於倫敦欣賞嘉琳娜．烏蘭諾娃的舞作。「她的舞著實激勵人心。彷彿聖母親吻賜福於嘉琳娜的舞鞋，」神父說，「她的肢體動作真是充滿詩意。」兩位聽者全心贊同神父所言，於是神父流暢地將話題轉入更廣泛的「藝術與美」範疇，以及「分享、共感」的重要性。

「您的意見我完全贊同。」葉卡捷琳娜高聳的顴骨泛著淡淡紅光，顯示這位年輕神父和他慷慨熱情的話語已深深打動她的心。

「您喜歡詩嗎？」神父問她。

「我們可是俄國人哪！」埃杜爾德回答。

這對俄國人才走進圖書室幾分鐘，大衛神父便已轉向我、要我拿一本「好書」給他。他轉而把書交給男士。「我們應當讚揚、歌頌『美』。」他綻開聖潔的笑容。男人接過書本，瞧瞧書脊，當下明白過來。埃杜爾德並未將《齊瓦哥醫生》還給神父，他舔舔嘴唇、把書推向葉卡捷琳娜。葉卡捷琳娜蹙眉，不過在他點頭示意之下，她仍將小書放進皮包。「我相信您是對的，神父。」埃杜爾德說。

大功告成。這對俄國人收下「好書」、埃杜爾德也邀請神父當晚前往他的包廂，一同欣賞葉卡捷琳娜演出。神父說他會排除萬難、準時到場。

「有用耶！」他們離開後，我對神父說。

「當然有用。」大衛神父說，語氣沉穩。

隨後又有更多目標持續進入圖書室：紅旗歌舞團風琴手將小說藏進空琴盒，莫斯科國立馬戲團小丑把書塞進化妝箱；一名工程技師表示她從小聽母親朗讀巴斯特納克的早期詩作、衷心渴望拜讀大師的作品，終而能在世博會期間一償宿願。還有一位在蘇聯館工作、負責將導覽小冊譯成多國語言的譯者告訴我們，他十分欽羨巴斯特納克的譯作、尤其是他翻譯的莎士比亞，並且夢想有一天能親見大師一面；結果某天晚上，他在莫斯科作家俱樂部巧遇作者用餐，卻害羞得不敢上前問候。「我錯失良機，」他說，「但我會用這本書彌補我的膽小行徑。」他揚起手中的《齊瓦哥醫生》。臨行前，他送給我一本他翻譯的蘇聯館導覽手冊。手冊裡有張橫跨雙頁的世博展場全圖，當我發現美國館和教廷館刻意「被消失」，不禁啞然失笑。

再度開口說俄語，讓媽媽又一次浮現我心頭最重要的位置，於是我渴望見到任何能使我想起她的女性，即使相似程度只有一點點也好。可是，來世博會參觀的俄國人多是知識份子：教育程度良好、談吐優雅、受國家器重；其餘則是首次出國的年輕音樂家、舞者以及在展館演出的藝術工作者。他們都是城市人，雙手白皙細緻、沒有老繭，也負擔得起高額旅費，更重要的是他們能獲准出國旅遊。他們打扮得像歐洲人，一身燕尾服或法國時裝配義大利高跟鞋。雖然我不曾去過祖國，但這些都不是我所熟知的俄國人：他們跟我媽媽太不一樣了。這個念頭狠狠刺痛我的心。

那天下午，伊凡娜走進圖書室，通知我們等等會有一大群俄國觀光客來欣賞「沉思者」，她相信消息已經傳開了。「我們是否該慢下來？」她問。

「若真是如此，那我們反而應該加把勁才對。」我說。「如果消息已經傳開，那就表示從現在開始，我們必須跟時間賽跑。」

「她說的對。」大衛神父說。「行動繼續。」

送出第一百本時，伊凡娜探進布幔，手上拿著一張扯落的藍亞麻書封。「他們邊走邊扔。」

「為什麼？」我問。

「縮小體積，」大衛神父答道，「比較好藏。」

§

我們原本計劃在「世博五八」待三天，但是到了第二天中午左右，我們就把最後一本「好書」送出去了。

展場各處都能見到扔棄的藍色亞麻書封：有位聲譽卓著的經濟學家拆掉「世博五八」紀念冊內頁，換成《齊瓦哥醫生》；一位航太工程師的妻子把書塞進衛生棉條紙盒、仔細密封。一位法國號演奏名家把書拆開、一份一份塞進法國號。波修瓦舞團的某位主舞者則把書綁在緊身褲襪裡。

任務完成。我們已護送《齊瓦哥醫生》啟程，希望巴斯特納克先生的小說最後能順利找到回家的路。希望讀過的人會開始質疑這本書何以被禁，希望這一本本走私挾帶的禁書能讓懷疑、異議的種子落地生根。

大衛神父、伊凡娜、皮耶神父和我依原訂計畫分道揚鑣。伊凡娜於隔日重返會場，繼續在「世博五八」發送宗教讀物；其餘三人則直接離開世博會，不再回來。我們沒有隆重的道別儀式，不曾拍肩擁抱，沒有一句「幹得好」、「任務圓滿達成」，只有在魚貫走出上帝之城的那一刻，輕輕點頭致意。我們不准有進一步的接觸或連絡。我不知道兩位神父接下來要去哪兒，但我自己將在隔天搭上開往海牙的火車，和接應員碰面、簡報，準備下一趟任務。

東線

一九五八・九～十月

第二十二章 得獎人

鮑里斯站在橫木柵欄裡，照料一塊種植馬鈴薯、大蒜和韭蔥等冬季蔬果的田地。一名訪客翩然來抵，鮑里斯將鋤頭靠上白樺樹幹。

「我的朋友！」訪客伸手探過柵欄、與鮑里斯交握。

「出了？」鮑里斯問。

訪客點頭，跟著鮑里斯進屋。

他們走向用餐桌、面對面坐下。訪客打開提包、取出還包著藍色亞麻書封的書本，放在作者面前。鮑里斯拿起他的小說。這書比他兩年前親手交付外國書商的那疊打字稿要輕上許多，也和在歐洲成為國際暢銷書、封面光滑的精裝版大不相同（但他也只看過照片）。骯髒的手指拂過書封，他熱淚盈眶。「終於出了。」他又說了一遍。

訪客拿出第二份禮物：一瓶伏特加。「乾杯吧？」他問。

「誰出的？」鮑里斯問。

訪客給自己倒了一杯。「聽說是美國人。」

§

鮑里斯出門晨間散步。因為下雨，他決定捨棄經墓園、越小溪再登上山坡的例行路徑，取道有林蔭遮蔽的小路，穿過白樺樹林返回別墅。緊攀樹冠不放的稀疏枯葉仍足以為他屏蔽風雨。為因應濕冷天氣，他穿備妥當，雨衣、帽子、黑色橡膠靴全員出動；然而回程還沒走到家門口，他已冷到骨子裡了。

鮑里斯先聞人聲、才見人影：才走出樹林，便見成排車輛沿著窄路停靠，一小群人擠進他家花園、個個打著黑傘。一名年輕人坐在柵欄上，惟那段柵欄有根腐朽爛木；鮑里斯想出聲喚他下來，卻靜立如鹿，在被獵人發現前先觀察追捕牠的人。

他考慮退回林子裡。這時突然有人喊出他的名字，眾人遂如一頭大型哺乳動物、同時朝他奔來。坐在柵欄上的年輕人迅速躍下，首先來到他面前，他拿出速記本，握筆做好準備。「您得獎了，」他說，「您得了諾貝爾獎。能不能對《真理報》讀者說幾句話？」

鮑里斯仰望多雲的天空，冰冷的雨水打在臉上。終於，他心想，情緒如猛虎出閘。他的傳奇終於鍍金，臉上卻少了混著雨水流淌的喜悅淚水：相反地，冰冷的恐懼猶如他早上例行的冷水澡，漫過四肢百骸。

他望向花園盡頭，那兒的柵門早在二十年前便給拆了。他幻想他的鄰居波利斯．皮利尼亞克興奮走過柵門、前來分享剛收成的洋蔥或新出爐的小說篇章。鮑里斯記得，後來，在皮利尼亞克小說被禁、本人亦遭指控於國外違法出版後的某天早晨，他散步經過好友家，看見他站在窗前，貌似在等待什麼。「他們總有一天會來抓我。」皮利尼亞克說，而他們也真來了。

鎂光燈泡一閃，鮑里斯眨眨眼。他在人群中尋找熟悉的身影、尋找可依賴指望的人，但一個也找不著。

「您會接受嗎？」另一名記者問道。

鮑里斯以腳尖輕點水窪。「其實我並不希望發生這件事、這一切紛紛擾擾，但此刻我滿心喜悅。只不過，這是一份孤寂的喜悅。」

記者還來不及提出更多問題，鮑里斯便重新戴上帽子。「走路時，我的思路最是清明。現在我需要再多走一走。」他穿過群眾自動分開的缺口，走回樹林。

她曉得會有這一天，他心想，她一定在等我。

他老遠就看見她的紅圍巾，心頭重擔頓時減輕不少。奧爾嘉站在墓園圓丘上，青草還未從冰封的土裡冒出來。她交叉雙臂、環抱胸前，沿著看不見的墳地來回踱步。即使是現在，鮑里斯在看見她的瞬間仍會心頭一震。她有年紀了。眼角多了些紋路，金髮漸失光澤，雖已添回在勞改營失去的幾磅體重，不過卻不是回到臀部與大腿，而是小腹和臉龐。自《齊瓦哥醫生》海外版發行以來，她不再上髮捲、也不戴珠寶了。也許她只是不再想引人注目，又或者她是因為太過疲憊而無心打理，但無論如何，鮑里斯覺得她甚至比以前更美了。

她朝他奔來，兩人緊緊相擁。雖然她才是那個剛好能被他擁在懷裡的人，他卻發現自己被她環抱。她的撫觸是靈膏良藥。

鮑里斯感覺奧爾嘉仍屏著呼吸，遂搓撫她的背、彷彿想順順她的氣。她抽開身子，她的動作證實了她的想法、她的身體已然告訴他事實：「現在他們會怎麼對付我們？」她說。

「這是好事。」他說。「我們應該慶祝。他們不敢動我們的，整個世界都在看哪。」

「是啊。」她四下張望，「他們確實正在看著我們。」

他吻吻她的額頭。「這是好事。」他又說，嘗試說服自己。他朝別墅的方向望。「禿鷹還在那兒等著。我得回去面對他們。」

「所以你會接受那個獎？」

「我不知道。」他這麼告訴她，但他無法想像自己拒絕那個獎。他的人生已來到懸崖邊，他怎能不跨出這最後一步，即使結局是墜入深淵？如果他現在退縮，那麼將來他每一次看見摯愛露出笑容、看見勞改那段日子在她門牙留下的缺口，都會提醒他這一切都是徒勞，全都白費了。

奧爾嘉撫平他的外套前襟，手掌停在他胸口。「等你忙完就來找我？」

他覆住她的手，深深按進胸膛。

雨停了，聚集人數漸增。鄰居也加入記者的行列，踩壞他的馬鈴薯、他的大蒜和韭蔥。好幾名穿皮風衣的男子在近處徘徊，季奈妲和遠從喬治亞來訪的妮娜·塔比澤站在側門廊。她們在樓梯口擺了兩張木椅，擋住通道，鮑里斯的狗托比克亦戍守在某張椅子底下。

季奈妲移開一張木椅、準備讓鮑里斯進門，但鮑里斯決定停步對記者說幾句話。見過奧爾嘉以後，他的精神明顯提振不少，儘管他自己也不全然相信他告訴她的每一句話，這些話語仍撫慰了他。來自群眾的陣陣恭賀也同樣帶來安慰。一名攝影師詢問能不能為他拍照，鮑里斯擺好姿勢，漾起真心笑容。

季奈妲卻笑不出來。畫得濃濃的眉毛使她看來一臉驚愕，但她陰鬱的神情完全是另一回事。「這事準沒好下場。」丈夫緩緩登梯，她衝著他說。

「莫斯科大街小巷都在討論這件事，」妮娜把木椅放回原位，「還有朋友是在『解放電臺』聽到的。」

「我們進去吧。」鮑里斯說。

才進門，李子派的香氣撲鼻，鮑里斯想起今天是季奈妲的同名聖徒紀念日。「親愛的，」他說，「實在抱歉。這麼一團混亂，我把日子都給忘了。」

「反正現在也不重要了。」她說。

妮娜摟摟季奈妲的肩膀，進廚房去把李子派移出烤箱。

這對夫妻獨自站在走廊上。「你不為我高興嗎，季奈妲？為我們開心？」

「接下來會發生什麼壞事？」

「別瞎說了，我們該慶祝一下。妮娜！」他朝廚房喊人，「順道拿瓶酒來。」

「現在哪是慶祝的時候？」季奈妲說，「他們會為了這件事砍掉你的腦袋。你先是在國內還沒出版以前就把書稿交給外國人，現在又這樣？這些關注、抗議絕對不會帶來好結果的。」

「如果你沒心情恭喜我，至少為自己的同名聖徒喝一杯吧。」

「這事兒哪裡重要？橫豎你去年也忘了。」

妮娜拎著一瓶酒和三只酒杯從廚房出來，但季奈妲朝她擺擺手，回房去了。妮娜進房安慰好友，留下鮑里斯一人獨酌。

翌日，鮑里斯的鄰居、同為作家的康斯坦丁．亞歷山卓維奇．費丁前來敲門。應門的是季奈妲。「他在哪？」費丁沒等季奈妲回答，逕自繞過她、三步併兩步上樓來到書房。

鮑里斯從桌上的電報堆裡抬起頭，「啊，康斯坦丁，」他招呼好友，「什麼風把你吹來啦？」

「我不是來恭喜你的，也不是以鄰居或朋友的身分站在這裡。我來是為了公事。波利卡爾波夫現在在我家，等我給他答案。」

「什麼答案？」

費丁搔搔他毛茸茸的白眉毛，「你會不會放棄諾貝爾獎。」

鮑里斯扔下手裡的電報。「怎麼可能。」

「如果你不自願放棄，他們也會逼你這麼做。你心裡明白。」

「他們想怎麼對付我就怎麼對付我。」

費丁走向能俯瞰花園的那扇窗。好些記者又回來了。他耙過前髮。「你曉得他們的能耐……我也經歷過這一切。作為你的朋友——」

「別忘了，你今天不是以我朋友的身分前來，」鮑里斯打斷他的話，「所以你到底是以什麼身分站在這裡？」

「同為搖筆桿的人。我國公民。」

鮑里斯走向床鋪躺下，他的重量使構造簡單的金屬床架咿呀作響。「到底是哪一個？作家？還是公民？」

「兩者都是，你也一樣。」

眾所周知，費丁即將接任下一屆「蘇聯作家協會」主席，所以鮑里斯必須謹慎思考該怎麼回答。「*Inventas vitam iuvat excoluisse per artes.*」

「維吉爾。」費丁說。「『技藝常新，造福世人』。」

「諾貝爾獎章刻了這句話。」

「那麼你這本小說又造福了誰？你的家人？」費丁壓低音量。「你的情婦？還是僅僅只有你自己？」

鮑里斯閉上眼睛。「給我一點時間。」

「你沒時間了。波利卡爾波夫在等我回去給答案。」

「那你先去散個步再回家。我需要時間。」

「兩個鐘頭。」費丁已來到門口，「你只有兩個鐘頭。」

費丁一走，鮑里斯立刻起身下床。他走向書桌，擬了一封發給瑞典皇家學院的電報。

極為感謝、激動、光榮、驚訝且慚愧。巴斯特納克

西線

一九五八・十～十二月

第二十三章　告密者

他上報了。站在一棵光禿禿的樺樹前，戴著帽子、身穿綁帶大衣，右臂越過胸前、右手按在心臟下方。刊登這張照片的是法文報紙，但我認出「諾貝爾」幾個字。「報導在說什麼？」通英語的服務生端著我的巧克力小圓麵包回來時，我問他。

「鮑里斯・巴斯特納克得了諾貝爾獎。」

「哦，這肯定能刺激小說銷量。」我說。「你讀過了沒？」

「那當然！」

大家都讀過了。多虧我的前老闆，《齊瓦哥醫生》躲過搜查、越過邊境，成功回到誕生地。雖然諾貝爾獎並非中情局計畫的一部分，至少就我所知不是，不過我敢說他們最後也會攬下這份功勞。我能想像他們的模樣：大夥兒圍成一圈、臉上掛著大大的笑容，手握伏特加一口杯頻頻乾杯慶賀。在這一小群面孔中，有一張臉不在我的想像之列：亨利・雷能。我知道他已經不在華盛頓。事實上，我很清楚他現在在哪裡。

抵達巴黎那天，我住進魯特西亞飯店，但我登記的名字不是莎莉・佛瑞斯特、莎莉・佛雷里或任何我曾使用過的名字，而是新名字「蕾諾．米勒」，然後立刻把一封寄給「薩拉乾洗店」的信扔進鮮黃色郵筒。信上有亨利在貝魯特的位置座標，以及他的新任務詳細內容——協助成立廣播電臺，支持並宣傳立場親西方的謝哈布的相關言論。

最初我無意犧牲亨利。我原本的想法是，如果法蘭克的懷疑正確，亨利的確是雙面諜，那我應該能透過適當管道獲取足夠資訊，成功扳倒他。多年來，這群老男孩俱樂部的傢伙以為我只是個搔首弄姿、聽他們講蠢笑話一定會咯咯笑的傻女孩，但我無時無刻不在認真汲取情報。但後來亨利得知我四處打探他的事，立刻出手終結我的中情局生涯。哦，好啊，那就進行B計畫吧。

只有小碧知道我要離開美國。她沒問我要去哪兒，然而當我告訴她、我打算買一張單程機票，這位戰情局老友旋即靜靜起身、離開廚房，幾分鐘後又拿著一只厚信封回來。「這是他打牌贏來的。」她把錢塞進我手裡。「對他來說不痛不癢。」我說我怎麼能拿她的錢，她斥我別傻了。接著她又剝下丈夫送她的鑽石手鍊（想必又是某次出軌的賠禮），「當了它吧。」

在華盛頓的最後一晚，我放上唱片，拖出行李箱，依然不知此行何往。我只知道我必須離開，去一個我誰也不認識的地方——我只知道，我即將要做的這件事情，一旦下手就無法反悔也不能回頭。然而，一直要到我從抽屜拿出米白色喀什米爾毛衣、看見原本要送給伊蓮娜的艾菲爾鐵塔珍本複製畫（畫還包在油紙裡、繫著紅線），這才做了決定。

§

對方透過玫瑰傳訊（整整兩打，潔白有如贖罪祭品），趁我出門時放在梳妝臺上。我撿起花束中的小卡：**聽到你的消息真好。**義大利文。我翻過卡片，沒有署名。

想到他們曾經進我房間、翻我東西，我不禁緊張又害怕。這間房肯定已經被竊聽了。感覺就像白天看見蜘蛛出沒，遂想像牠可能在大半夜時爬過你身上。不過，在我送出亨利的情報以後，會受到監視也是意料中的事。由於我壓根沒有說話對象，所以一想到他們只能跟我一起聽我在跳蚤市場買的切特．貝克唱片，我就想笑。說不定，他們終究會聽膩〈我可笑的情人節〉，轉而竊聽別人去了。

S

日子一週週過去。白玫瑰朵朵凋謝，枯萎的花瓣堆疊在梳妝臺上。「光之城」巴黎的新鮮感已然消褪，我也快花光小碧給我的錢了。不論亨利有事沒事，完全不知其近況亦開始折磨我的心靈；只要一想到他（我常常想到他），一股晦暗不明的寒霧立刻充斥體內。睡不著覺的時候，我躺在床上，想像這團黑霧從我口中盤繞升起，裊裊探向天花板。

為了給自己找事做，我開始造訪每一家書店、書鋪、圖書館和塞納河畔的綠箱舊書攤，尋覓《齊瓦哥醫生》。儘管我渴望一讀，卻始終提不起勁翻開它。這書使我想起他們，想起她；而我也知道，一旦開始讀這本書，肯定會勾起我不想憶起的往事，最後落得夜半驚醒，心跳怦怦地意識到自己在大半個地球外、一個人孤伶伶。然而我還是遍走巴黎，尋尋覓覓，花光我最後的積蓄、換來書塔般的一小落《齊瓦哥醫生》。

後來，我沒錢買書，於是另闢蹊徑、建立新的生活日常：鎮日窩在房裡聽唱片、泡澡和打盹兒。漸漸的，我得靠不新鮮的長棍麵包、杏子醬和常溫氣泡水果腹。我放下窗帘，不看窗外，日子就這樣一天天地過了。

§

最後我終於把錢花光，只好開始一本一本變賣《齊瓦哥醫生》。某天我在西北風書店排隊等著賣書，有人拍拍我肩膀。「*Bonsoir*（法語：晚安）。」對方是一位個頭嬌小、頂著手指波浪捲髮、身穿蚵殼粉紅鉛筆裙裝、頭戴黑絨藥盒帽的女子。她挑了一本《蘿莉塔》、對我微笑，彷彿認識我似的。

「您知道旅遊書區在哪兒嗎？」女子改以英語問道。

「抱歉，我不知道。」

「我在找一本書，內容跟貝魯特有關。您知道這種書可能放在哪兒？」

說完，她轉身離開。我把《齊瓦哥醫生》塞進皮包，跟著她出店門、穿過勒內維維亞尼廣場。我好想停下來摸摸那棵著名的刺槐樹，祈求好運，但我們一路越過小橋街和聖賽維亨教堂，教堂的哥德風石像鬼低頭瞪我。經過聖敘爾比斯教堂時，我想起伊蓮娜——想像她穿修女袍的模樣。

我跟著那名女子進入盧森堡公園，繞著八角形水池慢慢走；這時，女子說話了。她嗓音低沉，同時也因為噴泉干擾而模糊難辨。

「如你所言，他用『溫斯頓』這個名字登記入住貝魯特旅館。不過不到一小時，他就在兩位隸屬我方的門僮協助之下退房了。」她頓了頓。「我們認為您或許會想知道結果。」

聽見敲門聲的那一刻，亨利在想什麼？他是否想過接下來會發生什麼事？他是否癱軟無力？他有沒有大喊大叫？假使他叫了，有人聽見嗎？我知道他不會想到我，但我希望——噢，我多麼希望在他們抓住他的那一刻，他會聯想到我。

「就這樣囉。」說完，她停在我面前，吻吻我的雙頰。

「就這樣了。」她離開後，我喃喃說道。

§

回到飯店房間，枯萎的花朵已換成新鮮花束。我往臉上潑了些冷水，抹上紅色唇膏。我換上黑長褲、黑上衣、黑色小貓跟鞋，然後拉開窗帘；我拿紙巾按了按嘴唇，照鏡子檢查妝容。

過去，我接受訓練，為的是找出雙面間諜。我處變不驚，智力過人，來去匆匆，容易無聊。我有野心，但我沒有遠大目標。我無法長久維持關係，因為這種關係多半因為雙方自身的利益（譬如金錢、權勢、價值觀、復仇）而導致背叛。我深諳這類特質，也為了搜找這些特質而接受訓練。既然如此，我又何以花了這麼長的時間，才認出自己也有這些特質？

東線

一九五八・十～十二月

第二十四章 代理人

他得獎了，他得獎了，他得獎了。我的思緒與步伐一致，在小屋來回踱步、等待鮑亞。拿到諾貝爾獎的是他。不是托爾斯泰、不是高爾基、也不是杜斯妥也夫斯基，而是鮑里斯．列昂尼多維奇．巴斯特納克——俄國史上第二位獲頒諾貝爾文學獎的作家。他將名留青史，站穩傳奇地位。

然而，萬一他接受獎項，我怕接下來會有壞事等著他。贏得諾貝爾獎已經夠令國家難堪了，要是鮑里斯選擇接受，肯定會被視為更嚴重的侮辱，但國家不喜歡被羞辱，尤其討厭被西方人羞辱。所以，一旦世人焦點轉向、頭條熱潮褪去，接下來會發生什麼事？誰來保護我們？誰會保護我？

為了鎮定心神，我走進鮑亞幫我整建的小菜圃。早晨的雨勢暫歇，雲層微散、透入一道光，萬物沐浴其中，煥然一新。一切的一切——喜鵲交互鳴啼、陽光溫暖照拂排列整齊的包心菜、冷空氣輕撫我裸露的手腕和腳踝，這些細微瑣事在你知道整個世界即將改變的前一刻，仍以它一貫的方式讓你察覺存在。

鮑亞抓著帽子，一步步走近小屋。我在小徑中途迎上他，他吻了我。「我發電報去斯德哥爾摩了。」他說。

「你怎麼跟他們說？」我問。

「我說我會接受那座獎，也會接受隨之而來的一切。」

「所以你會去？」我問，「去斯德哥爾摩？」那一刻，我容許自己想像這場荒誕夢境：我會穿上在巴黎訂製的黑色晚禮服，剪裁貼身得有如第二層肌膚；鮑里斯則換上他最喜愛、繼承自父親的灰色西裝。我會看著他起身上臺受獎。當他站上講臺，我將感受到觀眾的歡呼如浪潮漫覆。爾後在藍廳晚宴上，我們品嚐勃艮地魚排，他也會向眾人介紹我就是啟發他寫出「拉娜」——那個讓全世界像他一樣愛上她——的女子。

「不可能。」他搖頭。他執起我的手，我倆毋須言語，直接進屋來到我房間，以我們逐漸習慣的方式，緩慢、平穩地做愛。

那晚他幾乎都陪在我身邊，直到清晨藍光偷偷鑽進窗帘，這才不情不願下了我的床。晨光中，我看著他背上冒出的黑痣黃斑，再低頭瞧瞧自己的身體——我們老了。這個念頭像突然跳進冰冷河水一般，令我渾身一震，我懷疑我們是否還保有任何足以承受未來命運的東西。

我看著他離開我的床，一股深沉的渴望（渴望我還未失去的某樣東西）緊緊攫住我。但我知道我很快就會失去它了。

§

鮑里斯發電報給斯德哥爾摩後，克里姆林宮旋即向瑞典學院表達官方立場：「貴單位與相關人士基於政治考量得此決定，而非著眼於文學或藝術成就，因為巴斯特納克的小說顯然不具任何文學或藝術價值。他以偏頗的角度呈現蘇聯現況，侮辱社會主義革命、社會主義及蘇聯全體人民。」

官方言下之意昭然若揭：政府不會容忍鮑里斯的蔑視行為。國家不會輕易饒過他。

有人告訴我們，從佩列杰爾基諾到莫斯科，信差挨家挨戶通知並召集所有詩人、編劇、小說家、翻譯家前往作家協會參加緊急會議，商討諾貝爾獎一事。本會議為強制參加，不得拒絕。

不用說，部分文人聞訊開心不已，表示那個自我陶醉、聲名過譽的「山丘上的詩人」終於得到報應。也有人說，正義早該伸張：大整肅期間，鮑里斯何以能逃過史達林毒手，這個問題仍懸而未解。但其他與會者顯然十分焦慮，深知自己將落入詆毀同儕、朋友、甚至導師的行列，他們希望會議正式徵詢他們的意見時，他們能發自內心並堅定表達抗議。

鮑里斯沒看報紙，但我看了。

他們說他是猶大，說他是為了三十塊銀幣出賣自己的西方爪牙，說他是仇俄勢力的同盟、惡毒的勢利分子，說他肚子裡頂多只有半缸墨水。他們認為《齊瓦哥醫生》是敵人的祕密武器，諾貝爾獎則是西方給他的獎賞。

不過並非人人都願意表示意見，大多數人仍選擇保持沉默。先前曾坐在小屋、全神貫注聆聽鮑里斯朗誦幾段《齊瓦哥醫生》的朋友們，紛紛設法低調避禍。他們不寫信支持、不上門拜訪，遭人問起時也不承認與鮑里斯有私交。然而正是這種沉默與迴避的態度，傷人最深。

某天，伊拉從學校回來，告訴我們莫斯科有一場學生示威。鮑亞坐在他的紅椅子上，而穿著外套、松鼠帽也沒脫的伊拉在他面前焦急踱步。「老師說，所有學生都必須參加。」

鮑亞起身、往爐子裡添了幾塊木頭。他面向火爐，把手放在火焰上方取暖，等了幾分鐘才關上小鐵門。

「學校行政人員發標語牌給我們、叫我們帶去示威，不過我和我朋友躲進廁所，等他們走了才出來。」她望向鮑亞，期待他的讚許，但他不看她。

「牌子上寫了什麼？」鮑亞問。

伊拉脫下帽子，抓在手裡。「我沒看。沒仔細看。」

次日，《文學報》登了一張「學生發動示威」的照片：一位學生高舉畫有鮑里斯諷刺漫畫的標牌（曲起手指、作勢抓取一大袋美金），另一面標牌則以粗體黑字寫著「**把猶大趕出蘇聯！**」報導甚至列出一份簽名譴責《齊瓦哥醫生》的學生名單。

伊拉揚起報紙，「這上頭有一半的人都沒簽名！至少他們跟我說他們沒簽。」

那晚，米提亞在晚餐時問我，鮑亞現在是不是真的比那些貪婪的美國人更有錢？「學校老師都這樣說。所以我們現在也變成有錢人了嗎？」

「沒有，親愛的。」

他用拇指頂頂盤裡的腰豆、推來滾去。「為什麼沒有？」

「為什麼我們應該變成有錢人？」

「我們的房租是他付的呀，他還給我們錢。所以假如他有更多的錢，他也應該給我們更多才對。」

「你哪兒來這種想法？」

伊拉瞪她弟弟一眼，他聳聳肩。

「但這也不是沒道理呀，媽媽。」伊拉說。「還是你要問問他？」

「我不想再聽到關於這件事的任何一個字。」我說，但我無法欺騙自己不曾有過同樣的念頭。「現在，把晚餐吃完。」

§

在眾人齊聚作家協會雄偉的「白廳」之前，莫斯科已連續下了五天的雨。現場座無虛席，更多人倚牆而立。鮑亞也被要求出席，但我求他留在家裡。「那簡直跟處決沒兩樣。」我說。他也同意他的出席並無意義，遂寫了一封信，請協會代為發表：

經歷這一切紛紛擾擾和評論報導，我仍堅信，以蘇聯公民身份寫下《齊瓦哥醫生》是可能的，差別只是，在我眼中蘇聯作家的寫作權及寫作範圍比較廣罷了。我認為自己並未以任何方式貶低蘇聯作家的尊嚴，也不覺得我是文學寄生蟲。坦白說，我相信我對文學確實做出了些許貢獻。至於這座諾貝爾獎，我絕不會受任何意見左右、視這份榮譽為騙局假象，無禮待之。謹此原諒各位。

聽眾的訕笑批評迴盪如潮，文人作家接力站上講臺譴責《齊瓦哥醫生》。會議持續好幾個鐘頭，每一位與會者皆發言批評他。

投票不記名，懲處即刻生效：鮑里斯．列昂尼多維奇．巴斯特納克自此逐出蘇聯作家協會。

隔天，我立刻清出莫斯科公寓裡的每一本書、每一份筆記、每一封信和所有早期草稿，和米提亞一塊兒搬去小屋燒掉。「我寧可親手毀掉一切，」在林子裡撿木柴的時候，我對兒子說，「也不會再讓他們拿走任何屬於我的東西。」

「你怎麼確定他們不會？」米提亞問我。

「準備更多柴火就是了。」我拿起一小段木頭。

我們把石塊堆成圓形、準備升火時，鮑亞來了。「我寫這本書是否毫無意義？」他沒打招呼，直接問我。

「才不是呢。你感動了成千上萬的靈魂和心靈。」我在木柴上倒了一整桶枯葉，再澆上汽油。

他繞著火堆走。「當初我為什麼會寫它呢？」

「因為你必須寫下來，你忘了嗎？」米提亞說，「當時你是這麼告訴我們的。你說你受到召喚，必須寫下來。還記得嗎？」

「我真是胡說八道。徹底的胡說八道。」

「可是你說——」

「我當時說什麼不重要。」

「你把書稿交給那個義大利人的時候，你說你希望有人能讀到它。好啊，現在你達成心願了。」

「我什麼心願也沒達成，反而害大家身處險境。」

「可是你說那座獎能保護我們呀，現在你不信了？整個世界都在看，你忘了嗎？」

「我錯了。整個世界會看到我被行刑處決。」他狠狠耙抓頭髮。「我是他們說的那種人嗎？自我陶醉、自以為……不對，是相信、深信自己是被選中來寫這本書的人？認定自己要花一輩子時間去揣摩、表達人心？」鮑亞焦躁地走來走去，「天都要塌下來了，而我竟然還執意寫作、而不是蓋屋頂保護自己和我所愛的人？我的自私難道沒有界限？我坐在書桌前太久太久了。難道我真的脫節了？我當真了解同胞們所思所想？我怎會錯得這麼離譜、又何苦再堅持下去？」

「我們之所以堅持，是因為我們必須堅持下去。」我告訴他。但我還來不及想出別的說詞安撫他，他已開始陳述他的計畫。

「這實在太煎熬，我不會坐以待斃，不會等待黑車子來抓我。我不會等著被拖出大街、讓他們對我做出他們曾經對奧希普、對季齊安做過的事——」

「還有我。」我說。

「對，還有你，我的愛。我不會給他們機會，所以我認為現在差不多是拋下這段人生的時候了。」

我後退一步。

「我存了一些，你知道，就是那些藥。上次住院時，我把他們給的安眠藥留下來了。二十二顆，我們一人有十一顆。」

我不知道該不該相信他，以前鮑里斯也曾揚言自殺。有一次，約莫數十年前，他甚至因為他太太拒絕他（當時他們還沒結婚）而喝下一整瓶碘劑。後來他承認，當時他只是為了試探她的反應，並非真心求死。不過這一回，雖然他表現得相當鎮定，他聲音裡的某種情緒仍使我覺得他可能是認真的。

他伸手抓住我的手。「我們今晚就服藥。這肯定會讓他們付出巨大代價，狠狠甩他們一巴掌。」

米提亞突然站起來。現在他比我高了，也幾乎和鮑亞一樣高。米提亞，我溫柔的米提亞直視鮑亞雙眼：「你在說什麼？」然後他轉向我，「媽媽，他在說什麼呀？」

「你先進去，米提亞。」我說。

「我不要！」他揚起手臂，彷彿他真有可能出手痛毆鮑里斯。

我頭一次意識到米提亞的手不再是小男孩的手，而是年輕男人的手了。我的胸口滿滿都是內疚。這麼多年來，我始終都把鮑亞放在第一位。

「不會有事的。」我放開鮑亞的手，牽起兒子的手。「我向你保證。」我從口袋抓出一把硬幣，吩咐他再多買一些汽油回來。

他不願接下。「你是怎麼回事？你們倆到底怎麼了？」

「把錢拿去，米提亞。去，去買汽油。我不會有事的。」

他抓起硬幣就走，同時回頭警告地瞪了鮑亞一眼，眼神熾烈。

「你不會感覺到痛苦。」米提亞一走出視線，鮑亞立刻說，「我們一起走。」原來他一直在假裝自己完全不受那些喧囂的耳語非難影響：我們大肆嘲笑屋裡被裝了竊聽器（我們懷疑他家和我家都有），認為負評抨擊毫無意義。他全心全意望著隧道盡頭那小小一點白光，不料日前作家協會的這場大風一吹、白光熄滅，他的世界墜入黑暗。

而且他竟然深信我會隨他而去，相信我會吞下那些藥丸、以為我沒有勇氣一個人繼續走下去。我確實一度沒有勇氣獨活，事實上，我說不定會是提議走上這條路的人；但現在不同了。現在我能繼續走，我會繼續我的人生。他們大可埋葬他，但我不願陪葬。

我告訴他，這麼做只會讓他們稱心如意，是弱者的行為。我說他們會沾沾自喜、大肆誇耀他們戰勝死去的詩人、打敗史達林未能收拾的天上謫仙人。鮑亞說他什麼都不在乎，只求能停止這種痛苦。「我不會坐等黑暗降臨。我寧可主動踏進黑暗，也不願意被推下深淵。」他說。

「時代不一樣了。史達林死了，他們不會當街槍斃你的。」

「你不曾親身經歷這一切，但我經歷過。你不曾親眼目睹他們一個接著一個抓走你的朋友。你知不知道，朋友都死了，只有自己逃過一劫、獨自苟活是什麼感覺？反正他們一定會來抓我。我非常確定。他們會來抓我們的。」

我求他再等一天。我說我必須和伊拉、米提亞道別，說我想再看一次日出。但事實是，我還有最後一步棋，即使計畫不成功，我知道我仍然有可能說服他冷靜下來。不過，就算所有計畫都不成功，我知道明天的太陽依舊會升起，我的人生也會繼續。這就是俄國女人，我們生來如此。

我在火車站附近的小酒館找到米提亞，身邊有一小桶汽油。我告訴他我永遠不會離開他。他的眼神告訴我他不相信我。我哭了，告訴他我非常非常抱歉，他說他原諒我，但我無法判別他這麼說是否只是為了讓我止住淚水。

我問他能不能陪我走一趟費丁家——這是我計畫的第一步。他勉強答應。我們離開小酒館，費力爬上泥濘山坡。

我來到這位新任作家協會主席以巨木堆疊的氣派大宅，敲了敲門。無人回應，於是我又敲了幾下。費丁的小女兒來應門，我強行闖入、讓米提亞在門外等候。就在卡蒂亞表示父親不在家的同時，她父親現身了。

「倒兩杯茶來好嗎，卡蒂亞？」費丁吩咐女兒。

「我不想喝茶。」我直言。

費丁抬起肩膀，繼而落下。「來吧。」我隨他走進辦公室。他坐進皮椅、調整坐姿，滿頭白髮和兩道白眉毛使他看起來像棲伏枝頭的白色貓頭鷹。他打個手勢，示意我在他對面坐下。

「我站著就好。」我不想再隔著桌子、坐在男人面前了。我直接切入重點。「如果我們不做點什麼的話，他今晚就會了結自己的性命。」

「這話不能亂說。」

「他有藥。我先暫時拖住他了，可是我不知道還能拖延多久。」

「你得設法阻止他。」

「怎麼阻止？這明明就是你和中央委員會的傑作。」

費丁揉揉眼睛，然後挺直背脊。「這件事我警告過他了。」

「你警告過他？」我大喊，「什麼時候的事？」

「他得獎那天。我去了他的別墅、親口告訴他，他如果接受就是逼政府出手。我以朋友的立場勸他必須回絕受獎，否則只能面對後果。他不會沒跟你說吧。」

他的確沒跟我說。又是一件沒讓我知道的事。

「鮑里斯此刻面臨的絕境是他自己造成的。」費丁繼續。「如果他自殺，對國家而言無疑是非常糟糕的事，比他已經劃下的傷口還深、還嚴重。」

「我們沒辦法做點什麼嗎？」

他說，他會安排鮑里斯和我去見波利卡爾波夫。我在鮑亞把書稿交給義大利人之後，也找過這位文化部長求情。我們可以當面向波利卡爾波夫陳述立場，但前提共識是鮑里斯必須為他的所作所為道歉。

我答應了，也準備盡力說服鮑亞同意。我會指責他過去太自私，也會提到我在波季馬的日子。我會告訴他，說他們一定會再來抓我，說他從來不曾給我我最想要的人生：成為他的妻子、生養他的孩子。

到頭來，我的決心根本沒必要。

我還沒開口問，鮑亞便告訴我他已經把事情打理好了。他發了兩封電報：一封給斯德哥爾摩、婉拒受獎，另一封給克里姆林宮，讓他們知道他拒絕了。他不會擁有這座諾貝爾獎。

「他們就要來抓我了，奧爾嘉，我能感覺得到。即使我在書房寫作，我也能感覺他們在監視我。拖不了多久了。總有一天你會等不到我，我再也回不來了。」

西線

一九五八・十二月

第二十五章　投誠者

根據前老闆的理論，我們可以透過「MICE公式」、也就是金錢（M）、意識形態（I）、折衷點（C）、自尊（E）完整歸納人類的動機意念。但不知道另一邊會怎麼評定我。他們是否也有一套自己的公式？他們會不會更深刻思索這一類人事物？

告知我亨利下落的女子至今還未出現，但我知道她會在適當時機現身。這段期間，我賣掉兩條最愛的愛馬仕披巾和手邊剩下的《齊瓦哥醫生》。不過我倒是留了一本下來，英文版。我捨不得賣回西北風書店。我把書放進床頭櫃抽屜，那兒通常是美國旅館擺置聖經的地方。

我不再終日窩在房裡，也不再欷歔哀嘆自己的過去。每天早上，我會去杜樂莉花園散步，踏上卵石小徑、穿過悉心修剪的樹林至池畔餵鵝餵鴨，或者拉張綠鐵椅、找個能曬太陽的好位置悠閒閱讀。午後時分，儘管白晝越來越短，我仍坐遍胡榭特街的每一座咖啡露臺，品嚐每一間小餐館招牌酒。我刻意和小地窖的酒保交朋友，如此便能夜復一夜坐上俱樂部的某張紅色絨布椅，聆聽薩夏·迪斯特柔潤低沉的歌聲。

不論我身在何處，她始終不曾遠離我心頭。我繼續等待，等待每天醒來第一個念頭不是她的那天到來。然而最悲慘的莫過於夢見她：我倆一度在夢中相伴，清醒後卻只能再次感受那份悵然失落。有時候，我會感覺彷彿有火花竄過全身，於是我會說服自己相信：在那個瞬間，伊蓮娜肯定也在想我。好傻啊我。

她生日到了。我想打給她，即使只聽聽她應聲也好，但我沒打。我只是拉開床頭櫃抽屜、拿出那本書，生平第一次打開來讀。

他們一邊走、一邊唱誦《永恆安息》。每當他們停下來，他們的雙腳、馬匹或陣陣寒風彷彿仍接著繼續唱下去。

他的字句緊緊扣住我的手。我知道那種餘韻猶在的感覺。我猛地闔上書，踏上僅容得下一張鐵椅的小陽臺。我坐下來，打開書頁繼續。

當我讀到尤里和拉娜在野戰醫院相遇的那一段，我這才明白，這本書、他們視之為武器的這本小說，其實是一則愛情故事，令我只想再次掩卷棄讀。但我沒有。我讀到夕陽沉入籠罩建築屋頂的紫色光暈、讀到街燈亮起，讀到我得瞇起眼睛才看得清楚句子。後來外頭實在太暗，我便回到屋內，裹上睡袍，躺在床上繼續讀。後來我沉沉睡去，我的手意外成為書籤，標記頁數。

再醒來時，時間已近午夜，我餓極了。我穿上衣服，把書放進包包。

經過飯店大廳時，我看見前次在書店偶遇的女子就坐在福樓拜畫像下方的躺椅上。身著香奈兒花呢裝的她，身材無懈可擊，髮型依舊是完美的指捲波浪，不過髮色比上次見面時淡了兩級。她一見我便起身出門，視線始終不曾對上我。

我們大概走了快二十分鐘吧，女子一次也沒回頭。最後，我倆來到聖日耳曼大道上的花神咖啡館。咖啡館遮棚懸著白色聖誕燈，露天座空無一人，覆了一層白雪的藤椅猶似穿著白毛大衣。二樓雕花鐵欄杆掛著破舊的「戴高樂萬歲」紅白藍布條。

走進咖啡館，女子再次親吻我的雙頰，轉身離去。臨走前，她指指後方某張桌子。一名男子已入座等候。我認出他。

我知道他們會找上我，但沒料到是他。

他起身相迎。這回，他沒戴他參加費爾特內里新書派對的那副過小玳瑁眼鏡。「*Ciao, bella*（哈囉，美人）。」他的義語沒有義大利腔，取而代之的是濃濃的俄國味兒。他伸手握住我的手，輕輕一吻。「真高興能再次見到您。我相信，您的晚禮服已妥當送洗了吧？」

「可能吧。」

我倆入座，他把菜單遞給我。「想吃什麼盡量點。」他豎起食指，「沒有人能單靠巧克力麵包過活。」他先開了一瓶白酒，面前還有一盤剛送上的田螺。我向襯衫畢挺的服務生要了一份火腿起司三明治，然後靜靜等他開口。

他喝光剩下的白酒，示意服務生再送一瓶來。「比起男人，我更喜歡女人，但是比起男人和女人，我更愛酒。」他打趣地說。不論信仰的是資本主義或共產主義，男人終究是男人。「我們想親口向您道謝，」他繼續，「感謝您的慷慨之舉。」

「那條門路有用嗎？」

「噢，有用。那傢伙非常健談，非常……你們都怎麼說……」

「善於交際？」

「沒錯！就是這個詞。善於交際。」

關於亨利．雷能後來的遭遇，我沒問細節，橫豎我也不想知道。曾經有整整一年，我滿心渴望復仇、其他什麼都不要：他害我被革職，我不只想毀掉他，還想讓所有的一切與他同歸於盡。然而在確知亨利的命運後，我只感覺到淡淡的釋懷。憤怒根本不足以取代哀傷。復仇的甜美如棉花糖，瞬間融化。現在我什麼都不剩，往後要靠什麼支持我繼續活下去？

服務生端著我的餐點回來。新朋友一邊大啖田螺，一邊盡可能以最精簡的字句陳述來意。

「你打算在巴黎待多久？」他問道。

「我沒買回程機票。」

他叉起田螺、蘸蘸融化的奶油。「太好了！你該去旅行，看看世界。像你這樣的小姐還有好多事情可做。世界等著你們去探索。」

「但我阮囊羞澀，探索世界談何容易。」

「哈。」他呼嚕嚕吞下田螺，用手上的雙齒叉指著我。「但我看得出來，你是個足智多謀的女人。只要你敢開口要，你就值得。」

「我不確定自己還有沒有那個價值。」

「我敢跟你打包票。你太低估自己了，或許有些男人比較遲鈍、看不出來，但我可不是那些人。就如同愛默生所說的，留一扇門給懂你的人。」

落腳巴黎以來，我多次路過第七區那座包在高高水泥牆與黑色大門內的埃斯翠宮。每一次，我都會抬頭望向屋頂上那面繡著鐵鎚與鐮刀的紅色旗幟，想著我若是走進去、再換個身分出來，不知是何感覺？現在，這份邀請擺在我面前，等著我找出答案。

我想起亨利．雷能領著我一路舞過餐館大廳，打開我身後的衣帽間小門。我想起事後安德森擦肩而過卻不發一語，以及後來他坐在桃花心木大辦公桌後面、表示我不再是「局裡期望的可用之材」，甚至表示他很不願意、卻不得不告訴我「留著我風險太大了」。我想起最後一次走出總部迴廊時，法蘭克經過我身邊，卻連握手道別也沒有。

我想起伊蓮娜，想起第一次見到她的情景。還有最後一次。在她母親的葬禮結束後，我原本想跟她說說話，安慰她、摟摟她，把一切都告訴她；可我最後不僅沒去墓園，反而直奔喬治城戲院，獨自看完《沉靜的美國人》下半場。

我打算在葬禮後塞給她的字條，此刻還躺在我的口袋裡。走過巴黎的大街小巷時，我總是握著這張紙、在指間搓揉，因此紙條上的字跡已模糊難辨。但我仍記得我寫了什麼：我沒能告訴她、只有自己明白的事實真相。

後來，我也開始對自己隱瞞真相。我登上飛往巴黎的班機，堅信自己別無選擇。可是在巴黎的第一晚，種種「如果」如蚊蚋團團包圍我。我想像我和伊蓮娜原本可能遷居的新英格蘭白灰牆老屋，想像它的黃色大門、門廊鞦韆、還有能遠眺大西洋的寬闊觀景窗。我想像我倆每天早上進城喝咖啡、吃甜甜圈，鎮民都以為我們是室友。每次一想起這些未曾選擇的道路，失落感就像鉛毯一樣，沉沉壓在我心頭。

我想起身旁皮包裡的那本書。故事結局是什麼？尤里和拉娜最後能不能長相廝守？或者他們會孤獨、悲戚地死去？

服務生清走餐盤，詢問是否還要喝點什麼？

「再來一瓶香檳好嗎？」新朋友不看服務生，他看著我。

我舉起酒杯。「這裡可是巴黎呢。」

東線

一九五九・一月

第二十六章 郵差

《齊瓦哥醫生》的首批俄文版在莫斯科知識份子家中私下交流傳閱。在鮑亞獲頒諾貝爾獎、復又婉拒受獎之後，更多複印版旋即流出，然後是更多複印版的複印版。《齊瓦哥醫生》在列寧格勒地鐵站深處耳語迴盪，在勞改營工人之間口耳相傳，在黑市交流販賣。「你看過那本書沒？」祖國民眾彼此低聲詢問，「為什麼不讓我們看？」他們從來無須直呼其名。沒多久，民眾湧入黑市，爭相閱讀他們不被允許閱讀的那本小說。

伊拉也帶了一本回家，但我不准她留下這本書。「你還不懂嗎？」我大吼，扯下書頁、扔進垃圾桶。「這是一把上膛的槍啊！」

「如果是這樣，子彈也是你買的。是你把他擺在我們全家人的安危之上。」

「他是我們的家人。」

「我還知道你在這裡藏了什麼東西。別以為我不知道！」我還沒反應過來，她已衝出房門。

那些錢被我收進一只帶黃銅鎖的赤褐色皮箱。我把一捲捲鈔票用塑膠布封包、整齊排好，藏在兩條長褲底下，再把皮箱塞進衣櫥的幾件長裝後面。

這筆款項是安傑羅經手轉進來的：一開始先匯進費爾特內里在列支敦斯登的帳戶，然後再轉給一對住在莫斯科的義籍夫婦。這對夫婦打電話來我公寓，表示有一份寄給巴斯特納克先生的貨件已送到郵局了。我去郵局領出皮箱，搭火車到佩列杰爾基諾，暫時藏進小屋。

鮑亞不想要這筆錢。起初他不想拿，後來政府切斷他出版、或透過翻譯賺錢的營生管道，他才說我們得另外想法子維持生計。於是我向他講道理，表示這只是他應得的一小部分：費爾特內里賣掉那麼多書，光是在義大利就印了十二刷；而且這書在美國也很暢銷，電影版權甚至賣進好萊塢。若是在西方，鮑亞早就是個非常有錢的人了。鮑亞又說，目前我們應該還過得下去，也該感激我們還擁有彼此，於是我請他想一想，將來萬一他不在了，我和我的家人會變成什麼樣子。

最後他終於妥協。

若說此舉是逼他接受海外版稅，稍嫌輕描淡寫；若說我完全沒想過要動用這筆錢、確保家人能得到妥善照顧，那我就是在撒謊。但我至少可以替自己做點盤算吧？為什麼不行？畢竟我做了這麼多、也吃了這麼多苦。

可是，有了錢，監視活動勢必隨之增加。我們依然受到監視。儘管我沒瞧見半個人，卻總能感覺到他們的視線。我關上窗戶、拉起窗帘，病態地檢查小屋的每一道鎖。夜裡，每一次有枯枝斷裂、每一回風起碰撞門扉、每一道遠方傳來的煞車聲無不令我膽顫心驚。我壓根無法入睡。

為了讓自己喘口氣，我離開小屋、暫時搬回莫斯科的公寓。離開鮑亞著實難受，但我這輩子頭一次覺得慶幸有這五層階梯、薄如洋蔥皮的牆壁、以及樓上樓下同住群居的許多鄰居。假使當真出了什麼事，肯定有人聽見、也會對我伸出援手。他們應該會幫我吧？

我也很高興能和家人團聚。我覺得我必須待在孩子身邊，這份感覺牢牢抓住我；自他們年幼以來，我不曾有過如此強烈的牽絆。可是米提亞和伊拉經常不在家，不是藉口跟朋友有約、就是上學；即使在家，他們也只重視我母親的意見，拒我於千里之外。原本十分聽話的米提亞，現在也開始叛逆了：說要回家卻徹夜不歸，身上偶爾也聞得到酒味。伊拉則是把大部分的時間都耗在新交的男友身上。

朋友勸鮑亞離開佩列杰爾基諾，找個安全的地方待著；但他拒絕了。「如果他們打算拿石頭砸我、審判我，那就隨他們去吧。我寧願死在自己的國家。」

回到莫斯科的第一晚，鄰居來敲門，告訴我電視正在播弗拉基米爾・葉菲莫維奇・謝米恰斯內批評鮑里斯的談話。伊拉和我隨她來到她家，和她的家人圍著架在暖扇上的小小電視機，站著看播放：黑白畫面晃動、時隱時現，但這位蘇聯共青團領袖的聲音清晰宏亮：「這個人直接往人民臉上吐口水。」謝米恰斯內大聲譴責。「您可以把巴斯特納克比做豬，但即使是豬也不會做他做過的事——沒有一頭豬會在自己吃東西的地方拉屎。」鏡頭掃過現場成千上萬的群眾。「我確信整個社會和政府不會做出任何為難他的舉動，正好相反。我們認為，他若離開反而能讓這塊土地的空氣更新鮮。」群眾熱烈鼓掌。原本坐在主席臺上的赫魯雪夫也起立鼓掌致意。伊拉望向我，眼神充滿恐懼。我拉起她的手，帶她回家。

那天深夜，米提亞搖醒我。一群醉醺醺的傢伙聚在公寓大門口。我撈起披肩裹住肩膀，探出陽臺往下看：樓下有三名著女性禮服的男人（毫無疑問是格別烏派來的），邊跳舞邊唱著《黑渡鴉》，一首我很討厭的傳統飲酒歌。

渡鴉渡鴉，何事徘徊
在我頭上低飛盤旋？
渡鴉渡鴉，你別想！
我不是你的獵物，你休想得逞！

他們的噪音也吵醒街坊鄰居，鄰居們紛紛加入我的行列、站上陽臺，斥喝他們閉嘴。這三名打扮成女性的男子抬頭看、縱聲大笑，其中一人指出我的方向，於是他們手勾手，以更宏亮的聲音唱道：

你為何張開利爪在我頭上低飛盤旋不去？
難道你已知下方有獵物？
我不是你的獵物，你休想得逞！

「你站在樓上看不出來，」米提亞低聲耳語，「他們都戴了假髮。很邪惡的那種。其中一個人還畫了小丑那種誇張的大嘴巴。」

披風給你，此刻它已沾滿鮮血
送去給我的愛，我的衷心摯愛
告訴她　她自由了：
我已是負心之人

「瘋子，醉鬼。」伊拉啐道。她摟住我的肩膀，「進屋吧，媽媽。」

「他們永遠不會善罷干休。」我告訴鮑亞那晚的事，他如此說道。「除非我進了墳墓，否則永遠不可能清靜安息。我已經寫好一封要給克里姆林宮的信，請他們允許你跟我一起移居國外。」

「你沒先問過我，就直接問他們？如果我不想走呢？」

「你不想走？」

「我不是這個意思。」

「信還沒寄出去。」

「我不是問你這個。」

「我不能沒有你，自己一個人走。這樣我寧可被送去勞改。」

「我的家人呢？他們怎麼辦？」

他說我們會想出辦法。然而我不知道的是，他已經和他妻子討論過這件事：他一直等到她告訴他她絕對不走，他才拿同樣的問題來問我。此外，既然她決定放他自由，她和兒子們一等他離開就會立刻告發他、公開譴責他。「請你諒解。」她對她丈夫說。

隔天，他告訴我他把信撕了。「當我落腳陌生城市、望向窗外，卻看不見我心愛的白樺樹，你說我怎麼可能受得了？」

所以這就是他的立場：不讓他們逼他離開家園。

我早該知道，遠走他鄉永遠不會是他的實際選項。不論再怎麼苦，他都不能失去祖國，失去祖國將令他茫然無措。他永遠不會離開他的樹林和覆雪的步道，他永遠離不開他的喜鵲，他的紅松鼠。他不能離開他的鄉居別墅，他的花園，他的日常事務。他寧可以賣國賊之名死在俄國土地上，也不願以自由人的身分離鄉苟活。

§

他們禁止鮑亞收信，切斷他對外唯一的維生命脈。於是，沒過多久，寄給他的信件開始出現在我家門口。有些印有郵戳，有些沒有；有些附上回信地址，有些只寫了收件人。每天早上，伊拉和我得將信件一束束用油紙包起來，像一份份切好的肉片，然後我們會搭火車前往小屋，送去給等著讀信的鮑亞。於是，我變成他的專屬信差。

他收到亞伯特．卡謬、約翰．史坦貝克和印度總理尼赫魯的來信。他收到負笈巴黎的學生來信，收到摩洛哥畫家、古巴士兵、多倫多家庭主婦的來信。每一次拆開信封，鮑亞總是神色一亮，精神振奮。

在他最珍藏的幾封信中，有一份捎自奧克拉荷馬的一名年輕人：他表示自己近日因事心碎，而《齊瓦哥醫生》深深感動、撫慰了他。年輕人指名寄給「莫斯科城郊小鎮的鮑里斯．巴斯特納克」。

鮑亞投入所有時間，逐一回覆。他奔放的筆跡藉由紫色墨水，飛舞在一張又一張紙上。他寫信寫到手痠背痛。我提議幫忙，他卻拒絕口述回覆。「我希望我能用手觸及他們的手。」他說。

不過，他也會收到其他來信：批評他的信、政府寄來的信、意欲恫嚇恐嚇的信件，這些他一概不覆不理。儘管他已婉拒諾貝爾獎，這些人仍渴望目睹仙人被拽回地面。他們要他下跪求饒，要他俯首貼耳，要他低聲下氣。鮑亞不從，也不挑戰。不論是看在隔岸觀火的外人抑或我的眼裡，他的不行動等於懦弱。

我找上以前在《新世界》雜誌社的舊識戈果里．赫辛。他現在是作家協會作者權益部主任。我陳述鮑里斯的現況，但他幾乎沒在聽，等我說完，他表示已無轉圜餘地。「鮑里斯．列昂尼多維奇已不再是作家協會的一員，因此他沒有『可維護』的權利。」我氣沖沖衝出戈果里的辦公室，這時立刻有人找上我，表示能提供另一種解決方案。

這人名叫伊西多．格林戈茨，和我有過一面之緣。我想起曾在某次讀詩會見過他，但我幾乎不認識他。伊西多年輕英俊、有著一頭金色捲髮，穿著打扮頗似歐洲人。聽著他告訴我他願意盡一切力量幫助鮑里斯，我莫名地頻頻點頭。

我倆移陣至我的公寓，擬定計畫。在與伊拉、米提亞、幾位親近友人來回激辯數小時後，伊西多告訴大家：眼前唯一的可行辦法是替鮑里斯草擬一封信，寫給赫魯雪夫、尋求寬恕，請求不要將他逐出祖國。我猶豫再三，認為鮑亞絕不可能在這種玩意兒上簽名，也不會允許這名陌生人將不是他的話塞進他嘴裡。但伊西多實在很會說服人，因此最後我們也斷定這是唯一出路。

伊西多先擬了一份草稿，再由我調整文句措辭、使它讀來更接近鮑亞的語氣。伊拉負責送信去佩列杰爾基諾。他們拚命纏他、說服他、耗盡他的精力，以致伊拉問鮑亞簽或不簽時，他累得發不出聲音，只剩提筆的氣力。「趕快結束這一切吧。」他這麼對她說。

鮑亞只要求修改幾個字。「奧亞，」他寫了一張字條給我，「我出生在俄國，不是蘇聯。除了這一處地方，其他無須更動。」伊拉說，鮑亞親自加上最後一段時，他的手一直在發抖：**我敢摸著良心說，我對蘇聯文學確實有過些許貢獻，也希望將來能有機會繼續為蘇聯文學服務。**

次日，伊拉和一位同學帶著修改過的信來到舊廣場四號。中央委員會總部入口的警衛看她倆上前，嘴裡叼著雪茄、上下打量二人。他問她們有何貴幹。

「我們有一封信要交給赫魯雪夫總書記。」伊拉說。

他大笑，差點噴出雪茄。「誰的信？你嗎？」

「巴斯特納克。」

守衛立刻止住笑聲。

兩天後，波利卡爾波夫來電表示赫魯雪夫已經收到鮑里斯的信，要求即刻會面。「穿件外套，上街等我。你要跟我一起去接那位天上謫仙。」

十分鐘後，一輛黑色利哈喬夫汽車停在我家公寓外。波利卡爾波夫坐在車上等我。雖然我已穿好外套，卻仍看看窗外、看看錶，確定過了十五分鐘才下樓出公寓。

待我走近，波利卡爾波夫立刻下車。他穿著長及腳踝的黑色羊毛厚大衣，非俄式剪裁，體面奢華。「我們等你很久了。」

我沒道歉。我沒辦法凝聚足夠的勇氣，只能以憤怒喬裝。他催促我坐進汽車後座，自己上了前座，一旁的駕駛兩眼始終緊盯路面。車子開上公務車專用的中間車道。我們飛速通過車陣，一般市民車輛全部靠邊等候。

「你還想再要求他什麼？」我問。

波利卡爾波夫轉頭看我。「整件事都是他自找的。而且這事兒還沒完。」

「他已經拒絕受獎、也聲明放棄《齊瓦哥醫生》了。他甚至請求原諒。你們到底還想怎樣？有時候我幾乎認不出——」我趕緊住口。我不需要提供波利卡爾波夫更多素材。

他把頭轉回去。「我們很感謝你的協助，讓巴斯特納克簽了那封信。這份人情我們不會忘記的。」

「那是鮑里斯寫的，不是我。」

「我的朋友伊西多．格林戈茨——你應該認識他吧？他私下告訴我，那封信大部分都是你寫的。當然，他自己也幫了一點忙。」

格林戈茨果然是他派來的。原來如此。我怎麼會這麼傻？

波利卡爾波夫繼續，「現在我們全指望你了。你得幫忙把這件事做個了結。」

大宅一片幽暗，僅鮑亞的書房亮著燈。黑車靠邊停，我看見他映在窗上的剪影。書房燈熄，樓下接著亮燈。我想去接他，但我不敢下車。我看見另一枚人影來回走動，個子較矮、微微駝背。季奈妲不會允許我站在她家門口，就算是門廊也不行。

鮑亞現身，戴了帽子也穿上大衣，一臉古怪地笑，彷彿要去參加節日慶典似的。司機下車替他開門。看見我坐在後座，他沒露出半點訝異神情，就連聽聞波利卡爾波夫證實我們的確要去見赫魯雪夫，他也未顯露一絲擔憂。唯一令鮑亞感覺不自在的是，他表示他的長褲不適合今晚的場合。「我是否該回去換條褲子？」黑車已開下山坡，他才開口問。波利卡爾波夫哈哈大笑。更奇怪的是，鮑亞竟然也跟著笑，而且一發不可收拾。他這般大笑令我火冒三丈，我瞪他一眼，但他佯裝沒看見，此舉更令我怒不可遏。車停紅燈，我直想開門下車，讓這些男人自己去收拾自己捅出來的簍子。

我們來到中央委員會五號入口，隨波利卡爾波夫穿過柵門。鮑亞在警衛面前停下來。「證件。」警衛說。

「我身上只有作家協會會員證，但最近被撤銷會籍了。」鮑里斯說。「除了這張證，我沒有任何證件。更糟糕的是，我的褲子不太得體。」這名嘴唇略厚、顴骨佈滿雀斑的年輕警衛選擇不跟他攪和，揮手放我們通過。

波利卡爾波夫把我們帶進一處小小等待區，我們在那兒坐了近一個鐘頭。鮑亞碰碰我的金手鐲，那是他三年前送我的新年禮物。「你戴這個不好吧？」他問。他撥開我耳後的一縷髮絲，「還有耳環？唇膏？說不定會給他們錯誤印象。」

我打開皮包，但並非打算摘下首飾、抹去妝容，而是拿出一小瓶纈草酊劑，喝一小口，安定我緊張的心情。

終於有人喊了鮑亞的名字。我倆旋即起身。「你不用進去。」警衛制止我。我無視他，勾起鮑亞的手臂穿過長廊，走進一間辦公室。波利卡爾波夫坐在裡頭等我們，強烈的鬍後水氣味迎面撲來。顯然波利卡爾波夫才沖過澡、刮過鬍子，換了一套衣服。他一副等我們等了一整天的模樣，結果這又是一招令人驚駭的手法：我們壓根兒見不著赫魯雪夫。他清清嗓子，好似準備發表演講：「鮑里斯．列昂尼多維奇，你有機會獲准繼續留在祖國。」他宣布。

「為什麼我們得大老遠來這兒聽你說你幾個鐘頭前就能告訴我們的話？」

他不理我，揚起一根指頭。「不只這件事。」他指指前方兩張椅子。「坐。」

我甚至能聽見鮑亞咬牙切齒的聲音。「只有這件事！」他咆哮。終於。我終於聽見這份渴望已久的憤怒。他終於挺身為自己說話了。

「你激起人民深切難滅的憤怒，鮑里斯．列昂尼多維奇，我幾乎無法撫平他們的情緒，而你又有什麼權力不讓他們說話？他們有權表達他們的想法。明天《文學報》會刊出幾份民眾投書，這部份我們也沒辦法。人民有他們的權力。在你獲准留下來之前，你必須先跟人民休戰談和，而且要公開，那是一定的。所以你必須盡快擬好另一封信。」

「你沒有半點羞恥心嗎？」鮑亞問道，仍拔高音量。

「來，」波利卡爾波夫再度指指椅子，「坐下來。讓咱們像紳士一樣說話。」

「這裡只有一位紳士。」我出言不遜。

波利卡爾波夫輕笑兩聲。「偉大詩人的妻子也同意嗎？」

「我不坐，」鮑亞繼續，「會面到此為止。你開口閉口都是人民，你知道人民什麼？」

「你給我聽好，鮑里斯．列昂尼多維奇，整件事到這兒差不多快結束了。現在你有機會在這裡把事情做對做好，給我、給人民一個交代。我刻意帶你到這裡來，是為了讓你知道，只要你配合，一切很快就能恢復正常。」他繞過辦公桌、擋在鮑亞和我之間，伸手按住他的肩膀，像安撫聽話的狗一樣拍拍他。「我的天哪，老兄，你把我們拉進什麼樣的混亂裡呀！」

鮑亞甩掉他的手。「我不是你的屬下，也不是聽你發號施令的綿羊。」

「我可不是那個往自己祖國背後捅一刀的人唷。」

「我寫下的每一個字都是事實。每一個字。我絲毫不以為恥。」

「但你的事實不是我們的事實。我只是想協助你修正罷了。」

鮑亞轉身走向門口。

「快攔住他！奧爾嘉・弗謝沃洛多芙娜！」波利卡爾波夫的虛張聲勢完全沒用，此刻他看起來可憐又絕望。顯然政府要他不著痕跡搞定這件事，但他想先發制人、膨風逞強，結果失敗了。

「你得先為你的發言向他道歉。」我說。

「我道歉。」他說。「我是真心的。拜託你。」

「趕快結束這一切吧。」鮑亞依舊站在門口。「算我求你。」

翌日，《文學報》登出二十二封民眾投書（還附上真名），標題為「蘇聯人民同聲譴責巴斯特納克的不當行為」。每一封投書皆與黨的口徑一致，機械式地重複「猶大！賣國賊！造假！」。一名列寧格勒的建築女工寫道，她壓根沒聽過這位「巴斯特納克」是誰，所以大家何必這麼在意他？托木斯克的製衣工人表示，巴斯特納克從西方人手中謀取私利，透過資本主義間諜中飽私囊，變成有錢人。

波利卡爾波夫命令鮑里斯寫下的最後一封信是道歉信，道歉對象必須是「全體人民」。我先寫了草稿，再依波利卡爾波夫提供的格式修改，最後說服鮑亞簽名。

那晚，這封信上了《真理報》。鮑亞來到小屋向我求歡。可是，過去那位全身發光的勇敢詩人不見了，取而代之的是一名老人。我靠著水槽削馬鈴薯皮，他暗示地輕觸我的腰。自我倆認識以來，我頭一次閃避他。

西線

一九五九・夏

第二十七章　學生

我大多時候都在等待：等消息，等派令，等任務開始。我在飯店房間等待，在公寓等待，在樓梯間、巴士站、酒吧、餐廳、圖書館、博物館、洗衣店等待。我坐在公園長椅或電影院等待。有一次我甚至在阿姆斯特丹的公立游泳池等了一整天，就只為了一條訊息；離開時，我嚴重曬傷，甚至得在肩膀和大腿包上抹了蘆薈膏的紗布。

世界博覽會已是九個月前的事，此刻我又在等待：在維也納的廉價旅社，等待第七屆「世界青年聯歡節」開幕。

聯歡節辦在七月底，為期十天，期間舉辦各式集會、遊行、會議、展覽、講座、研討會和體育競賽。至於閉幕當天則有各國學生大遊行、釋放數千隻和平鴿、並舉辦大型舞會。這是一場獻給明日領導者、促進「和平與友誼」的節慶活動，從沙烏地阿拉伯、錫蘭、英國劍橋到加州佛雷斯諾，預計將有兩萬名國際學生與會，一起參觀發電廠、聽取志工營領袖的活動報告，或是參加「原子能的和平用途」等相關講座。

克里姆林宮為本次活動投入約一億美元的挹注金，確保聯歡節能延續他們對與會者的影響力。

但中情局另有盤算。

自《齊瓦哥醫生》於蘇聯境內處處現蹤，導致巴斯特納克遭人唾罵、臭名一飛衝天以來，蘇聯當局開始盤檢回國旅客行李、搜查禁書。這對中情局的文攻行動不啻為一記重擊，於是他們決定加倍還以顏色——印製並發送更多禁書。這一回，我們不再採用藍色亞麻書封的荷蘭印刷版，中情局決定自製迷你版：印在薄薄的聖經紙上，尺寸小到能塞進口袋。

我提早抵達維也納，等待兩千本小書送達。除了《齊瓦哥醫生》，《動物農莊》、《失靈的上帝》和《1984》也在發送之列。這些書本將填滿散佈於維也納各處的數十座「服務臺」，準備交給來觀光的學生代表。這是中情局傳遞「和平與友誼」的獨特手法。

我的頭髮比在布魯塞爾的時候長了些，也染回原本的銅黃色。我一副要去參加讀詩會的模樣：黑色高領、黑色七分褲、黑色平底芭蕾鞋——我又變回學生了。

我的第一個駐點安排在普拉特遊樂場。我必須在聯歡節開幕前先進場偵查地形，確認哪些地點的人潮可能最擁擠，有利我在遭工作人員請走之前盡可能分送書籍。

看過幽靈列車、旋轉木馬、碰碰車、射擊場和啤酒屋之後，我判定維也納摩天輪是最有利的據點。可以預見的是，每一位來訪學生應該都會想試試這全世界最高的摩天輪。此外，能站在離維也納摩天輪這麼近的地方，我個人也有點興奮和激動，因為我最愛的電影之一《黑獄亡魂》就是在這兒取景的。

決定據點後，下一步是前往圖赫勞本街某間乾洗店，告訴店員我受派來領取「維爾納．佛格特」先生的西裝，並詢問能否以瑞士法郎支付費用。對方會交給我一袋包好的西裝、附上字條，註明領取第一批小開本《齊瓦哥醫生》的地址。隔日開始發送。

但我餓了。離開遊樂園前，我決定先去買兩份跟餐盤一樣大的馬鈴薯煎餅，一份當晚餐、一份明早吃。小吃攤策略性地安排在摩天輪旁，如此一來，所有排隊等待的學生都可能上鉤。然後，就在那裡——在排隊等餐的隊伍旁邊，在一名穿著及膝皮短褲的美國觀光客（這褲子不太適合他）後面，我看見她了。

她在那裡。背對我，等著搭摩天輪。

莎莉一身綠色長大衣，戴著白手套，那頭紅髮比我上次見到時剪短了些。即使只是背影，她依舊很美。這使我想起初次在拉夫點心舖見到她的那一天：當時，我轉頭第一眼看見的就是她的紅髮。

在這種場合見到她，感覺好微妙——我不再是我，她也不再是她。物換星移，我倆分別至今已過了好久好久。過去這一年來，我讓自己相信我已經放下她了。又或者，我不斷告訴自己，世上根本沒有「放下」這回事。

但是她在這裡。她終於來找我了。

莎莉微微偏頭，彷彿她能感覺到我的注視。她並未回頭確認我是否看見她，她毋須如此。她知道我會看見她，那是一定的。我該跟她一起排隊嗎？我是否該從她身後奔向她、張開雙臂環住她？還是在這裡等她過來？

我離開排隊購餐的隊伍，從一群講法語、看也不看我一眼的學生前方穿過人龍，來到等候摩天輪那一列。

我小步推進，和莎莉之間只隔著幾個人。來到票亭前，她低頭從皮包裡取出皮夾，然而，就在她正要把錢遞給票亭內的女士時，一名頭髮斑白的高個子男士一個箭步上來、抽走她手裡的紙鈔。他付了票錢，她親親他的臉頰。

就算她沒有完全轉過身，我也已經知道答案。

紅色吊廂逐漸逼近，頭髮斑白的男子替那位不是莎莉的女子拉開廂門。最後我還是買了票，坐進吊廂。我抬起頭，想看看能不能再瞧見此刻懸在我上方、貌似莎莉的女子。但我看不見她。吊廂逐漸離地，旅程開始。我探出敞開的小窗，望著底下的世界越來越小，越來越靜。

§

我一次又一次見到她。我在維也納送出最後一本《齊瓦哥醫生》、趕赴下一趟任務，然後再結束另一項任務的很久很久以後，我仍持續不斷看見她。雖然我們在一起的時間很短，但那不重要。未來幾年，我應該還會繼續見到她：看見她在開羅招人力車，塗著紅色蔻丹的手指在塵土飛揚的大街上一閃而過；看見她在德里登上當日最後一班列車，一名年紀大她一倍的男士提起與她衣著相襯的手提箱；看見她在紐約的西班牙酒舖，輕撫高踞於一落穀片盒上的貓咪；看見她在里斯本的飯店酒吧點一杯湯姆可林斯，冰塊加倍。

時間一年一年過去，但她永遠不會老，她的美貌猶如彌封的琥珀。即使我在底特律和一名護士相遇、讓她打開我上鎖的心門（我甚至不知道那扇門被我自己鎖上了），即使在那之後，我依然能看見莎莉坐在餐館吧台輕啜咖啡，看見她把手伸出試衣間布幕、要求換一個尺碼，看見她獨坐戲院廂房看電影。每一次，我總會在心裡倒抽一口氣、感受那股強烈的渴望——期待燈光暗下、影片開始、整個世界彷彿即將甦醒的那一刻。即使只有幾秒鐘也好。

東線

一九六〇～一九六二

第二十八章　沒有名份的寡婦

他遲到了。來抵小屋，他連聲致歉。「今天是你生日，網開一面。」我說，協助他脫下外套。

他走進起居室，朋友們都在那裡。我再拿出一瓶從黑市買來的瑪歌堡紅酒（我合理認為，鮑亞七十大壽算是打開那只赤褐色皮箱的好理由），此外，我也替自己買了一襲紅色高領絲質禮服。這是我穿過最好的衣裳。

眾人用餐飲酒，鮑亞一如往常主控全場，興致高昂。他告訴大家，他又開始寫作了。新作是劇本，他打算命名為《盲美人》。他時而大笑、時而微笑，逐一拆開來自世界各地的禮物和電文。我在房間另一端、遠遠看著他，他散發的光芒溫暖了我——在我倆歷經這段黑暗、壓迫的煎熬後，他又重燃光亮。許多許多年前，吸引我走向他的也是這道光。

賓客們待到深夜仍不願離去。當他們終於起身告辭，鮑亞故作祈求，挽留他們別走。「再喝一杯，一杯就好。」他說，擋在衣帽架前。

最後只剩我倆獨處。鮑亞坐回他的紅絨椅，拿起尼赫魯總理送他的鬧鐘（總理亦聲援支持《齊瓦哥醫生》）說：「這一切來得太晚了。」他放下鬧鐘，伸手握住我，「要是我倆能永遠這麼過下去，該有多好。」

我絕不會忘記那一晚，歡度生日的他看起來好健康、好快樂。但是，他的光芒逐漸黯淡，幾乎就跟之前回返的速度一樣快。

最先改變的是食慾。晚上來小屋晚餐時，他漸漸只喝茶或肉湯。他也抱怨腿抽筋害他半夜痛醒，或是下背疼痛使他無法久坐。

疲憊、精神不濟使他無法專注於正在進行的劇本，也無法回覆持續湧入的數百封信件。他的古銅膚色褪至藍灰，胸痛也越來越頻繁。

某天晚上，我在煮蘑菇湯，鮑亞拿著未完成的劇本來到小屋，求我替他保管。他看起來好虛弱，我叫他必須立刻看醫生。「明天，鮑亞。明天你要做的第一件事就是看醫生。你太太怎會沒看見……」

「我還有其他更重要的事情要做。」他揚起劇本手稿，「萬一我出了什麼事……這就是你的保險。我走了以後，這可以支持你們一家子繼續生活。」

我斥他這話說得太突然，他仍執意將劇本塞進我手裡；我不願收，他旋即崩潰啜泣。我摩挲他的背、安撫他，他嶙峋的背脊令我震驚，我心裡既難受、同時充斥一股不曾有過的溫柔——對待年邁雙親的溫柔。我答應收下手稿，他這才挺直背脊、擁我入懷，親吻我的臉頰和頸子。我們進房，急切脫下外衣、感覺彼此肌膚相貼，感覺他的骨架抵著我的豐腴。剛陷入熱戀的時候，我總是亮燈做愛，看著我的身體似乎能帶給他無限驚奇，我實在滿足又開心。現在，這麼多年過去，我早已不再亮燈。

我不知道那會是我們最後一次做愛。要是我知道，我不會草草結束。當時，我在房裡聽見湯滾了、溢出爐臺，當下改變移動臀部的節奏。我知道這樣他很快就會結束了。

他穿衣回家，我獨自晚餐。那是我倒數第二次見到他。

最後一次，我差點沒認出是他。我們約好在墓園見面，他遲了一個鐘頭才來：他走近時，我乍看還以為是陌生人。他走得非常慢，步伐也不穩，駝著背，頭髮沒梳，皮膚更蒼白了。這個穿過墓園柵門的人是誰？等他走得夠近，我猶豫了一下才伸手抱他。部分理由是我怕傷到他，但羞愧的是，最主要還是因為我在那一刻驟然領悟：我的愛人永遠消失了。這人不是他。他怎麼可能是他？

他察覺我的遲疑，退開一步。「我知道你愛我。我對你的愛有信心。」他說。

「我是愛你的。」我向他保證，親吻他皸裂的唇，彷彿想證明我的愛。

「請你繼續留在這裡，不要做任何改變。我求你。否則我過不下去。拜託你，請你不要回莫斯科。」

「我不會回去的。」我捏捏他的手。「我就在這裡。」

我們說好那晚在小屋見面，然後就分開了。他再也不曾出現。

出問題的是心臟。他就像尤里．齊瓦哥，最後是他的心臟奪走他的性命。在鮑亞這一生中，每次生病，他總是感傷且誇張地認為自己大限將至；然而，這回他卻不願相信最近的小發作可能會要了他的命。臥病期間，他寫信告訴我，他會熬過這次復發，很快就能下床寫作、完成劇本。

隔天，他再度寫信給我，表示他們為了照顧方便，決定把他的床搬至一樓，寫字桌因此離他好遠，他痛苦不已。但除此之外，他叫我別擔心，現在有一名護士住進大宅專司照護，他的好朋友妮娜也會天天來探望他。他也要求我不要去看他。他說，他的妻子明白表示反對。**季奈妲是個沒有智慧的女人，她不懂得為我著想。不過，萬一我的病況惡化，我會差人去找你。**

日子一天天過去。有一天，我沒收到信，遂派了米提亞和伊拉去大宅探消息。他們看見一名年輕護士忙進忙出，但窗帘始終沒拉開，所以他們也只能告訴我這麼多。

又過了一天。我還是沒收到他的隻字片語，只好親自來到大宅，堅信是季奈妲扣了他給我的信。太陽剛下山，他的書房亮著燈。誰在樓上？他妻子？還是他的一個兒子？他們已經開始整理他的書、他的文件了？他們會不會找到我寫給他、被他藏在書裡的信，或是我摘給他、他順手壓在書頁間的花瓣？在他死後，還會不會留下任何痕跡，標記我倆曾經共度的時光？書房燈滅。我哭了。

年輕護士走出大宅。她長得很漂亮。知道是她守在病榻旁伺候，餵他喝肉湯、握住他的手、告訴他一定會好起來，嫉妒立刻如匕首戳進我的心臟。見我站在柵門外，她嚇一跳；「你是奧爾嘉・弗謝沃洛多芙娜。」她輕喊，「他說過你會來。」

「那女人難道沒有半點胸襟，仍舊不准我見他？」我問。「還是他不要我來？」

「不是的。」她回頭看看大宅。「是他受不了讓你看見他。」

我只能瞪著護士看。

「他病得很重，非常非常嚴重，瘦得只剩皮包骨，瓷牙也摘掉了。他說，如果讓你看見他這副模樣，你肯定不會再愛他了。」

「胡說八道！他以為我是這麼膚淺的人嗎？」我轉身背對護士、背對大宅。

「他告訴我他有多深愛著你。他不停不停地說，」她壓低音量，「而且他太太就在隔壁房間。挺尷尬的。」

護士說她要搭明天的火車回莫斯科，不過她保證，如果他病況好轉，她一定會通知我。我決定繼續守在屋外。午夜左右，米提亞和伊拉見我還沒回家，便帶著熱茶和厚毯子來給我。我現身大宅外，季奈妲全看在眼裡。她偶爾會拉開窗帘一小縫兒、偷瞄一眼，然後立刻拉上。

我在柵門外一連守了好幾天，等待護士更新病況。他又發作了一次，現在她們唯一能做的只剩設法讓他舒服一點。我求她去告訴鮑亞，說我人在屋外、說我需要親口向他道別。她說她會幫我轉達。

車子載來一批批記者、攝影師，和我一起駐守門外。於是我知道，我的癡守換來的只是等待宣布臨終。我轉身回家，換上黑衣、戴上黑面紗。幾個鐘頭過去，我在冒出新綠的草地上來回踱步，磨出一條小路。

他還是不讓我進去。

一直要到他過世以後，我才獲准進入大宅。季奈姐開門，不發一語。我快步走過她面前，來到他依舊溫熱的遺體邊。她們才剛清潔完他的身體，換過床單，不過屋裡仍瀰漫一股消毒水和排泄物的氣味。

那是我倆最後一次獨處。我緊握他的手。他的面容宛如雕像，我想像他們再過不久就會依此製作塑像。過去幾個星期，我一直在揣摩、準備面對這一刻，但此刻的感受和我揣想的相去甚遠，完全不同：空氣沒有任何改變，我的心還在跳動，地球也繼續轉動——世事續行不變，萬物依舊。這份領悟猶如馬踢，踹中我胸口。

我握著他的手，聽見有人在鄰房討論葬禮事宜。我告訴自己，這是我倆最後一次單獨陪伴彼此。我親吻他的臉頰，整平白色床單，默默離去。

我毋須看顧遺體、統籌葬禮，也不必避開記者媒體。我唯一能做的只有懷念。

我想起他第一次牽我的手：那時我從不知道，我的身子竟會那般由內而外、劇烈顫抖。我想起他朗讀《齊瓦哥醫生》最初幾頁給我聽：他每唸完一段就會停下來，焦急探詢我的回應。我想起我倆在莫斯科大街散步的下午：每一次他轉頭看我，都讓我覺得世界在我面前寬闊開展。我想起我們多次在午後繾綣做愛，還有他說他不願意離開我的床的無數夜晚。

我也想起我求他留下、他仍執意留我獨守空閨的時刻。想起我好不容易離開待了三年的波季馬，卻在火車靠站、發現他沒來接我的那一刻，想掉頭上車回勞改營的心情。我想起他多次告訴我我們結束了、以及我每一次對他咆哮的惡毒氣話。我想起他意氣風發時的不可一世，想起被齊瓦哥折磨得光芒褪盡的失意之人。

他們為他換上他最愛的灰西裝，將他放入新松製成的棺木。追悼式在屋內舉行，我在大宅外等候。大鋼琴家李希特在鮑亞的琴房演奏，串串音符從敞開的窗戶流瀉而出。樂音漸息，他們扛著他的棺木走出大宅，在他最愛的花園短暫停留。我站在鮑亞身旁、季奈妲對面——我們是他新寡的夫人與情人。我嚎啕大哭，伊拉和米提亞撐扶著我；季奈妲靜靜獨立，沉默優雅。

送葬隊伍一路蜿蜒至山腳，再續延至鮑亞為自己選擇的墓地，三株巨松之下。儘管報上只刊出兩行訃告，但他們還是來了。數百甚至上千，默默跟著靈柩前進。他們有老有少，有鄰居也有陌生人，有勞工、有學生，有同僚、對手、工廠工人和扮成工廠工人的祕密警察，有外國通訊社記者和莫斯科報社記者。眾人圍聚在鮑亞最後安息之處。這群人都有一處共同點：他的文字改變了他們。

他們輪番演講、朗誦祈禱。我凝視他敞開的棺木，上頭覆了花環、百合與蘋果枝。我身後的年輕人大聲飲泣，唸出鮑亞的詩作《村莊》最後一段：

行動計畫已定，
終局封緘，無從變移。
眾人盡溺於謊言，我孤絕難鳴：
人生行難，非橫越原野之易。

其他悼念者齊聲唸出最後一句。接著，一名男士以低沉、權威的嗓音宣布葬禮結束。「家屬不願開放瞻仰遺容。」說完，他示意兩名男子搬來棺木上蓋。我奮力擠過人群，最後一次親吻飽亞的臉。他們拉開我，動手封棺。群眾騷動，抗議儀式突然中止，然而當鐵鎚敲擊長釘的聲音響起，眾人旋即靜默。每一聲重擊皆令我心驚懼顫。我拉緊大衣、裹住自己。

抬棺人將棺木降至墓穴，「榮耀歸於巴斯特納克！」陣陣低吟傳遍人群。我想起多年前第一次聽他朗誦那天，詩迷等不及聽他唸完、先他一步朗聲說出詩句，那時，坐在露臺上的我好希望他的視線能穿透燦亮日光、看見我。他的確看見我了，而我的世界也從此徹底改變。

葬禮之後，我不會再見到季奈妲。她已盡一切努力抹去我在他人生中留下的痕跡，在她死後，她的家人想必也會承其衣缽、延續下去。雖然我爭搏了這麼多年，但我豈能責怪他們？我知道他們都怎麼說我，也知道外頭流傳的閒言閒語。即使我將永遠被貼上姘婦、狐狸精、追求權勢的拜金女、破壞家庭的女人、或甚至間諜密探等種種標籤，但至少，拉娜也會繼續與我同存同在。我已心滿意足。

有天早上，約莫是鮑亞過世後兩個半月，他們二度找上我。我坐在昏暗的廚房裡喝茶。茶被我煮得又濃又澀，這已是連續第三天了。

我聽見輪胎緩緩輾過卵石路面的聲音。不必起身，我也知道那輛黑車正開上我家車道。我好整以暇喝完茶，把茶杯糖罐放進水槽。我想起伊拉還在她房間沉沉睡著，待會兒她會看見杯底那一圈茶漬、動手洗它，心知這是我用過的茶杯、還有我已經走了。

車門開啟又關上，這聲音促我加快動作。我先來到米提亞房間，但他床上沒人。「他昨晚沒回來。」伊拉在我身後出聲，嚇我一跳。她走向米提亞書桌上方的窗戶，「來了兩輛。」

我看見四名男子倚著車身抽菸、有一搭沒一搭地聊，好似在等候女友。我看著其中一人把菸腳戳進我的花盆，另一人則用我的鳥盆洗手。我拉上窗帘，走向電話。「去穿衣服。」我說。伊拉離開起居間。

我撥打媽媽的電話號碼，雙手劇烈顫抖。「媽媽？」

「他們來了？」

「對。他們也去找你？」

「對。」

「他們只是想再嚇我一次，你不要太擔心。」

伊拉走進起居室，穿著她最保守的裝束：米白色長裙和相襯的外套。「米提亞在婆婆家嗎？」她問。

「米提亞有沒有在那邊？」我問媽媽。

「他昨晚來的，又喝得醉醺醺了。他這麼年輕，實在不該喝成——」

「媽媽。」

「他起來了。我去叫他待著別走。」

「好。拖住他。」

前門響起三記短促有力的敲門聲，撼動地面。伊拉抓住我的手臂。「我掛電話了，媽媽。」

我走進前廊，伊拉像孩子一樣勾住我的手臂。穿著昂貴軍大衣的男人側身穿過另外四名著廉價西服的男子，在我祖父的阿格斯塔法地毯上留下泥巴印。「終於見面了。」

「歡迎。」我擺出女主人的姿態。

「你想必知道我們會來。」男人說，嘴角逐漸上揚。「你不知道？難不成，你當真以為你那些小動作神不知鬼不覺？」

我逼自己回應他的微笑。「要不要來杯茶？」

「我們可以自己來。」

我知道他們要找什麼。他們在小屋找不著，在我莫斯科的公寓也不會找到。

鮑亞入土安息後次日，那筆錢（證明我違反政府禁令的海外版稅）便已交給一位鄰居保管。

她不曾問過皮箱裡裝了什麼。

幾個鐘頭過去，我和伊拉站在車道上等。最後，他們其中一個（下唇中央有道小疤）拎著一把餐椅出來，問我和伊拉要不要坐一會兒。伊拉拒絕，男人聳聳肩、自顧自坐下來，點了一根菸。他幾乎不看我們，我和伊拉則繼續站在車道上，望著其他人摧毀我們的家。

耳邊響起腳踏車接近的聲音。米提亞衝上車道、中途跳車，任它撞在地上。「你們沒有權利這麼做！」米提亞大喊，聲音破碎。

嘴唇帶疤的男人繼續抽菸。我走向米提亞，伸手拉他。「噓。」他呼息酸臭，我凝神看他，發現他的上衣沾了些許嘔吐物。「婆婆呢？我叫她留住你的。」

我們三人摟著彼此，看著男人們抱著幾個紙箱從屋裡出來，箱裡裝著我們的私人物品。當他們捧著一疊日記出現（那是伊拉的日記，可能寫了不少關於學校、男孩子和破碎友情等種種綺思冥想），她渾身一僵，但沒說一句話。著軍裝大衣的男子走出屋門，被一塊鬆脫的木板絆了一下；伊拉緊捏我的手、沒敢笑出聲。後來他負責審問我，我則一再想起他踉蹌的畫面。

我自願配合，既未掙扎，也不抗議。軍裝男子問都不必問，指了指第二輛車。我吻吻兩個孩子，道別，上車。

孩子們並未目送我離去。伊拉站在門口，檢視這群男人造成的破壞；米提亞坐在樓梯頂階，頭埋進膝蓋。我閉上眼睛，直至抵達黃色大樓才睜開。

「莫斯科最高的建築是哪一棟？」車停時，駕駛員問我。

「這她聽過了。」軍裝男子替我開車門時說道。「是吧？」

我並未回答，逕自下車、整平衣裙，讓他們帶我進去。

§

敬愛的阿納托利：

我被女兒粗窒的呼吸吵醒。我親愛的伊拉。他們指控她協助我藏匿海外版稅，所以她現在就睡在我隔壁的舖床上。她病了，發高燒。他們准我留下來陪她、直到她病況好轉。不過我不想讓你擔心，阿納托利。她很好，我也很好。感謝上帝讓他們放過米提亞。至少目前是這樣。

雖然離我上次寫信給你已經過了好些年，但我始終不曾停筆：沐浴時，我構思冥想，睡不著的時候也在腦中寫信。以前我把信寫在內心深處，但現在我再也克制不住，必須把這些文字一一寫下來。

我拿針織襪換紙筆，我想把心裡的話全吐出來。我寫到哪兒了？

不知你此刻身在何方？在盧比揚卡等我的人為何不是你，你為何不繼續我們的深夜對談？難道是他們找別人頂替了你的位置，因為這段時間我的位置也換了人？你是否曾經想起我、提過我的名字？也許這回你選擇置身事外，因為我不再年輕，因為我的陪伴已不如當年令你歡喜。

第一次來這裡時，我懷有身孕、爾後失去孩子。現在我有了年紀、生不出孩子，身為我未出世孩子的父親的那個人，亦已長眠安息。時間真可怕。

我來過這裡。然而就某方面來說，我其實從未離開。

我的刑期業已定讞。未來八年，我都會在這裡度過，至少前三年還有女兒伴著我。我無辜的孩子。我認為他們遲早會找到那筆錢，或至少宣稱他們找著了。

現在是一九六一年三月，我和女兒已服刑三個月，大地仍一片雪白，地平線濛灰依舊。深夜此刻，我就著煤氣燈寫信，我把燈光調得極暗，勉強能看見眼前的紙張和女兒熟睡的削瘦背影。她身上蓋著兩張毛毯，其中一張是我的。

稍早，伊拉和我被派去挖一座新茅房。她雙手起水泡，又乾又裂，幾乎拿不起鋤頭，於是我挖得更深更勤快。我不會親口告訴任何人，但我心裡其實挺懷念這份工作的：把鏟子插進泥土、站上去，利用雙腳的力量使其埋得更深，將底下的土壤翻曝出來，讓深黝映襯雪白。

我累壞了，然而在把故事說完以前，我還不想睡。現在我得更用力摁著筆頭寫字，因為墨色越來越淡。我認為此刻正穿著我襪子的那個女人不老實，這枝筆的油墨幾乎快乾涸了。我還有好多東西要寫。說不定，我只能用筆尖在紙上留下痕跡、寫完剩下的部分；或許你得像對待點字書一樣，摸索讀完這封信。

其實這篇故事已不再屬於我一人。在集體想像中，我已成為另一個人——故事女主角，書中角色：我早已是拉娜。然而在這裡，任我再怎麼看再怎麼瞧瞧，我仍見不著她。在我逝去以後，世人是否會以這種形象認識我？或者他們只會記得這篇愛情故事？

我想起鮑亞為他的女主角所寫下的結局：

有一天，拉瑞莎・菲歐多芙娜出門之後就沒再回來。她肯定當時就在街上被捕了。她消失得無影無蹤，也許已命喪某處，就像那些寫在北方無數個婦女或混合集中營名單上、只剩編號的無名氏，隨著名單佚失而遭世人遺忘。

可是呀，阿納托利，我不是只剩編號的無名氏。我不會消失。

終曲　打字員

一九六五年冬天，《齊瓦哥醫生》首次搬上大銀幕，我們一起去看了。那時我們之中有些人還在局裡工作，不過大部分都已離職。打字員的職涯不算太長，新人來來去去。不少男士一路往上升，女孩兒們有幾個也是，蓋兒甚至在安德森過世後接下他的職務（安德森陪女兒去羅馬競技場聽「披頭四」演唱會時，心臟病發猝逝）。

我們有的結婚，有的至今單身；有人生了孩子，有人沒生。我們全都有了些年紀，微笑或皺眉時會擠出皺紋、手指也不若當年在辦公桌忙碌時那般輕盈靈巧。

能再見到彼此真好，我們上一次見面是在一九六三年的一場婚禮上：齊瓦哥任務結束後，諾瑪離開打字組，遠赴愛荷華州修習創意寫作碩士，差不多在同一時間，泰迪也開始追她、展開遠距戀情。她一畢業，兩人立刻結婚，然後泰迪離開中情局，轉赴跟總部蘭利在同一條街上的神祕公司「瑪氏企業」工作。婚禮以非正式宴會方式舉行，地點在大瀑布公園戶外舞池，現場供應烤肉和巧克力噴泉鍋（後者由泰迪的新東家贊助）。泰迪的雙親似乎嚇得說不出話，不過我們其他人倒是玩得相當開心。亨利．雷能沒來，橫豎也沒人想念他。諾瑪扔出新娘捧花之後（茱迪技巧高超、一把接住），法蘭克．威斯納舉杯祝賀這對幸福愛侶。這是我們最後一次見到這位老上司：兩年後、也就是一九六五年秋天，他在《齊瓦哥醫生》電影首映前自殺了。

我們在喬治城戲院外擁抱、親吻彼此臉頰，戲院招牌的霓虹燈光映得我們一身紅。買完戲票，我們排隊買零嘴，琳達拿出雙胞胎兒子坐在伍迪百貨聖誕老人腿上的照片，凱西則分享她在夏威夷度蜜月的快照。我們說著多希望茱迪也能一起來——她搬去加州、成了演員，雖然還沒大紅，不過也已經在《范戴克秀》得到一個小角色了。

喬治城戲院第三和第四排的位置被我們全數包下。燈光漸暗，我們趁著播放新聞短片的空檔，傳送分享爆米花和葡萄乾巧克力。短片內容是美國在越南日益緊湊的軍事行動，鏡頭掃過低飛的軍機、燃燒的稻田和頹圮的屋頂。幾個還在局裡工作的女孩兒盡可能隱忍克制，因為她們比我們更清楚內情，而我們這些已跨出圈外的人也很清楚，有些事還是不問比較好。

影廳徹底變暗、音樂響起，我們好些人對看一眼、捏緊彼此的手。拉娜現身螢幕的那個瞬間，那身白上衣、黑領帶、端坐辦公桌前的姿態使我們全都想到同一個人：伊蓮娜。飾演拉娜的是茱莉．克莉絲蒂，不過，那樣的頭髮、那雙眼睛……螢幕上的女孩兒就是我們的伊蓮娜。

尤里隔著整間屋子、第一眼見到拉娜的那一刻，我們全都泛起雞皮疙瘩；他第一次向她道別時，我們也盡力忍住淚水。我們心懷期盼，希望電影結局和原著不同，希望尤里和拉娜能在那間鄉居白頭偕老、共度餘生。儘管已知命定的一刻終究會來，但是在他倆最後一次說再見的時候，我們仍情緒潰堤，淚流滿面。

片尾名單徐徐播過，我們取出手帕拭淚。《齊瓦哥醫生》不只描述戰爭，也訴說愛情。然而多年以後，我們幾乎只記得愛情故事。

§

克里姆林宮降下蘇聯鐵鎚與鐮刀旗、換上俄國三色旗的三年前，《齊瓦哥醫生》首度合法踏進祖國。蓋兒走了一趟莫斯科，還寄明信片給我們：一張八八年蘇富比「開放政策拍賣會」聯展的宣傳明信片。她在背面寫道，現在到處都看得到「我們那本小說」了。次年，巴斯特納克重獲諾貝爾獎，並由他的兒子代為受獎。

雖然羞於承認，但我們之中有些人直到那時還不算真正讀過那本書。少數幾位通曉義大利文的夥伴在該書首度出版時就讀過了，有些人在任務結束後數年間開始讀，還有一些人則是等到看完電影、才抱著這部俄國巨著好好坐下來讀，但是並非每個人都有時間認真讀完。然而，當我們終於找到時間翻開《齊瓦哥醫生》，細讀當年被中情局視為武器的字字句句時，這才赫然發現世界早已變了樣，卻也沒改變多少。

約莫在同一時間，諾瑪寫了一本諜報驚悚小說、獻給泰迪。那是她的處女作。儘管書評迴響稀稀落落，我們仍人手一本、在「政治與散文書店」排隊等她簽名。中情局也發了一份聲明，表示小說內容與該局無關（故事描述一名女性密探，爾後證實其身分為雙面間諜）。不過我們都認為，故事十之八九是真的。

我們這群打字員仍繼續敲鍵盤、用電腦，孩子們買桌機、筆電、然後是智慧型手機送我們當生日禮物，再由孫子輩教我們如何使用。

「奶奶，你的指頭要這樣動。」

「一直按『SHIFT』，不要放開。」

「你按到大寫鍵了啦！」

「不用管那個鍵。」

「自拍就是幫你自己拍照。」

現在，鍵盤按鍵不再啪噠啪噠響，只會輕輕嗒一聲，也不會叮叮叫了。雖然「每分鐘打字數」已不再有意義，但這些機器依舊能完成許多神奇又了不起的事——最棒的是讓我們保持聯繫。現在，我們不再寫備忘、做筆記，而是轉發笑話或祈禱文，分享孫子孫女的照片，有些人甚至連曾孫都有了。

我們不確定是誰先看到的，但大夥兒似乎是同時看到這則消息：《華盛頓郵報》一則報導指出，一名美國女性在倫敦被捕，正等待引渡回美國受審。這件事之所以引起軒然大波，是因為這名女子已高齡八十九，犯下的罪行則是於數十年前洩漏情報給蘇聯政府。各家媒體熱烈討論該怎麼處理這樁案件。

但我們感興趣的是報導附帶的照片。

雖然女子用上銬的雙手遮住臉龐，但我們只瞄了一眼就看出她是誰。

「我沒看錯吧？」

「是她。」

「我從頭到尾沒懷疑過。」

「她幾乎沒變。」

「那皮草是杜勒斯給她的那一件嗎？」

報導描述，過去五十五年來，這位老婦人一直住在英國，和一位不知名女性同住在她經營了三十年的書店樓上。同居人已於十多年前過世。

我們搜尋其他報導，想找出這位「不知名」女子的名字，但一無所獲。

儘管齊瓦哥任務後來成為中情局傳奇，但是在一九五八年世界博覽會結束以後，伊蓮娜的工作記錄就越來越零星瑣碎，最後僅簡單註記她於一九八〇年代退休，個人檔案就此畫下句點。

大夥兒的手指在鍵盤上飛舞。

「會是她嗎？」

「是不是她們呀？」

「可能嗎？」

希望這是真的。

後記與致謝

這本書誕生得歸功於好幾本書。首先、也最重要的是鮑里斯・巴斯特納克的《齊瓦哥醫生》。不論是在費爾特內里首次出版的一九五七年或二十一世紀的今天，這部小說皆切合時事、至為重要。我永遠感激他送給世界這份充滿勇氣的禮物。

彼得・芬恩（Peter Finn）與佩特拉・庫維（Petra Couvée）的《齊瓦哥事件》（*The Zhivago Affair*）則是我研究本書題材不可或缺的重要寶庫。多虧芬恩與庫維的請願與努力，中情局於二○一四年釋出九十九份與這項祕密行動有關的備忘錄和報告。正因為看了這些解密文件（上頭有許多被黑線遮掩的姓名及刪減的細節），我頭一次興起想透過小說填補空白的念頭。

這本書引用大量的直述或對話片段，全部摘自當事人的第一手資料。此外，奧爾嘉・伊文斯卡亞自傳《時間的囚徒》（*A Captive of Time*），謝爾吉歐・安傑羅的回憶錄與《齊瓦哥事件》也給我不少啟發，讓我更能掌握書中許多事件的經歷及過程。

我非常感激 Elizabeth Peet McIntosh（又名 Betty）寫了《Sisterhood of Spies》，為我打開新視野，讓我看見女英雄們（包括作者本人）的真實人生。世人應該好好紀念這群偉大女性，彰顯榮耀。

至於「美國在冷戰時期迫害LGBTQ人士」的相關議題，David K. Johnson透過《*Lavender Scare*》呈現這段較不為人知的歷史。當時有數不清的人被迫放棄工作，名譽受辱，許多珍貴的生命也因此消逝。我們不能忘記他們的故事。

寫作期間，我還參考其他許多書籍，包括：Paolo Mancosu《*Inside the Zhivago Storm*》與《*Zhivago's Secret Journey*》，Tim Weiner《*Legacy of Ashes*》，John Ranelagh《*The Agency*》，Frances Stonor Saunders《*The Cultural Cold War*》，Gregg Herken《*The Georgetown Set*》，Evan Thomas《*The Very Best Men*》，Alfred A. Reisch《*Hot Books in the Cold War*》，Carol Cini《*The Spy and His CIA Brat*》，Joel Whitney《*Finks*》，Jack Lait與Lee Mortimer合寫的《*Washington Confidential*》，Jonathan Coe《*Expo 58*》，Carlo Feltrinelli、Alastair McEwen《*Feltrinelli*》，Boris Pasternak《*Safe Conduct*》，《*Poems of Boris Pasternak*》Lydia Pasternak Slater譯，《Evgeny Pasternak *Boris Pasternak: The Tragic Years, 1930–60*》，Lazar Fleishman《*Boris Pasternak: The Poet and His Politics*》，Christopher Barnes《*Boris Pasternak: A Literary Biography*》，《*Boris Pasternak: Family Correspondence*》Nicolas Pasternak Slater、Maya Slater合譯，Andy McSmith《*Fear and the Muse Kept Watch*》，Yuri Krotkov《*The Nobel Prize*》，Carol and John Garrard《*Inside the Soviet Writers' Union*》等。

除了參考書籍，若是少了以下諸位及各機構的協助，我也不可能完成這本書。感謝Keene

Prize for Literature、Fania Kruger Fellowship與Crazyhorse Prize的支持。感謝密辛納作家中心（Michener Centerfor Writers）給我時間和資源，讓我加入這個家族，動筆並完成小說。我要特別感謝密辛納的兩位主任Jim Magnuson和Bret Anthony Johnston，感謝兩位讓我們這群怪胎擁有一處可以永遠稱作「家」的地方。謝謝Marla Akin、Debbie Dewees、Billy Fatzinger和Holly Doyel讓作家中心運作順暢。衷心感激諸位老師、細心的讀者和每一位不吝指導指教的你們：Deb Olin Unferth、Ben Fountain、H. W. Brands、Edward Carey、Oscar Casares和Lisa Olstein。在此要特別感謝Elizabeth McCracken，你的指導和建議是無價之寶。當然不能忘了感謝我的朋友和好同學們，特別是Veronica Martin、Maria Reva、Olga Vilkotskaya、Jessica Topacio Long及Nouri Zarrugh，感謝各位閱讀我的書稿、鞭策我、並且常常逗我笑。

我更要感激Knopf and Vintage Books出版社的每一位：Sonny Mehta、Gabrielle Brooks、Abby Endler、Kim Thornton Ingenito、Emily Murphy、Andrew Dorko、Daniel Novack、Anna Kaufman、LuAnn Walther、Emily DeHuff、Nicholas Thomson、Kelly Blair、Nicholas Latimer、Sara Eagle、Paul Bogaards、Katherine Burns，感謝各位對這本書的信心與呵護，讓它開花結果。特別感謝最了不起的編輯Jordan Pavlin，她的細心評筆和鼓勵讓每一頁故事讀來更有力量。

感謝Hutchinson and Windmill付出的心血和創造力：Jocasta Hamilton、Najma Finlay、Charlotte Bush、Emma Finnigan、Lucy Middleton、Charlotte Cray、Laurie Ip Fung Chun、Susan Sandon、Rebecca Ikin、Sarah Ridley、Amber Bennett-Ford、Mat Watterson、Claire Simmonds和

Glenn O'Neil。感謝我聰明絕頂的英國編輯Selina Walker。

謝謝Jeff Kleinman和Jamie Chambliss，你們是最棒的經紀人！謝謝你們在多年前只讀了二十五頁初稿就對我有信心，你們改變了我的人生。感謝Melissa Sarver White、Katherine Odom-Tomchin和Lorella Belli讓這本書得以誕生。

感謝我在格林斯堡、華盛頓特區、諾福克、奧斯汀等地的眾親朋好友。我的人生不能沒有你們！

謝謝我的家人：Sara、Nathan、Ben、Sam、Owen、奶奶、Ron叔還有所有阿姨舅舅表兄弟姊妹們，謝謝Janet、Hillary、Bruce、Parker、Noah、Scout、Clementine。謝謝你們始終陪在我身邊。

謝謝爸媽Bob、Patti為我取了「拉娜」這個名字，讓我明白什麼是愛。

最後要謝謝Matt，我最重要也最忠實的讀者，謝謝你鼓勵我提筆寫作，也讓這本書的每一頁更加紮實堅定。這一切都是你的功勞。

臉譜小說選 FR6580

齊瓦哥醫生的祕密信差

The Secrets We Kept

原著作者	拉娜・普瑞斯考 Lara Prescott
譯　　者	力　耘
書封設計	朱陳毅
責任編輯	廖培穎
行銷企畫	陳彩玉、楊凱雯
業　　務	陳紫晴、林佩瑜、葉晉源
出　　版	臉譜出版
發 行 人	凃玉雲
總 經 理	陳逸瑛
編輯總監	劉麗真
	城邦文化事業股份有限公司 台北市民生東路二段141號5樓 電話：886-2-25007696　傳真：886-2-25001952
發　　行	英屬蓋曼群島商家庭傳媒股份有限公司城邦分公司 台北市中山區民生東路141號11樓 客服專線：02-25007718；25007719 24小時傳真專線：02-25001990；25001991 服務時間：週一至週五上午09:30-12:00；下午13:30-17:00 劃撥帳號：19863813　戶名：書虫股份有限公司 讀者服務信箱：service@readingclub.com.tw 城邦網址：http://www.cite.com.tw
香港發行所	城邦（香港）出版集團有限公司 香港灣仔駱克道193號東超商業中心1樓 電話：852-25086231　傳真：852-25789337
馬新發行所	城邦（馬新）出版集團Cite（M）Sdn. Bhd. 41, Jalan Radin Anum, Bandar Baru Sri Petaling, 57000 Kuala Lumpur, Malaysia. 電話：603-90563833　傳真：603-90576622 電子信箱：services@cite.my
一版一刷	2021年12月
I S B N	978-626-315-043-0

售價：450元
（本書如有缺頁、破損、倒裝，請寄回更換）

城邦讀書花園
www.cite.com.tw

國家圖書館出版品預行編目資料

齊瓦哥醫生的祕密信差／拉娜・普瑞斯考（Lara Prescott）著；力耘譯. -- 一版. -- 臺北市：臉譜出版：英屬蓋曼群島商家庭傳媒股份有限公司城邦分公司發行, 2021.12
面；　公分. --（臉譜小說選；FR6580）
譯自：The Secrets We Kept
ISBN 978-626-315-043-0（平裝）

874.57　　110018012